琼 瑶

作 品 大 全 集

梅花英雄梦

1

乱世痴情

琼瑶 著

作家出版社

琼瑶，本名陈喆，作家、编剧、作词人、影视制作人。原籍湖南衡阳，1938年生于四川成都，1949年随父母由大陆赴台生活。16岁时以笔名心如发表小说《云影》，25岁时出版首部长篇小说《窗外》。多年来笔耕不辍，代表作包括《烟雨蒙蒙》《几度夕阳红》《彩云飞》《海鸥飞处》《心有千千结》《一帘幽梦》《在水一方》《我是一片云》《庭院深深》等。

多部作品先后改编成为电影及电视剧，琼瑶也因此步入影视产业。《六个梦》系列、《梅花三弄》系列、《还珠格格》系列等，影响至深，成为几代读者与观众共同的记忆。

琼瑶以流畅优美的文笔，编织了众多曲折动人的故事。其作品以对于梦的憧憬和爱的执着，与大众流行文化紧密结合，风靡半个多世纪，成为华文世界中极重要的文学经典。

我为爱而生，我为爱而写

文字里度过多少春夏秋冬

文字里留下多少青春浪漫

人世间虽然没有天长地久

故事裡火花燃烧爱也依旧

琼瑶

琼瑶 著

梅花英雄梦

1 乱世痴情

作家出版社

前言

这部《梅花英雄梦》，是小说，而不是历史。它更不是历史小说。

我的父亲是一位历史学家，他采众家之言，博览群书，写出了一部《中华通史》。把中国的二十四史，用现代的白话文再诠释了一遍。父亲告诉我，即使是历史，在其中，也有一些不真实的部分，更有一些隐讳而杜撰出来的东西。写历史，有曲笔，有隐笔，有伏笔……如果秉笔直书，那就是"在齐太史简，在晋董狐笔"了。古往今来，像齐太史、晋董狐、司马迁的史官史家，能有几人？

父亲是一位真正做学问的人。而我，是一个写小说的人。我过去写小说，总觉得我受到很多拘束。这些拘束，常常是我的障碍，让我无法尽情、尽兴、尽力去发挥。写小说，需要很大的想象力。我的想象力，却常常被抑制着。写现代小说，要忌讳政治、道德、法律、地点和各种思想上的问题。写古代小说，那就更加困难了！我多羡慕吴承恩，他的《西游记》，充满了各种作者的幻想，孙悟空大闹天宫、女儿国、牛魔王、火焰山、红孩儿……真是应有尽有。尽管没有任何历史依据，却好看得让人着迷！

那么，写一部以古代为背景的小说，是否一定要忠于历史呢？小说里的人物、情节是否一定要在历史中有所依据呢？所以，我去研究中外的小说，希望能够找到答案。

中国的古代小说中，最著名、最脍炙人口的《三国演义》，其中的"借东风""草船借箭""三气周瑜"……在历史中都找不到依据。貂蝉这位女子，在历史中也找不到。

《水浒传》，源自《大宋宣和遗事》。宣和遗事本身，在历史中，也找不到依据。宋江之名，不在《大宋宣和遗事》中。七十二地煞星之名，也不载于《大宋宣和遗事》中。

《红楼梦》家喻户晓，尽管众多"红学家"研究它的背景，研究人物是否影射前人，但是都没有定案。至于那位进宫的娘娘"元春"，到底是哪个皇帝的妃子？没人知道。

抛开中国的著名小说，谈谈西方的小说。法国大仲马的《三剑客》《基督山恩仇记》，雨果的《钟楼怪人》《孤星泪》，俄国托尔斯泰的《战争与和平》，鲍里斯·帕斯捷尔纳克的《日瓦戈医生》，美国马克·吐温的《乞丐王子》，玛格丽特·米切尔的《飘》……不胜枚举。它们有的有时代背景，有的根本没有。至于其中的人物、情节、故事发展……都是作者杜撰的，在历史中，也找不到依据。

但是，这些中外小说，实在"好看得要命"！虽然没有依据，不能"考据"，却完全不影响它们成为好小说，成为很多读者一看再看的名著！

经过这番研究，我觉得我终于可以放下"历史依据"了！我要在有生之年，写一部"好看"的小说！除了"好看"以外，是小说的"主题"，是我要表达的"思想"！

所以，这部《梅花英雄梦》，我抛开了一切细节拘束，放开我的思想，让我可以天马行空地杜撰它。请我的读者们，不要研究其中的历史依据。故事是我杜撰的，连年代朝代，我都刻意模糊了。故事里的人物，也是我创造的，不用去找寻我有没有依据。至于小说里的官制、称谓、地名、礼仪、传奇、武术……都有真有假有我的混合搭配。我曾说过，小说是写给现代人看的，只要这部小说能打动你，我就没有浪费我的时间（虽然，我还是在考据和逻辑上，下了很多功夫，相信你们看了就会明白）。

这部长达八十万字、经过七年才完成的小说，我绞尽脑汁的，是情节的布局、人物的刻画、爱情的深度和英雄的境界！至于其中的各种发展，喜怒哀乐、悲欢离合、生死相许、忠孝仁义、沙场征战……都发挥到我的极致。或者，它和我其他的小说不太相似，可是，我认为这是一部很好看的小说。因为，在陆续写它的时候，它曾感动过我，曾安慰过我千疮百孔的心。我希望，我的读者，它也能感动你，也能疗愈你曾经受创的心！

琼瑶

写于可园

2019 年 9 月 7 日

序幕

古代李氏王朝中叶，皇上昏庸，纵容外戚夺权干政，大魔头伍震荣尤其嚣张，年轻气盛，心狠手辣，杀人如麻。

这是一个月黑风高的夜晚。乌云遮月，伸手不见五指，风声鹤唳，草木鸟兽皆惊。天气已是深秋，凛冽的风，吹过旷野，扬起一片飞沙走石。越过林梢，落叶纷纷飘坠。长安是个繁华的城市，很多酒楼歌榭，夜夜灯火辉煌。但是，这夜或因天气骤然变冷，或因皇宫有什么耳语传出，很早，百姓就不再做生意，惶惶然地提前打烊。但是，城中还有稀稀拉拉的灯火，点缀着黑黢黢的街道，别有一种萧瑟之感。也有孤孤单单的行人，缩着脖子，冒着冷风，匆匆走在街道上。

忽然间，伍震荣带着众多官兵，飞骑掠过长安大街，马蹄杂沓地敲在石板路上，加上官兵奔跑的脚步声，打碎了长安城寂静的夜，令人胆战心惊、不寒而栗。晚睡的百姓们赶紧闭门吹灯，不敢窥视。夜归的行人赶紧闪避到屋檐下小巷中，不敢露面。空气中弥漫着一股肃杀恐怖的气氛。

袁柏凯这年才二十出头，出身将军府，父亲镇军大将军战死沙场，柏凯也曾屡次随父出征，虽然没有建立什么战功，皇上却给了他一个羽林长史的六品官。这晚奉命跟随伍震荣，去安南王府执行抄家灭门的任务。

"杀呀！一个活口都不要留！"伍震荣一声大吼，带着部下迅速地冲进了王府大门，手持长剑，身带大刀，一路追杀进去。得到消息的安南王康远鹏，刚刚和卫士奔逃到大门口，就被伍震荣活逮，连话都没有说一句，就被伍震荣砍下了人头。伍震荣命令手下带着这颗人头，开始疯狂地刺杀院中妇孺。院子里的王府内眷、子女、卫士、仆人、仆妇、丫头……四窜奔逃，伍震荣和他的手下，见一个杀一个。柏凯看得触目惊心，即使在战场，他也没见过这样冷酷的屠杀，忍不住喊道：

"安南王已经伏法，这些仆人，就别浪费伍大人的工夫了！"

"什么话？赶尽杀绝！这是奉旨行事！"伍震荣吼道。手起刀落，一个孩子惨叫倒地。院落中，家人仆妇四散奔逃，众多官兵追着堵人，哭声、惨叫声不绝于耳。

"不要跑！杀！杀！杀！"官兵们喊着。

一个仆妇奔逃，伍震荣上前，一刀砍去，血花四溅。

柏凯看不下去，带着自己的人马，匆匆交代：

"伍大人，这前院交给你，我去后院追捕！"

"好！后院容易落跑，注意注意！"

柏凯便带人奔去后院。

伍震荣不管柏凯，抓着一个丫头，急问道：

"你们的厨娘九凤呢？在哪儿？说！"

"没看见！饶命！饶命……"丫头发抖地说。

丫头话没说完，伍震荣一剑刺去，丫头倒地而亡。

柏凯到了后院，发现遍地尸体，显然已被伍震荣手下残杀过，不禁摇头。忽然，柴房中传出婴儿咕哇咕哇的啼哭声。柏凯手下的官兵喊道：

"这柴房里躲了人！"

"先别下杀手，让我看看是谁。"柏凯急忙说道。

柏凯冲开了房门，只见一个面容姣好的年轻女仆，在另外两个中年女仆帮忙下，刚刚生产完，地上还有来不及收拾的带血衣物。年轻女仆紧紧抱着襁褓中的婴儿，三人神色紧张仓皇。柏凯立刻大声问道：

"你们是安南王的什么人？快说！"

"奴婢只是这儿的厨娘九凤，偏偏赶在这时候临盆，才生产完，请饶了我们！"九凤抱着孩子，哀恳地看着柏凯。

两个中年女仆更是磕头如捣蒜，嘴里喊着"饶命饶命"。

"刚刚生产？"柏凯一怔，心想，"我那夫人雪如，也快临盆了……算是为雪如积德吧！"就看着九凤，急急地命令道："放你们一条生路！你们从后门快跑吧！"

九凤对着柏凯磕了一个头，急忙抱着婴儿，和两个女仆冲出门外去了。

后院发生的事，伍震荣完全不知道，他已经杀进厨房，抓住一个厨娘，一看不对，立刻杀了。众厨娘和大厨们惊恐逃窜，柜子倾倒，杯杯盘盘碎了一地，厨房内外，到处惨叫声连连。

伍震荣抓住一个厨娘：

"九凤在哪儿？说！"

厨娘拼命摇头，伍震荣手起刀落。他再抓住一个女子，看到不是九凤，又杀了。

院落里，厨房里，已经东倒西歪，都是尸体。伍震荣杀红了眼，再抓住一个男仆。

"快说九凤躲在哪儿！"

"没有看到九凤！"

伍震荣一刀砍下，仆人惨叫倒地。

柏凯带着官兵上了楼，发现仆人丫头奔窜，伍震荣的手下，有的在翻箱倒柜，搜刮珠宝珍玩，有的还在追杀妇孺。柏凯心中叹息。

伍震荣忽然提着刀和剑上楼，对着官兵大骂：

"不是告诉你们，通通杀了，为什么还有这么多人活着？"转头质问柏凯："袁柏凯，难道出自将军府的你，还怕脏了你的剑吗？"

"伍大人说的什么话？"柏凯一震，"好吧！一个活口都不要留！杀吧！"

柏凯提着剑，追向一个男仆，忽然间，站住了，只见远处自己宅府方向，火炬已经升起。柏凯顿时怔住，心中想着："将军府！袁忠说雪如生了儿子，就在高楼顶端燃火炬通知我，难道雪如临盆了！难道雪如生了个儿子？"

柏凯大喜之下，手里的剑，实在无法对任何人刺杀下去。

天蒙蒙亮时，九凤抱着婴儿，被官兵追杀到了山顶，眼看旁边就是悬崖，无路可退。另外两个女仆，都已各自逃命去了。官兵吼着：

"站住！"众官兵气势汹汹奔来。

九凤哀恳地说道：

"官爷们！我是九凤！请你们让我见见伍大人，我手里这个婴儿，是伍大人的女儿啊！千万不要杀我，我是伍大人的女人！"

"满口胡说八道！伍大人早就下令，不管你是谁都要杀！"

"可是我是九凤啊！"九凤哀求着，"我真的是伍震荣的女人，这女儿是他的骨肉！你们连大人的骨肉都要杀吗？"她激动地喊："让我见伍震荣，让我见伍震荣……"

官兵们有点犹疑，面面相觑。此时，伍震荣从山下追踪而至，对官兵大吼一声：

"你们这群废物！要你们杀掉，怎么还有活口？"

九凤一见伍震荣，如见到救兵，捧着婴儿，流泪说道：

"谢谢老天！你可赶到了！你看，这是我们的女儿，昨儿晚上才生的！差点被官兵杀了！"

只见伍震荣冷冷地上前，瞪着九凤。

"原来你逃到这山顶上来了！害我翻遍了安南王府！"

"对不起！我躲在柴房里，才生下你的骨肉！"

"你以为你是谁？你也配说你是我的女人？"伍震荣更加森冷地说道，"你不过是我逢场作戏的玩物，居然敢公然声称是我的女人？留下就是祸害！"

九凤听了，震惊而心碎，含泪把孩子捧到伍震荣面前，错愕地说道：

"你占有我，玩弄我，对我无情也就算了！但是，骨肉亲情总不能不顾吧？"

"贱女所生，怎配是我的骨肉？竟敢栽赃于我，你们母女一个都不能留！"

伍震荣说完，抓起孩子便抛下悬崖。九凤大骇中，奋不顾身跳起抢救孩子。伍震荣却一剑刺来，正中九凤的胸部。

九凤无法置信地站着，鲜血直流，眼睁睁看着婴儿落下悬崖。伍震荣见九凤不倒，拔出九凤身上长剑，再对着她的心脏刺下，九凤终于倒地。她圆睁大眼，怒瞪着伍震荣。

"死后我将变成厉鬼……"话未终已无声。

伍震荣收剑，插剑回鞘，冷冷地看着九凤的尸体，说道：

"人比厉鬼可怕，我人都不怕，怎会怕厉鬼？"

伍震荣便回头，对那群看得发呆的官兵厉声说道：

"贱女胡言乱语，此事谁敢说出去，杀无赦！我们撤！"

官兵们惊惧惶恐，伍震荣一挥手，便带着众官兵威风凛凛下山去。

柏凯也是在天蒙蒙亮时回到将军府。果然，夫人已为他生下了一个儿子。他大喜之下，不急着看儿子，先去浴室中，大大地冲洗了一番，不洗掉满身的血腥，如何见初生的儿子？等到沐浴更衣后，他才在挤满亲眷仆人丫头的大厅里，从秦妈手中，接过那个初生的婴儿，只见孩子睁着一对亮晶晶的眼睛，对他张望着。原来初生的婴儿就会张开眼睛，他惊奇而感动，看到孩子长得天庭饱满、大眼清亮，心里实在欢喜至极。丫头仆人和大腹便便的二夫人翩翩，都大声道贺。屋子里响起一片贺喜欢笑声，热闹极了。翩翩有点嫉妒地说：

"恭喜老爷，终于心想事成！"

柏凯抱着婴儿大笑道：

"皓祯！袁皓祯，这就是你的名字！我袁家终于后继有人！哈哈哈！"转眼看翩翩："下面就轮到你帮我生儿子了！"

"但愿应了您的金口！"翩翩一笑。

柏凯才没有男人不进产房的忌讳，抱着婴儿大笑着，径自走进雪如的房间。雪如虽然刚生产过，脸色显得苍白，却依旧雍容华贵，温柔如水。她躺在床榻上，眼睛湿漉漉的。她的姊姊雪晴陪伴在旁。

"雪如，辛苦你了！给我生了一个儿子！"柏凯喊着，"你知道我昨晚经历了什么？我看到死亡又看到新生，真是从地狱到人间！咦……"他见雪如有泪，惊愕地问："哭什么？生了儿子喜极而泣吗？哈哈哈哈！你该笑呀！"

雪如眼中充满了泪，是太激动了吗？雪晴赶紧上前，接过婴儿，笑着说：

"恭喜妹夫，有子万事足！我这姨妈跟着欢喜！"

雪如终于含泪而笑，那个笑容中，盛满了喜悦，也盛满了哀愁。女人生子是个坎，是个关，是最大的痛苦和期盼……柏凯不会去分析这些，只是宠爱地走过去，用手轻抚着雪如的面颊。这个举动，让雪如才止住的泪，又充满眼眶了。

这个从杀戮到新生的夜，是丙戌年十月十九日。在这一夜中，有个新生的婴儿被丢下悬崖，有另一个新生的婴儿被宠爱着长大。当然，在这一夜中，还有更多的新生婴儿出世，迎接着他们各自不同的命运，写下他们各自不同的传奇。

一

二十年后。

安南王府灭门不久，那个昏庸的皇上突然驾崩，经过一番争夺大位的惊涛骇浪，三皇子意外登基。新皇仁慈敦厚，伍震荣因拥立有功而被重用，封为荣王，官拜左宰相，二十年来，伍家势力不断扩大，爪牙遍布。伍震荣又勾结野心勃勃、想当女皇的卢皇后，密谋篡夺大位，不断暗杀李氏宗亲和忠臣。幸有神秘高人"木鸢"[1]，暗中结合忠臣及民间英雄，与恶势力对抗。

这是秋猎的日子，在千骑军的簇拥吆喝下，在旗帜飘飘中，皇上带着众多大臣和许多被皇上喜爱的小辈，一行人浩浩荡荡地前进，追逐着猎物。

皇上骑着马，在他左边，是显赫的伍震荣和他那二十六七岁

---

1. "木鸢"即现代的"风筝"。

的小儿子伍项魁。在他右边，是右宰相方世廷和他那年纪轻轻就官拜大理寺丞的儿子方汉阳。这左右宰相，深得皇上宠信，正是风光无限的时候，陪着皇上不断谈谈笑笑。而皇上的眼光，却不住看向三个形影不离的年轻人，那三个人，正是袁皓祯、窦寄南和太子启望。

这三人太子年纪最大，二十五岁，寄南次之，皓祯最小。三人各有各的英姿焕发，出类拔萃。太子气宇轩昂，容貌英俊，行止之间，永远带着他与生俱来的高贵和从容；再加上他武功超群，马上功夫了得，使他一举一动，都特别抢眼。

窦寄南是窦妃的侄儿，因为窦妃得宠却早逝，皇上把寄南封了一个靖威王，从小就栽培他。可惜寄南生性疏狂，有如脱缰野马，难以驾驭。他是潇洒的，任性的，自由自在的，长得也是一表人才，武功自有一套。虽然不爱读书，他也能朗朗成诵，是个奇人！

最小的皓祯，有着深邃的眼睛，浓密的眉毛，挺直的鼻梁，能文能武，是个人中豪杰。他身上最吸引人的地方，是他那文武双全的特性，时而温文尔雅，时而动如脱兔。虽然他在三人中年龄最小，却常常是三人中带头的那个！

皇上看着这三个人，心里充满了欣赏和安慰，这三人，是猎场上的"风景"！

皇上正在欣赏着他的"风景"，忽然出现一群白狐在山野中飞跑。

"白狐！白狐！"千骑军大喊，指着白狐。

"快去猎白狐！谁猎到就是谁的！"皇上兴奋地喊着。

"寄南、皓祯，你们两个还不快去抢！"太子启望在马上笑道。

"看来太子殿下不屑于和本王争……"寄南笑着说。

寄南话没说完，皓祯一身劲装，英姿飒爽，背上背着武器袋，肩上扛着弓箭，飞骑而出，追逐白狐，嘴里嚷着：

"寄南少废话，太子礼让，皓祯就不客气了！"

寄南一看，皓祯要抢先，就赶紧飞骑追了上去，大笑说：

"哈哈！除非我也礼让，你要抢，难也难也！"

白狐飞奔，皓祯与寄南紧追在后，太子启望赶紧催马上前，三人各有各的俊逸。

皇上看着前面飞骑的三人，情不自禁地自言自语起来：

"《周易》说，二人同心，其利断金！这三人同心，更是'无坚不摧'！"

伍震荣在旁边听着，脸色一沉，不动声色地看了皇上一眼。

只见白狐群飞蹿至树林深处，转眼消失，唯有一只落后。寄南拉弓欲射，皓祯急喊：

"寄南，手下留情！这只白狐太漂亮了！我们捉活的！"

寄南一愣，停止拉弓。皓祯将猎网一撒，立刻网住了白狐，白狐在网中挣扎。千骑军立刻吼声震天：

"启禀陛下！少将军袁皓祯抓到了第一只白狐！"

皓祯翻身下马，奔到白狐旁边，低头看白狐。白狐也用可怜兮兮的眼神看着他。

就在这时，伍震荣的儿子，羽林左监伍项魁大吼：

"射死它！看谁第一箭！"

伍项魁话声一出，乱箭齐发，全部射向白狐。皓祯大惊，跳起身子，从肩后的武器袋中，拔出祖传的"乾坤双剑"，一招"天女散花"，双剑闪耀如万道光华，把射来的箭全部打落，又帅气地收剑入剑袋。

伍震荣不满地策马持剑奔来，喊道：

"今天是来狩猎的，立刻把这只白狐给杀了！"

太子启望看看皓祯，学着寄南的语气，笑道：

"荣王，此事难也难也！看来皓祯不想杀这只白狐！"

皓祯回头看皇上，大声问：

"陛下！太子殿下说得不错，微臣要放掉这只白狐！"

伍震荣怒视皓祯，霸道地说：

"少将军，你不懂狩猎两字的意义吗？"

双方剑拔弩张，情势不妙。大理寺丞方汉阳催马而出，文质彬彬地说道：

"《尚书》中曾说：'好生之德，洽于民心。'臣以为，地有载物之厚，人有恻隐之心，留母增繁，万物孳生！此事请陛下做主才是！"

这方汉阳，也是小辈中的翘楚。论相貌，绝对不输给太子、寄南和皓祯。论文采，他可是凭自己的真功夫，和他爹一样，考上科举，才被皇上重用。但是，他不会武功，不爱出风头，做人方方正正，说话引经据典。所以看起来，就没有皓祯他们三个的气势。这大理寺丞虽然是大理寺中排第三的官位，却是人人觊觎的，因为这是个掌实权的官，能断是非、判生死！当然，他能当上这个官，也是伍震荣力荐的。

皇上对汉阳的意见不置可否，眼光却看向寄南，问：

"寄南意下如何？"

"陛下，"寄南有力地说，"白狐为皓祯所猎，当然应该由皓祯发落，谁都不能抢先下令捕杀。陛下不是说，谁猎到就是谁的吗？"

寄南正说着，忽然有支利箭，力道万钧，直接射向白狐肩头。皓祯的双剑已经收起，眼看利箭射来，白狐不保。想也没想，就用右手徒手去抓那支箭。箭镞穿过皓祯掌心，再射中白狐的右肩。皓祯手心中的血，顿时滴在白狐身上。皓祯急忙回头看，只见拉弓射箭的竟是父亲袁柏凯，看到皓祯受伤，柏凯脸色大变，催马上前，急呼：

"皓祯！你疯了！我这梅花箭的力道你是知道的！怎么用手去抓？赶快给我看看伤势！"

寄南见皓祯忍痛皱眉，鲜血直流，大喊：

"太医！快来诊治，皓祯伤得不轻！"

太子不待伍震荣异议，上前拔下白狐身上的箭，同时拔出匕首，挑断了网绳，对白狐说道：

"幸好皓祯挡下了这箭的力道，保住你这条小命！快快去吧！"

"等一下！"寄南便在狐狸尾巴上，割下一撮狐毛，"我要帮皓祯留下一点纪念品！"

狐狸回眸看皓祯，乌黑的眸子湿漉漉的，似有感恩之意，转身飞奔而去。

众人全部因这一幕而呆住了。太医、柏凯、寄南、太子围着皓祯止血治伤。

伍震荣皱眉不悦。看着太子、寄南、皓祯三人，心想："这三人已结成一党！太子有了寄南和皓祯，如虎添翼！还加上那屡建军功的护国大将军袁柏凯！"一气，对项魁低语："你像我儿子吗？简直是个草包，怎么不去抢？"

项魁一愣，气呼呼地低声回答：

"太子点名也没点到我伍项魁，他们三个拦在前面，我怎么去抢？他们根本是明着灭爹的威风！"

皇上看看震荣父子，看看柏凯和皓祯，为缓和气氛，哈哈笑道：

"捉白狐，放白狐！袁将军的儿子就是不一样。皓祯十六岁就英勇杀敌，建立军功，朕特地封他为骁勇少将军，今日的表现更是出人意料，独树一帜！哈哈哈哈！"

皇上这番话，完全不能让伍震荣父子感到舒服。另外一个始终被疏忽，也没被皇上注意的年轻人，心里也大大不是滋味。这人就是只比皓祯小三个月的庶出弟弟——袁皓祥！他骑马站在一边，用不屑的眼神看着这一切，心里纳闷地想着：

"这大概是场表演吧？爹居然帮着皓祯演戏？出风头也不看看时间地点？公然和荣王父子作对？不想在朝廷上混了吗？"

父子三人打猎回到将军府，整个袁家都震动和惊慌了！因为皓祯受伤了！雪如带着秦妈、袁忠等人，急匆匆迎向归来的皓祯，惊呼着：

"打猎受伤了？"见皓祯包扎的手，快要晕倒了，"哎哟！包扎得那么厚，一定很严重？被什么伤到了？"

皓祥大声接口：

"被爹那最著名的'梅花箭'！"

"柏凯的箭？父子两个抢着打猎吗？"翩翩惊问。

"箭伤怎么会在手心里呢？"雪如又是慌乱，又是不解。

柏凯懊恼地一巴掌拍在皓祯肩头，心痛而严厉地说道：

"皓祯，你一定要跟荣王父子唱反调吗？爹这一箭，想化解这场小风波，你居然用手去抓箭？咱父子向来有默契，今天怎么不灵了？"

"爹！"皓祯苦笑，"你那一箭射得那么快，我只有瞬间反应，来不及默契了！"

翩翩在一边推着皓祥说：

"皓祥，你今天没有猎到什么野兽吗？你那箭法不是也练得挺好的！"

皓祥不耐地对翩翩一吼：

"今天不是去打猎，是去放生的！你懂了吗？"

柏凯瞪了皓祥一眼。

"对你娘有点礼貌行不行？都是我的儿子，怎么差那么多！"

皓祥一怒接口：

"当然差！那是你原配生的嫡长子，我算什么？"

"你想气死我！"柏凯大怒，追着皓祥想打，"对你大娘没礼貌，对你亲娘没礼貌，看样子，也不把我放在眼里！"

皓祯赶紧上前拦住柏凯，嬉笑道：

"跑了一天的马，爹还是中气十足！皓祥不过是因为没猎到野兽，有点遗憾而已！爹干吗大呼小叫？"

此时，皓祯的心腹小厮小乐，捧着一个铺着红垫子的盘子，里面是一撮白狐的毛。

"夫人，这是那白狐的纪念品！要怎么处置？"

雪如看着狐毛，一愣。柏凯立即解下自己腰间的祖传玉佩，放在盘子上，说道：

"这块玉佩送给皓祯了，如果用白狐的毛做成玉佩的穗子，一定别出心裁！"

雪如笑了。皓祥看看皓祯母子和柏凯，哼了一声，悻悻然地转身出门去了。

二

半年以后的一个清晨。

在长安郊外的苍雾山中，白吟霜正背着药篓，到处寻寻觅觅，她在采药。

晨雾迷蒙中的苍雾山，有原野，有绿林，有峭壁……景致如画。吟霜时而弯腰找寻，时而抬头看看前方，犹豫着要不要再向绿林深处去找。白吟霜穿着一身简单的米白色衣裳，只在腰间系了一条蓝色的腰带。头发松松地绾着几个发髻，簪着银色的蝴蝶簪。为了怕发髻松散，还系着和腰带同色的几缕丝带。清晨的风吹着，她的腰带和发带，都飘飞在徐徐轻风中。吟霜是带着几分仙气的，那股不食人间烟火的韵味，遍布在她身上。她也是美丽的，眉如春柳，眼如秋水，小巧的鼻子下，配着小巧的嘴。白皙的脸庞，纤细的身材，整个人细致轻盈，像是深山中传说的仙子！

她确实来自深山，她的父亲白胜龄是位神医，母亲苏翠华更是与众不同。他们一家三口，住在默默无名的普晴山中，靠着自耕自种，采药制药度日。他们经常到山下的村庄中，为村民治病施药。自从四年前母亲去世，父亲就遵从母亲的遗命，把吟霜带到大城市来，一路靠着高超的医术，给人治病针灸为生。他们父女已经陆续到过洛阳、汴州、襄州，这个月才到长安。

吟霜这天采药并不顺利。天上，有只矛隼[1]在飞翔，不时低飞，故意掠过吟霜的头顶，扇乱了吟霜的发丝。吟霜抬头，看着那只矛隼喊道：

"猛儿，今天我可没办法跟你玩，我得赶紧采药，你别吵我！这儿的药草太少，采了这么久，都没采到真正有用的！"

这只矛隼，是吟霜家中的一分子。在吟霜出世前，猛儿就是白家的重要成员。

猛儿不听吟霜的话，一个低飞，掠过吟霜面孔再高飞，然后直接鸣叫着飞向峭壁。

吟霜抬头向峭壁看去，惊见峭壁上，有两朵白色像昙花的花，长在石缝里。

吟霜眼睛一亮，惊喜莫名地喊道：

"难道是'石玉昙'？"奔到崖下，抬头细看，喜悦地喊道："猛儿！你太聪明了！你帮我找到了最珍贵的药材石玉昙！这花四年才会开一次，太好了！"她衡量着花的高度，"可是，我怎么上去呢？"

难得找到稀有药材，绝不能轻言放弃！吟霜卸下背上的药

---

1. 矛隼，鸟名。属于鹰类，可以豢养及训练，威猛通人性。

篓，看着石壁的凹凸处，开始手脚并用，小心翼翼地爬上石壁。

这个时候，皓祯正带着贴身侍卫鲁超，骑着两匹马，抄捷径飞骑进了苍雾山，穿过树林，皓祯叮嘱着：

"鲁超！启望哥这么急找我们，一定有急事，你眼睛要放亮一点！"

"是！公子！"鲁超回答，"卑职会处处小心！如果木鸢有指示就好了！"

两匹马来到吟霜所爬的峭壁前，吟霜危危险险地攀在那儿，拼命向上爬，伸手还是够不着花。皓祯马蹄奔近，抬头惊愕地看着石壁上的吟霜。

吟霜被马蹄声惊动，低头看，脚下一个踩空，整个人就从石壁上摔了下来。

"哎呀……"吟霜惊呼。

皓祯大惊，内力一提，一招"旱地拔葱"，从马背上凌空而起，如电光石火，似凌虚御风。半途中，他身子一拧，双掌同时推出，来个"抱虎归林"，稳稳地把吟霜接进了他的双臂中站定。皓祯低头，看着横躺在他臂弯中的吟霜，惊愕地问：

"姑娘！一大早，你这么趴在峭壁上干吗？太危险了！"

吟霜脸孔立刻涨红了，挣扎着要下地，嘴里喃喃地说着：

"我……我在采那两朵石玉昙！"

皓祯这才发现自己还抱着吟霜，这可是他此生第一次抱着个姑娘。眼中接触的，是吟霜那对略带惊惶，却深如湖水、亮如星辰的眸子，这样的眼光令他心中没来由地一跳。赶紧把她放下，看看她那身打扮，正是"宝髻松松绾就，铅华淡淡妆成"，好个遗世独立、超凡脱俗的姑娘！他见她脸颊绯红，立刻收拾起情绪，抬头看看那两朵花。

"石玉昙？那两朵白花吗？"他不解地问。

吟霜又是受惊，又是羞涩地解释：

"那不是普通的花，是可以治病的药材，很珍贵的……我在采药……"

皓祯不等吟霜说完，就用脚尖点着山壁，飞跃到那两朵花处，把整枝花连根拔起。飘然落地，然后，把连根带泥土的花递给了吟霜，说道：

"既然是珍贵的药材，我想它的根、茎、叶子都有用！喏，给你！"

吟霜赶紧接过石玉昙，看着皓祯，两眼雾蒙蒙却又亮晶晶。

"谢谢，谢谢……"

皓祯不禁深看了吟霜一眼，匆忙说道：

"我还有重要的事，正在赶路！小事一桩，说什么谢谢？我走了！"回头喊着："鲁超！走吧！"

没有再多说任何一句话，皓祯迅速地上马，一拉马缰，飞驰而去。

鲁超对吟霜点头行礼，也跟着快马奔去。

吟霜握着那朵花，看着皓祯消失的背影，不禁出神了，嘴里喃喃地自语着：

"这么好的身手，这么英挺的长相……真是来得快，去得也快！"

她并不知道，这番相逢，只是一个开始。苍天在皓祯抱住她的那一瞬间，已经撒下许多种子。皓祯虽然去得快，心里却漾起无数波澜。策马疾驰的他，有点兴奋，有点惆怅，有点遗憾，他脑海里莫名其妙地涌起几个句子：

策马奇岩间，
翩然坠婵娟，
盈盈一揽处，
脉脉几千言。
但愿此刻无穷尽，
秋波如醉共流连！

如果不是太子有急事，大概他不会如此匆匆而去吧！

出了苍雾山，就是苍澜河。一条小船荡漾在河心。

太子启望钻出船舱，看着急急赶来、已上船的皓祯和寄南。

"你们两个总算赶来了！"太子说。

寄南四下张望，打量岸边，再看太子：

"殿下，你这单薄的小船安全吗？"

"总比我那太子府安全！"太子说道，"身边的人多得数不清，没几个能够信任的！东宫问题更多，幸好老早就从东宫搬到太子府！"

东宫本来是太子的地方，但是李氏王朝，早就把旧皇宫搬迁到新皇宫去了，东宫还在旧皇宫里，太子也把住家搬出东宫，搬到距离新皇宫有段距离的太子府。他深知距离皇宫越远，他的安全性越高。不过，要办理公事时，他依旧得回到东宫去。

"这船是谁安排的？"皓祯疑惑地问。

"卑职安排的！"太子的贴身卫士邓勇行礼回答，"卑职想，要密谈就要找个四边不靠的地方！"

"说得有理！"皓祯打量船夫，"船夫都是高手，安全！"这才看太子："殿下何事急急找我和寄南？"

"在这荒郊野外，你们两个就别殿下殿下地叫，当心给我叫出麻烦来！我们像兄弟一样，那些皇家礼数，你们通通给我省掉！"太子说道。

寄南一听，就大剌剌地往船板上一坐，拿起身边矮几上的瓜子嗑了起来。

"启望如此一说，本王就放肆了！"寄南对太子眼珠一转，"你是不是太子府待腻了，想风花雪月一番，那本王就是识途老马，你乔装一下，我带你去见识见识！"

"寄南少开玩笑！什么危急关头，你还在那儿风花雪月！"皓祯说。

"不是风花雪月，难道太子府有奸细不成？"寄南问。

启望一叹：

"自古的东宫也好，太子府也好，有几个是干净的？最近，左右两位宰相，对我的兴趣都很大，伍震荣送了四个美女歌伎来，方世廷送了一箱诗书来！"

"哼！这也没什么？各人用各人的方法，来讨太子的欢心罢了！你就享受美女，至于诗书，束之高阁就成了！"寄南轻松地说。

"这左右宰相，一个是虎，一个是狼！都不是省油的灯。"皓祯沉思地接口，"他们一定有目的，或者美女是奸细，诗书是故弄玄虚！"

"我也这么想，"启望说，"让我最不安的，是那四个美女中，有个居然对我说了一句奇怪的话'小心祝大人！'我再追问，她就咬定我听错了，什么都不说了！"

寄南一跃而起，惊愕地问：

"祝大人？是祝之同吗？"

皓祯也惊愕地说：

"祝大人不是太子那赞善大夫中最有声望的一位吗？不过是个五品官，管的也只是太子的辞见劳问之事，难道荣王要从祝大人那儿下手？目的是给太子一个下马威？"

"这事不通呀！"寄南说，"既然要从祝之同下手，为什么又送美女来向你报信？"

"说不定这个美女，也是混进荣王府去的！"皓祯沉思地分析，"他们有奸细，我们难道就没布局？启望哥，你回去好好跟这个美女谈谈……"

皓祯话没说完，琤的一声，一支利箭不知从何处来，射在船篙上。

众人大惊，鲁超和邓勇都四面观望，伪装船夫的卫士个个跳起身戒备着。

皓祯立刻拔下箭，只见箭尖穿过一个铜钱的方孔，上面穿着一张纸条。

"是木莺的金钱镖？"寄南问。

"这木鸢好功夫！"太子启望有点惊悸，"四面不靠也拦不住金钱镖！幸好是自己人，万一是敌人，怎生是好？"

皓祯打开纸笺，太子、寄南都凑近来看。只看到纸笺上写着：

"长安大街，明日午时，护送！——木鸢"

"护送？护送什么？"寄南惊讶地问。

"不好！"皓祯明白过来，"启望，只怕祝大人已经落进伍震荣手里了！"

太子变色了。

第二天将近午时，长安街头一阵喧嚣，汉阳骑着马，带着一群衙役，押解着年逾五十岁、瘦弱的祝大人，还有祝夫人、祝家大儿子、小儿子、大儿媳、小儿媳、女儿雅容还有亲人家眷，总共有十几个人，祝家随从也有十几个人，浩浩荡荡走来。衙役喊着：

"让开让开！大理寺丞方大人在办案，闲杂人等都退开！"

街头拥挤观看的人群中，吟霜提着药箱和父亲胜龄赶紧退开让路。

祝大人脸色苍白，显然有病在身，他挣扎着向前走，脚步踉跄，喊着：

"汉阳！看在你爹右宰相公的面子上，给我一口水喝吧！你心里也明白，我是被冤枉的、栽赃的！"

"祝大人！"汉阳看了祝大人一眼，"是不是冤枉，是不是栽赃，也要到了大理寺，审理过了才知道。今天汉阳在办案，别提我爹！咱们只问是非，不谈交情！"

祝大人一个趔趄，几乎跌倒在地。衙役上前拉住，凶恶地喊：

"走好！别在这儿装病装可怜！"

汉阳勒住马，对衙役吩咐道：

"给他一口水喝！水壶拿来！让家眷也喝一点！"

队伍停下，路人围观，衙役上前拿出水壶，祝大人立刻捧着水壶猛灌。

围观人群中，皓祯和寄南带着鲁超，藏在人群中观望着，两人眼神犀利。寄南对皓祯低语：

"咱们如果要动手劫人，现在是机会！"

"我们人手够吗？"皓祯低声回答，"我们是来护送人犯，不是劫人！何况，怕伤到孩子！哪有把五六岁的孩子也抓起来的道理？"

鲁超四下观望，低语：

"公子，怪不得要护送，荣王那个宝贝儿子又来了！"

一阵马蹄声，人声，吆喝声。只见伍项魁带着一队羽林军，疾奔而来。

"汉阳兄！"项魁大喊着，"我爹荣王怕你对付不了人犯，这祝大人奸诈狡猾，你别被他骗了！我特地前来帮你一程，送这个贪官全家老小进牢！"

汉阳一愣，急忙回头。

项魁已带着大队人马，冲进衙役群中，嚣张地看着，大惊失色，喊道：

"汉阳，你没给他们上手铐脚镣，停在这儿给他们喝水？你这是押解犯人，还是在交朋友？难道，你顾虑你爹和祝大人的交情吗？"

汉阳温文儒雅，不卑不亢地说道：

"我爹最好的朋友，全长安人都知道，那就是你爹！想不到，荣王对本官还不放心，要劳动你的大驾，来帮我办案！"

项魁对羽林军吩咐道：

"大家上去，给每个人犯都锁上手铐和脚镣！快快快！"

一阵叮叮哐哐，手铐脚镣全部出炉，丢在犯人面前。羽林军上前，粗鲁地为人犯锁上手铐和脚镣，水壶也被夺下。汉阳着急，却依旧很有风度地说：

"项魁兄，不能这样来！祝大人现在是'嫌犯'，不是犯人，还没审问过，案情也没明朗，怎能给他们锁上手铐脚镣呢？"

"现在本大人接管！"项魁怒吼一声，"羽林军听令，手铐脚镣之外，再用铁链把他们绑成一串，免得脱逃！"

祝大人、夫人、女眷、子女、随从都痛哭尖叫挣扎着。祝大人仰头看天，泪如雨下，凄然喊道：

"苍天在上，恶虎横行啊！"

一时之间，场面乱成一团，羽林军凶暴地又打人又踹人，犯人全部在手铐脚镣下挣扎哭喊。人群中，皓祯和寄南交换了一个眼神，两人一跃而出。寄南把项魁拉下马背，嬉笑着说：

"哈哈哈哈！项魁兄，本王爷也来加入办案吧！反正闲着也是闲着！在酒楼喝杯酒，被你们吵得耳朵都出油了！"

"鲁超！"皓祯对鲁超喊道，"去给祝大人解掉手铐脚镣！现在祝大人是大理寺的嫌犯，不是羽林左监的人犯！"严肃地看着项魁："你还是带着羽林军，回皇宫去守卫吧！这长安大街上的事，交给我才合适，让我和寄南帮汉阳办案！"

汉阳如见救兵，立刻呼出一口气来，说道：

"寄南、皓祯，你们来得正好！"对项魁抱拳行礼："项魁兄，帮忙办案的人来了，有皓祯和寄南，你爹就不怕我丢了人犯！你请回吧，不敢劳驾！好歹祝大人也是太子的人，可别惊动了太子！"

汉阳说话间，皓祯、寄南、鲁超已经带着几个手下，冲进人犯中，皓祯抽出随身的乾坤双剑，和寄南一起，把手铐脚镣一阵噼里啪啦地砍断。项魁大怒，喊道：

"你们在谋反吗？羽林军！大家上！谁敢动我的犯人，就是和荣王作对！"

皓祯一面手起剑落地砍断手铐，一面对项魁嚷道：

"伍项魁！你不要以下犯上，羽林军也是我管辖范围，看在荣王的面子上，我不跟你计较，你适可而止，别在大街上和汉阳抢犯人！"

在人群中观望的吟霜看到皓祯，不禁一惊，身子微微一颤，脱口低呼：

"是他！"

"是谁？"胜龄不解地看吟霜。

吟霜眼光直勾勾地看着皓祯，低语：

"那个来得快，去得也快的人！"

胜龄困惑地看看不知所云的吟霜，眼光不由自主地投向皓祯。

项魁一声命令，羽林军冲上前去，就要拦阻皓祯和寄南。寄南大喊：

"你们这些羽林军，别弄错了方向，我好歹是个靖威王，你们羽林军应该保护我的安全，谁敢跟我动手，难道连皇上太子你们都不放在眼里吗？"

"寄南，看样子，今天我们两个要帮皇上和太子，教训一下这些横行霸道的羽林军！简直让人无法忍耐！"皓祯怒道。

皓祯说着，一招"四面八方"，闪电般把手边的羽林军，三拳两腿地打得飞了出去。寄南看到皓祯动手，也飞快出招，"八方风雨"加"扫堂腿"，拳脚并用，打向身边的羽林军。

羽林军哪敢还手，被打得满地滚，东飞一个，西摔一个，哎哟一片。鲁超和几个手下，也没闲着，刹那间，就把羽林军打得东倒西歪，场面大乱。

汉阳急得瞪大了眼睛，嘴里念念有词：

"天理无私，法理无私，办案无私，我坐得端，行得正！即使弄得惊天动地，也要把嫌犯平安带到大理寺！"

此时，祝大人不堪折腾，突然倒地，浑身抽搐痉挛，脸色苍白如死。夫人、儿女全部哭奔上前。儿子哭喊：

"爹！爹！你醒醒呀！"

女儿雅容跟着哭喊：

"爹！你别死呀，现在死了，连清白都争不回来！"

吟霜再也看不下去，抱着药箱奔出来，胜龄急忙跟着奔出。吟霜急切地喊着：

"大家让一让！让一让！这位大人情况危急，小女子和我爹懂一点医术，我们来救他！"

皓祯定睛一看，眼睛一亮，心中猛地狂跳，怎么是她？那个让他念念难忘的"婵娟"，那个"盈盈一揽处，脉脉几千言"的仙女！他惊喜交加，急忙喊道：

"哎呀！采石玉昙的姑娘！大家让开！这位姑娘是个女大夫！"

祝大人的亲人女眷赶快让开，胜龄已经在给晕倒的祝大人把脉，紧急地说：

"吟霜！快准备你的银针！他脉搏混乱，还发着高烧！"

吟霜已经打开药箱，手脚利落地拿出布袋中的银针，那些银针是手工制造，都是又粗又长的。吟霜利落地在祝大人脸上、头顶、手上各穴道扎针，一面扎针，一面诊断。

"受了风寒，早就病得不轻。加上急怒攻心，现在郁结在胸，气缓不过来，如果不打通血脉，只怕撑不下去！"吟霜说着，拿出药丸，塞进祝大人嘴里，喊着，"水！水！这药丸要用水送进去！"

家人衙役都急忙送上水来。吟霜和胜龄就给祝大人喂药。

"简直不可思议！"项魁暴跳如雷，大喊，"大理寺丞方汉阳！你押解犯人，怎么公然在大街上治病？他明明在装死，你还不赶快把他抓起来！"

项魁说着，就向吟霜等人冲去。皓祯和寄南，两人很有默契地，并列着一拦。

"伍大人！少安毋躁！"寄南嬉笑地说。

"项魁兄！退一步海阔天空！"皓祯正色地说。

项魁跳脚大骂：

"海阔天空你个头！少安毋躁你个鬼！"

三

长安大街这头乱成一团。但是，在长安大街的另一头，也乱成一团。

原来，有个名叫裘灵儿的年轻姑娘，正驾着一匹失控的马车，疾驰在街道上。马车外面，灵儿的爹裘彪，整个身子挂在车外，想爬上驾驶座去帮灵儿。灵儿大呼小叫，马匹飞跑，车子东摇西晃，裘彪几度快被摔下地，惊险万状。

马车后面，裘家杂技班成员骑马跟着跑，个个气喘吁吁。马儿速度就是赶不上灵儿。

这裘灵儿长得非常出色，两个眼睛圆滚滚，眼珠黑溜溜，一对柳叶眉，眉头较深，眉尾较淡，虽然没有修饰，却颇有几分英气。配上她那对特别黝黑的眸子，使她带着点男儿气息。鼻子很挺，上嘴唇棱角分明，下嘴唇弧度如弓，是个靓丽抢眼的姑娘！再加上她穿着一件红色的马术服装，把她衬托得更加明亮。她正着急地控制那辆失控的马车，手忙脚乱地拉着缰绳，嘴里大喊：

"停！快停下来！你这笨马，今天到底发什么疯呀？快停下来！停下来！"

马车横冲直撞，马车外的裘彪紧急喊着：

"灵儿，小心路人！小心路人呀！你这个丫头，到底会不会做事呀？连一匹马车都驾不好！"

只见杂技班一个十岁左右的孩子——小猴子，机灵地从后面飞奔追上，一跃上了车顶，立刻跳跃着要去救裘彪，喊着：

"裘班主，灵儿姑娘，你们别怕！小猴子来救你们了！"车子被小猴子这样一跳，更加左摇右晃。

后面的成员们追得上气不接下气，七嘴八舌喊着：

"裘班主！灵儿姑娘！车子里有我们卖艺的家伙，可别弄坏了！"

灵儿一面拉马缰，一面跟裘彪喊道：

"爹！你管好自己，别从马车上掉下来，当心摔个狗吃屎！如果被车轮子碾到，你就没命了！被马蹄子踹到，你会更惨！"

"你这个死丫头！害我挂在这儿不上不下，嘴里还没一句好话！"裘彪大骂。

灵儿等人就这样冲向了祝大人的押解队伍。

长安大街这头，祝大人醒转，胜龄急忙将祝大人扶起。吟霜收拾着拔起的银针。

"祝大人，你如果能坐起来，小女可以帮你推拿一下，你会比较舒服的！"胜龄看祝大人十分衰弱，热心地说道。

祝家儿女赶紧扶着祝大人，坐起身子。吟霜就走到祝大人身后，跪坐在地上，双手贴着祝大人的背，脸上一派安详，眼神专注虔诚，手下运气，嘴里念念有词：

"心安理得，郁结乃通。治病止痛，辅以气功。正心诚意，趋吉避凶。心存善念，百病不容！"

众人好奇地看着，皓祯、寄南、汉阳都被吟霜的动作吸引了。尤其皓祯，更是看得目不转睛。

项魁怪叫着冲了过来：

"停止！停止！你们在干什么？推拿？居然在长安大街上给人犯治病还推拿？"过去一把拉起吟霜："你这丫头会推拿，帮本官推拿一下才是正事！"

皓祯冲过去，一把拉住了项魁的手腕，正色大喊：

"你才住手！这位姑娘在治病，你看！祝大人的气色已经好多了！"

果然，祝大人站了起来。家人惊喜，看到祝大人的精神和脸色都好转了。

"好了，谢谢这位女神医！"汉阳赶紧说，"如果没事了，咱们继续上路吧……"

汉阳话没说完，只见灵儿和失控的马车，对着众人急冲过来。灵儿惊喊着：

"你们大家堵在街上干吗？快让开呀！我这匹马大发脾气，我拉不住它，你们谁被撞到谁倒霉……"

"让开让开！"裴彪同时喊着，"大家保命要紧！快让开呀……"

小猴子在车顶伸手给裴彪，拼命地喊：

"手给我，我拉你上来……"

裘彪伸手给小猴子，只见小猴子利落地一拉，裘彪就上了车顶。

围观路人和衙役等看得目瞪口呆，不禁拍手叫好。就在大家拍手叫好中，刚站起身的吟霜回头，竟然看到马车翻倒了。吟霜紧急中推开了白胜龄，大喊：

"爹！小心！马车翻了……大家小心呀！"

眼看马车就要撞上吟霜和祝家众人犯，皓祯、寄南、鲁超三人飞身而来。皓祯拉开了吟霜，寄南抱起祝大人，闪到安全地带。鲁超挡开了祝家家眷。

灵儿和小猴子紧急跳车，两人居然安然无恙，裘彪却被翻覆的马车压在下面。车里的卖艺器具，滚了一地，乒乒乓乓。鲁超赶紧上前控制住了那匹暴躁的马儿。

街上众人，个个惊魂未定。灵儿对着吟霜，像男人般抱拳行礼，一迭连声地说：

"姑娘，失礼失礼！"拉着吟霜检视手脚，"有没有撞伤你呀？肯定吓坏你了吧？我那头笨马，今天变成牛了，怎么都拉不住！"

吟霜惊魂甫定，喘息着说：

"我还好，还好，没有受伤！"边说边拉整服装，关心地望向白胜龄："爹，你没事吧？"

白胜龄毫发无伤，走向翻覆的马车，想要拉出被压在马车下的裘彪，向吟霜喊着：

"快来帮忙，有人被压在马车下了！"

皓祯、寄南和鲁超，又奔过去，合力抬起马车，把手臂受伤的裘彪救了出来。

寄南对吟霜喊道：

"女神医，恐怕你今儿个很忙，生病的还没好，又有人受伤！"

皓祯和吟霜眼光一接，眼神瞬间又交换了千言万语。皓祯很想找点话来说，却不知从何说起。也没时间给他那出神的心来归位了，因为，杂技班的成员们，马队奔来，忙着下马收拾满地的卖艺行当，关心着裘彪伤势。灵儿一双大眼睛骨碌骨碌转，对着裘彪就掀眉瞪眼，跳脚喊：

"唉！老爹，你好端端地骑马，干吗跑来追我呀？还挂在我马车上！你看吧！连你也拿那匹笨马没辙了吧？整天只会教训我！说我笨！"说着说着，就得意地大笑："哈哈哈！摔得四脚朝天的可不是我啊！哈哈哈！"

裘彪抚着胳臂，怒道：

"你这臭丫头，居然还在这儿说风凉话！你捅的娄子！还敢取笑你老爹！你这没心没肺的死丫头！我的胳臂大概骨头断了！"

"骨头断了？"灵儿收起笑，"接起来不就得了！别婆婆妈妈乱喊疼！"

"让我帮这位大叔看看！"吟霜赶紧提着药箱过去说。

项魁不禁对着灵儿和吟霜来回看，心想："今天真是奇怪了！怎么会从天而降这样两个截然不同的美女？如果不是在押送囚犯，这两个姑娘我可不会放过！"

汉阳忽然回神，眼神一怔，对裘彪说道：

"这位大叔，你的胳臂最好让这两位神医治一治！至于我

们……"对众衙役命令道:"出发了!直接去大理寺!"看项魁:
"左监大人……"

"我奉命帮你押送人犯!上路上路!"项魁脸色也一正。

寄南推推皓祯。

"我们也护送汉阳大人一程,免得路上再出差错!"

皓祯正看着吟霜在帮裴彪治伤,被寄南一推,乍然回神。

皓祯就对吟霜一笑,说道:

"神医姑娘,后会有期!"转身一跃上马。

于是,汉阳、皓祯、寄南、项魁就押着众人犯,浩浩荡荡地
走了。

吟霜见众人已去,就专心治疗着裴彪。裴彪的手臂受伤还流
着血,骨头也有骨裂的情况,白胜龄找了木条,固定了手臂,吟
霜帮忙,为裴彪包扎好伤口,吊住手臂,说:

"你这伤口不浅,这两天要小心伤口不要碰水。也不能乱动,
伤到骨头!"

吟霜又拿出一小盒药膏,交给灵儿:

"这是我爹独家炼制的白雪金疮膏,很有效的,你每两个时
辰,给大叔上上药就可以了!"

"姑娘,"灵儿傻笑,"我爹皮厚,这点小小皮肉伤不碍事,
不过你这什么白雪膏的,我就收下啦,谢谢你!"大咧咧地自我
介绍:"我叫裴灵儿,我爹叫裴彪,是堂堂裴家杂技班的班主。"
指着其他成员,"这些兄弟都是我的家人,也是我们杂技班的班
底。"拉过小猴子:"这是小猴子,最小的团员!"

裴彪苦着脸抢话,哀怨地骂着灵儿:

"什么你爹皮厚不碍事？你就不心疼你爹吗？我怎么会生出你这样的女儿啊！"摇头叹息，又恭敬地望向白胜龄："大爷，看您疗伤的手法，肯定是一名大夫吧？"

"客气客气！"胜龄说，"大夫不敢当，只是略懂医术，帮着有缘人，治治小病而已！在下白胜龄，"指着吟霜介绍，"这是小女，白吟霜。"

灵儿热情地拉着吟霜的手说：

"白吟霜，虽然不知道怎么写，听起来就很有学问的样子！"回头看看远去的衙役人犯，悄声问："那些是什么人？官兵衙役都有，坏人好人犯人都有，大官小官都有，很热闹的样子！"

"你比我还清楚呢！我糊糊涂涂都没弄清楚，就是什么人都有！"吟霜笑着说。

"好啊！"灵儿大笑，"你说话真有意思，哈哈哈！你这朋友我交定了！"突然一想："咦！你们要上哪儿去？我们有马可以送你们一程。"

"我和我爹要去东市摆摊问诊的，现在一耽搁，恐怕市场都没有好位置了。"

"我们也在东市卖艺，怎么没有见过你们呢？"灵儿惊讶地说，"好极了！今天你们父女俩救了我爹这个大班主，你们的事，就是我们杂技班的事，跟我走，你们一定有好位置！"一声爽朗的吆喝："大伙儿走了，向东市出发！"

数天后，皓祯接到指示，只有短短四个字："东市——木鸢"。带着小乐，他就安步当车，走向东市。

东市是个庞大的市集，里面各种商贩都有。裘家班正在敲锣打鼓吆喝群众观赏。灵儿却不在自己的杂技班上，而在吟霜那儿帮忙，帮吟霜竖好招牌。吟霜在地上铺上地毯，摆上矮桌、矮凳准备看诊。灵儿也把简易的床榻搭好，准备给卧床扎针的病人用。白胜龄气定神闲地检视针灸器械。

灵儿突然拿起裘家班的锣，敲敲打打帮吟霜招呼客人，大声吆喝：

"来呀来呀！大家注意了！神医白胜龄莅临长安城啰！"突然喊起口号，"有病没病就靠白胜龄，有伤无伤就靠白吟霜！"对着群众招揽，喊着："有病没病就靠白胜龄，有伤无伤就靠白吟霜！"

吟霜羞红脸，害臊地拉着灵儿阻止：

"灵儿，你每天这样帮我吆喝是不是太夸张了，什么神医？还把我的名字这样喊出来，别喊了！太丢人了！"

"怎么会丢人，你爹医术那么高明，就是要让人知道的嘛！哈哈！做生意我在行，你就负责看病就行啦！"继续向民众喊："有病没病就靠白胜龄，有伤无伤就靠白吟霜！"

经灵儿吆喝，一群人已经围着白胜龄团团转。至于裘家班那儿，裘彪抚着受伤的手臂，苦恼无法表演，冒火的双眼正瞪着灵儿。吟霜赶紧抢下灵儿手上的铜锣：

"行了行了！快去招呼你们的杂技班，你爹的手受伤不能表演，你这台柱该上台去了！"

灵儿转头望向裘彪，大喊：

"知道啦！没有我你就不行！马上回去！"转身三步两步跑向

杂技班。

吟霜微笑着，赶紧招呼民众排队看病。

杂技班成员正在场中央表演杂技。一旁裴彪皱着眉，抚着伤口，盯着成员表演。

灵儿把弄着手上的飞镖，准备下一个表演节目，一面对裴彪说道：

"老爹，你别皱眉了行不行！不就是要耍飞镖嘛！你不行，我上就是了！这几天不都是我在撑场面吗？你皱那个什么八字眉，难看死了！"

"你上？"裴彪嗤之以鼻，"玩飞镖？你不要闹出人命就好！这几天你闯了多少祸？昨天差点没把人家孩子的头皮削掉！"

"那我不行，还有谁行？咱们裴家杂技班的招牌功夫就是蒙面飞镖，要不，我蒙面，你让我射飞镖！"灵儿嘟着嘴抗议着。

"我造了什么孽，养你这个既不贴心也不嘴甜的女儿，简直气死我！还好你娘不在了，看不到你这个坏心肠的丫头！明明就想把我射死！"

突然一个身影翻身跳跃来到裴彪眼前。一袋厚重的银两掷在裴彪和灵儿眼前。

裴彪和灵儿目瞪口呆地望着天上掉下来的银子。缓缓抬头，望着眼前气宇轩昂的男子。赫然就是数日前，在街头有一面之缘的窦寄南。

裴彪莫名其妙，已记不得寄南，赶紧问：

"这位少侠，五路财神里面，敢问您是哪一路的财神爷？"

"我不是财神爷，我是裴家杂技班的新班主！"

裴彪和灵儿像是五雷轰顶，瞪大眼珠，异口同声喊：

"新班主？"

灵儿不客气地跳出来捍卫：

"喂喂！这位兄台，我们裴家杂技班何时要换新班主啦？即使要换也轮不到你吧！你是哪根葱、哪棵蒜呀？"

"我既不是葱也不是蒜，我是你们裴家杂技班的东道主！"寄南自信地笑着。

"什么东道主？我让你下锅煮一煮！"灵儿拿起银两塞回给寄南，"想买我们杂技班？这点钱还不够我塞牙缝！滚！"

寄南轻蔑地一笑，说道：

"买你们杂技班我可没兴趣，不过买一天来玩玩，这袋钱应该够诚意了。"望向裴彪："班主，一句话你说了算，让我当一天班主，你卖不卖呢？"

裴彪见钱心喜，抢了寄南的钱袋，大喊：

"卖！"

灵儿也同时大喊：

"不卖！"

裴彪拉着灵儿到一边，窃窃私语：

"傻丫头，你知道这袋银两，足够我们这一大家子吃上几个月了，才一天怎么不卖啊！你这笨丫头！"

"我说你才是个笨老爹！人家买卖都要讨价还价的，这样你就满意啦！摆明是一个阔公子，有钱没地方花，咱们能多敲一点是一点，你懂吗？听我的就对啦！"

灵儿转身拿着钱袋交还给寄南，骄傲地一扬头：

"公子想玩玩，可以，不过你的诚意可以再多一点，这世上礼多人不怪！"

"哈哈！诚意再多都不成问题，这样吧！"寄南再掏出一个钱袋，"我再加！不过有个条件，你们要答应我，我要挑战你们的招牌功夫蒙面飞镖！"指着灵儿："这个姑娘要站在那儿让我蒙面射飞镖！"

裘彪财迷心窍，欣喜地抢走寄南手上的钱袋。

"同意！我班主一句话，卖给这位新班主一天！哈哈哈！"转身走向吓得目瞪口呆的灵儿，小声警告："这可不是一点诚意，人家是更多诚意，咱们可以吃两年的大米了！你给我好好地以大局为重，听到没有？"

灵儿还在心怀忐忑，看到寄南已经蒙着眼，准备表演飞镖，灵儿只得站在被射击区，头顶着一颗小南瓜，心焦地喃喃骂道：

"老爹，你这势利鬼，财迷心窍出卖女儿，也不知道这家伙会不会要了你女儿的命，你就这样让我去送死，你还是我亲爹吗？"

"哈哈！"裘彪开心窃笑，说道，"看你聪明，你还真笨！平时只会欺负你老爹，人家蒙面射飞镖，你又没蒙面，闪总会吧！我才不怕你送命呢！"

寄南大声嚷着：

"姑娘，你要是送命了，你爹那儿，我会照顾他，你放心吧！"

"喂！你这财大气粗的冒失鬼，"灵儿气不打一处来，狐疑地喊，"那天我翻车，你好像也在场，不知道是好人还是坏人？我看你八成没安好心……"

寄南不待灵儿做好准备，突然大喊：

"看镖！"

眼见飞镖迅雷不及掩耳地射出，灵儿哪儿来得及闪，尖声大叫。飞镖安稳地射中了灵儿头上的南瓜。裴彪吃了一惊，围观群众哗然叫好。

灵儿头上换上了更小的射击目标——地瓜。灵儿难掩恐惧，手心冒汗发抖。蒙眼的寄南又快速地射出飞镖，再一次成功地射中了地瓜。吓得闭眼的灵儿，恍如重生般抚抚胸口。裴彪和一众成员开心鼓掌。围观的群众大呼过瘾：

"真是神镖手！厉害！太厉害了！"

灵儿头上换上了更细的射击目标小辣椒，苦笑着对寄南说道：

"大侠，财神公子，新班主，你下一个目标，不会是要射大蒜吧？"

蒙眼的寄南，灿烂一笑，立刻又射中了小辣椒。群众喝彩大喊：

"高手！真是太神了！射大蒜！射大蒜！"

吟霜一面忙着协助白胜龄，依序地问诊把脉。一面注意着热闹的裴家杂技班，见灵儿忙于应付"一日班主"，次次惊险过关，不禁好奇。

忽然间，伍项魁带着一队随从，浩浩荡荡而来。一个随从逢迎拍马地介绍说：

"大人，这就是东市著名的银针西施！"

一阵推推挤挤，随从们就蛮横无理地把吟霜的病人全部冲散。其他随从两排纵队开道，伍项魁大咧咧地从中间迈向吟霜。忙得双颊红润，还担心着灵儿的吟霜，缓缓抬头，吟霜迷人的双眼立刻震慑了色欲熏心的伍项魁。

"哎呀！这不就是在长安大街上推拿的女神医吗？"伍项魁叫着，"白吟霜！对吧？你看，本官连你的名字，都已经打听得清清楚楚！"

白胜龄眼见这阵势，机警地向前把吟霜拉到他身后，镇定地说：

"这位大人，是来看诊的吗？请坐！请坐！"

"本大人不是来看病的，是来带走这位女神医的！"项魁盯着吟霜，有力地说道。

胜龄与吟霜两人大惊，同时冲口而出地问：

"带走？带到哪儿去？"

"白吟霜，你走运了，不用在这里摆摊扎针了！"项魁挑着眉说，"本官把你带进荣王府，献给我爹，专门给咱们伍家人看病，从此富贵荣华都来了！你就像个御医一样，说不定还能弄个女官什么的！"上前就去拉住吟霜胳臂喊："跟我走！"

吟霜大惊，急忙一退，却挣不开项魁的掌握，急喊：

"我不去！我跟我爹在东市就挺好的，我们不要荣华富贵，只想救济苍生！"

"大人！请松手！"胜龄上前去拉吟霜，"小女从小生长在深山，不懂得王府规矩，没资格进荣王府……"

项魁一怒，把胜龄重重一推，胜龄跟跄倒地。项魁凶恶地喊：

"你这臭老头滚一边去！没有问你的意见，我们要的是白吟霜，不是你！现在也不是在征求你们的同意，这是命令！跟我走！"

吟霜拼命挣扎，又担心跌倒的胜龄，凄然喊道：

"不要不要！我不要去！请放开我……爹！"

胜龄爬了过来，死命抱住吟霜的腿。项魁一脚就对胜龄踹了过去，对手下喊道：

"把那个白老头抓起来，给我打！我在为朝廷招揽人才，谁阻止我，就是和朝廷作对！给你一个乱党罪名，你就死定了……"

项魁的人马立刻上前，抓住胜龄拳打脚踢。吟霜急哭了，喊着：

"不要打我爹，不要打我爹，我跟你走就是……"

许多群众已经围着在看热闹。就在这片混乱中，皓祯一个"鹞子翻身"飞进人群。"双撞""左横打""右冲捶"三式连发，迅速地几拳几腿，就把抓住胜龄的随从，打得摔了一地。接着，皓祯握住吟霜的手腕，大声说道：

"伍项魁，这位女神医，已经被东市的百姓给订下了！你要带走她，先问问我的拳头答应不答应！你代表朝廷，我就代表百姓！"

皓祯说着，又闪电般给了项魁几拳，把吟霜救出魔掌，推在自己身后保护着。

项魁一看是皓祯，气得脸红脖子粗，跺脚大骂：

"袁皓祯，你是我的跟屁虫吗？怎么我走到哪儿，你就跟到哪儿？这位女神医我要带走，我才不在乎你是什么少将军！"眼珠一转，对吟霜色眯眯地说："你不想进王府当神医，就进我的项魁府，当我的女人吧！包你吃喝不尽，穿金戴银……"

项魁说着，飞快地转到皓祯身后，就对吟霜面颊伸手摸去。

这一下，皓祯气得两眼冒烟，再也控制不住，一招"泰山压顶"，双掌抓起项魁，就大打起来。项魁身边一个高大的保镖，立刻用"双扣腕"和皓祯交手，所有随从都围攻皓祯。

一时间，皓祯陷入重围，项魁抓到一个空当，又伸手去摸吟霜的面孔。

一支飞镖蓦然飞来，扎在伍项魁的咸猪手上。

皓祯一面打架，抬头一看蒙面班主，心里有数，继续猛打。

项魁拔出飞镖，大喊：

"谁敢暗算本大人，真是大胆不要命了！"

蒙眼的窦寄南，揭开眼罩，望着伍项魁大笑：

"哎呀呀！蒙着眼睛看不清楚，项魁兄，误伤误伤！"

项魁一看寄南，怪叫：

"原来是你这个芝麻绿豆靖威王！什么误伤？你一定是故意的！"大叫："来人呀！把这两个暗算我的人都抓起来！"

"什么芝麻绿豆靖威王？"寄南反讥，"我好歹是个王爷，你一个小小羽林军里的左监，算是什么小官？还是靠你爹混来的！哈哈哈！"

寄南话才说完，伍项魁的随从扑向窦寄南，裴彪对着众成员使眼色，杂技班一拥而上，帮着寄南皓祯与随从开打。灵儿使出她的两个流星锤，蓦然向架着白胜龄的随从打去，随从不防，被打得满头包，白胜龄趁机脱身直奔吟霜，父女相拥。

灵儿见白胜龄脱险，想为吟霜出气，流星锤又直捣伍项魁面门，嘴里大喊：

“你这蛤蟆爪子不规不矩，我就打爆你这只又肥又丑的蛤蟆头！”

灵儿一出手，伍项魁的随从就拦了过来，和灵儿大打出手。武打间，灵儿被众人推挤，不慎脚一滑，居然撞进了伍项魁的怀里。伍项魁见灵儿泼辣，浓眉大眼，秀色可餐，心头大喜，调戏灵儿道：

“哟！你这个小泼妇、小辣椒！也挺可口的嘛！来人啊！把那个银针西施和这个俏姑娘，通通带回我的项魁府去！”

皓祯打倒身边的一群随从，一跃上前：

“什么帮朝廷招揽人才，原来是色欲熏心，鬼迷心窍！居然胆敢在东市强抢民女，传出江湖，荣王的面子，全部被你败光了！”

“跟这种人，别浪费口舌了！打！”寄南拳脚齐飞，还抓起摊贩的菜刀剪刀剃头刀……就像掷飞镖一样，掷向伍项魁。

随从们全部拥上前来保护项魁，几个高手招招狠辣，皓祯和寄南寡不敌众，逐渐陷入重围，左支右绌。灵儿已经被打到外围，也杀不进去。吟霜和胜龄抱在一起，缩在医药摊后面，吟霜握着一把银针当武器，徒劳地想保护胜龄。整个市场都被打得乱七八糟，摊贩和顾客不敢靠近，却好奇地挤在安全范围观望。

项魁眼看自己的人已经占了上风，得意地站在一个小矮凳上，居高临下地说道：

“皓祯、寄南，好歹咱们都是为朝廷效命的人！今天你们两个不要碍我的事，跟我说两句好听的，让我带走那两个姑娘，我就大人不计小人过，原谅你们两个，否则，你们会落得抄家灭门……”

项魁正在说着，忽然有一大群活鸡，从天而降，咯咯乱叫，扑向项魁的脸孔头顶。对着项魁张牙舞爪，扇动翅膀，羽毛乱飞。项魁惊喊：

"这是什么招数？怎么会有活鸡从天外飞来？难道有人会妖术不成？等我抓到你，抽你的筋，剥你的皮……"

伍项魁话没说完，一只老鼠，不知从哪儿飞来，直射进他的嘴中，封住了他的口。老鼠半截身子和尾巴含在嘴外，还在拼命摇摆。

众人全部停止了打架，不可思议地看着项魁。围观群众全部惊愕地瞪大眼睛。

皓祯、寄南、吟霜、胜龄、小乐……也都困惑着，这"天降奇兵"，实在太稀奇！伍项魁口衔老鼠的样子，又实在太有趣！大家面面相觑，个个惊奇，个个想笑。

灵儿和小猴子彼此互看，不动声色。

项魁呜呜不清地哼哼，想吐出老鼠，受惊的老鼠却拼命往里面钻，老鼠尾巴不停摇摆着。随从们终于惊慌地、七嘴八舌惊喊着：

"有巫术，有妖术！有巫术，有妖术！有巫术，有妖术……"

随从们拥着伍项魁，狼狈地逃出东市去了。

四

这一夜，皇上做了一个梦。

他梦到有个声势惊人的瀑布，激流飞泻而下。在瀑布下面，有一群彩色鲤鱼，奋不顾身地游着。在这些拥挤的鱼群中，却有六条分别为金色、银色、纯白、黑白点、红色、黄色的鲤鱼，突然飞跃而起，逆流而上地跳上瀑布，翻越龙门，煞是好看。皇上惊喊：

"六条鲤鱼跃龙门！"

皇上的喊声，把自己惊醒了。

因而，这天早朝过后，在皇上的偏殿里，许多大臣和皇上喜爱的小辈，都集合在偏殿里，帮皇上解梦。卢皇后也参加了这场盛会，本来，皇上和大臣们的聚会，后妃是不能参加的。但是，卢皇后就是卢皇后，她如果想参加，没有任何人会觉得奇怪，她的权势，可以和皇上并驾齐驱。女人要躲在深宫那套，对李氏王朝没用，对卢皇后更没用。这是一个尊重女权的朝代，也是一个后妃揽权的朝代。

卢皇后四十出头，依旧是个妖媚的女子。年轻时候的她，美貌夺人。此时的她，风情万种，难怪皇上宠爱备至。世间，能有几个跟你走过风雨，又共享荣华的人？这人还是个美人！还是个有气魄、有才情、有见识的美人。即使已经年逾四十，对皇上来说，她仍然有"回眸一笑百媚生，六宫粉黛无颜色"的资质。

皇上看着众臣，带着微笑，大声地问道：

"震荣、世廷、柏凯，还有忠孝仁义四王，你们都是聪明人，赶快帮朕解解这梦！启望、寄南、皓祯、汉阳……你们这些小辈，有见解也可以说！"

"启禀陛下，此梦是吉兆，大吉大利！"伍震荣抢先说道。

卢皇后抬头，笑容满面地看看皇上。她眼底余光扫过伍震荣，清脆地说道：

"荣王最会解梦，如何大吉？快快说来！"

"世廷的学问最渊博，朕很想听听世廷的看法！"皇上却看向方世廷。

方世廷一步上前，躬身正色说道：

"六条鲤鱼，飞跃龙门！六六大顺呀！金色、银色、黄色都是帝王之色，红色为热血忠贞之色，纯白为洁净无瑕之色，黑白为是非分明之色！皇上身边，显然有六位忠心耿耿的大臣，各有特色，在为陛下尽忠效力！陛下大喜！"

"是吗？"皇上欣喜，"六位忠心耿耿的大臣，那不就是忠、孝、仁、义四王，和……"指指伍震荣，又指指方世廷："你们这两位左宰相和右宰相吗？"

"呵呵！"义王说道，"皇兄即位以来，国泰民安，诸蕃归顺，是皇兄的仁慈，感动了天地，我们四王，只是皇兄的臣子，不敢居功！"

皇上过来拍拍义王的肩，诚挚地说道：

"当初忠孝仁义四王和荣王，拥护朕即位，朕时时念着，不敢忘记！尤其是你这个四弟，不争不抢，坚持辅佐，更让朕感怀于心！"

太子亲热地看义王，他对这个皇叔由衷崇拜着，笑道：

"义王叔叔知道皇上不好当，他当个义王就够了，乐得逍遥，把国事辛劳都让给父皇去做！"

"哈哈！"义王爽朗地大笑，"知我者，太子启望也！就是这样！"

忠王呵呵笑着：

"不过，我们这四王，确实为陛下尽忠效力，视死如归！"

众臣立即阿谀地呼应着：

"正是！正是！微臣们也是，恭喜皇上！"

柏凯、皓祯、寄南交换眼神，各有心思。皇上看到他们，过来拍拍寄南的肩。

"还有寄南、皓祯、汉阳你们这些小辈，和大将军等诸位大臣！朕身边岂止六位忠臣，六十位、六百位都不止！哈哈哈哈！这是朕的福气，也是启望的福气呀！"

寄南嬉笑着，调侃地说道：

"陛下身边，各种鱼都有，寄南恐怕只会摸鱼！"

皓祯忍不住接口：

"寄南会摸鱼，皓祯会抓鱼！如果陛下身边有大鳄鱼，皓祯负责帮陛下清除！"一面说，眼光有意无意地扫向伍震荣和方世廷。

卢皇后一愣，不悦地瞪向皓祯：

"什么大鳄鱼？会不会说点好听的？"

"皓祯年轻不懂事……"柏凯急忙赔笑说道，"六条锦鲤跃龙门，更有许多小鱼跟随，祝皇上神威，泽被四海，人人顺服，万民归心！"

"说到大鳄鱼……"伍震荣不动声色地看向汉阳，"那祝大人应该是其中一条，不知道那案子汉阳办得如何？"

"祝大人？"汉阳一怔，"那案子……正在核实证据，严查之中！"

太子脸色一正，看着汉阳严肃说道：

"汉阳！你把祝大人抓进大理寺，已有多日，我敢用我太子的名誉，为祝之同做证！什么贪污枉法，都是谣言栽赃！那个一板一眼、守规守矩的祝之同，还做不出来！希望你赶快把他放了！"

"太子殿下不能这样说！"伍震荣语带威胁地看着太子，"即使皇子犯法，也和庶民同罪！偏袒自己的手下，将来怎样服天下？"

"荣王在威胁我吗？"太子怒视伍震荣。

"殿下别生气！"方世廷急忙打圆场，"荣王也是好意，要帮太子清清身边污秽……"忽然掉头看汉阳，严厉地责备："汉阳，你办案也太拖拖拉拉了！案子审理要快！"

"要快？"汉阳又一惊，"要不要公正呢？这案子……"

"汉阳！"伍震荣打断，命令地说，"证据早就收齐了，你最好快点结案！还有东市出现巫术、妖术的案子，你办了没有？"

皓祯和寄南一惊互看，异口同声说道：

"巫术？妖术？"

从皇宫出来，太子有很多事要和皓祯、寄南讨论，三人就直接到了太子府。

三人聚在书房里，坐在坐榻里深谈。寄南不住嗑着瓜子，喝着茶。

忽然间，邓勇带着青萝、枫红、白羽、蓝翎四个美女鱼贯走入，盈盈行礼，衣袂飘飘。四美女陆续各报名字，说道：

"青萝、枫红、白羽、蓝翎见过靖威王和少将军！"

寄南抛开瓜子，放下茶杯，从坐榻中站起身，绕着四美女转，细细打量，笑着说：

"哈哈哈哈！荣王实在对太子有情有义，这等美女，一送就是四个！如果在我王府，对四人不管青红皂白，个个是'兰有秀兮菊有芳，怀佳人兮不能忘'！"又解释道："我这个怀佳人，不是怀念，是怀抱！哈哈哈哈！"

皓祯不语，也站起身看四人，眼光巡视一番，就落在青萝脸上。

"你叫青萝是吧？"皓祯问，"本名吗？当然不是！原名呢？"

青萝气质高雅，面容清秀，不卑不亢，从容地回答：

"本名叫秋雁，秋天的秋，大雁的雁！"

皓祯用询问的眼光看太子，太子点点头，立刻对四人说道：

"青萝，你留下，其他的人都退下吧！"喊着："邓勇！门外招呼着！"

"是！"邓勇一挥手，把众人全部带下，关上房门。

室内剩下太子、皓祯、寄南和青萝四人。太子看皓祯，惊愕地问：

"你怎么知道是她？"

"兰有秀兮菊有芳，佳人不同兮在书香！"皓祯学着寄南的语气笑着说，说完，脸色忽然一正，对青萝严厉地说道："你怎么知道祝大人有难？是谁让你对太子泄密？目的何在？你最好从实招来！"

青萝看看太子和皓祯、寄南，背脊一挺，眼中自有一股正气，豁出去地说道：

"奴婢就从实招来！"深吸口气，眼中闪过一缕悲愤，"青萝也是好人家的姑娘，四年前被荣王那位长子，驸马爷伍项麒看中，强行抢回府中，训练歌舞。三年前又把青萝献给荣王，青萝被他们父子二人蹂躏，誓报此仇，所以察言观色，暗中注意荣王的一切。这次被送到太子府中，目的是要我们四个，让太子陷进女色里，不能自拔！至于祝大人的事，是奴婢偷听到的！"

"原来如此！"寄南恍然大悟，"那么，他们要把祝大人怎样？"

"右宰相方世廷对荣王说，一颗老鼠屎，会弄坏一锅粥！"青萝说。

太子大怒，甩着袖子说道：

"原来，这左右宰相，是要屈打成招，让祝之同变成太子门下的老鼠屎！那方汉阳也帮着他爹，为虎作伥！气煞我也！"

皓祯转动眼珠，有点心不在焉起来，说道：

"捉拿祝大人，为的是找出他和太子的不法事迹，灭太子的威风，但是他们找错了人，以祝之同的耿介，不可能说出没有的事！倒是今天荣王那句巫术、妖术的案子，让我颇为担心……"

皓祯话没说完，寄南忽地跳起身子，十万火急地说道：

"皓祯，我们赶快去东市！"对太子匆匆道："这青萝你就收进房中，至于那些红的蓝的白的，你也一起收了吧！免得她们吃醋，会去对荣王嚼舌根！"

"是！"皓祯也急急说道，"你就听寄南的没错！何况那三个，恐怕也是插进你太子府里的密探，你不能不防！"

两人说完，就头也不回大步往门外走。两人心念相通，都在想一个问题，如果左右宰相连太子的人都敢动，也敢污蔑下狱，东市那两个姑娘和那些卖艺的老百姓，如何能逃过这些张牙舞爪、可以吃人的大鳄鱼？

太子看到两人突然退席，大惊，追在两人身后喊：

"事情还没谈完，你们就走？什么四个都收进房中，你们真要我当温柔乡里的太子呀？"

"先帮你解决青萝之谜，其他的事，下次再谈！"皓祯说，"事有轻重缓急，我忽然觉得必须先去一个地方！"

"启望，温柔乡里别有天地，你也不要太迂腐，尽管享受，下次再来和你交流心得！"寄南说道。

两人就抛下太子，出了太子府，目标一致，急忙去东市。

东市没有发生什么大事，但是，仍然有一群人聚集在吟霜的摊位那儿，稀奇地指指点点。原来，那只矛隼正停在吟霜的肩上，吟霜不住回头跟它说话：

"猛儿，外面天空那么大，你怎么不出去玩呢？我还要帮病人扎针，别黏着我！"

寄南和皓祯匆匆赶来，一见矛隼，都为之一怔。吟霜见到两人，赶紧打招呼：

"袁公子，自从那天在这儿保护了我们父女，就常常过来，生怕我和灵儿被人欺负，公子和窦王爷，实在太有心了！"

皓祯四面看看，不见有异，松了口气，就看着吟霜说道：

"知道我们有心，就别叫公子！直接喊我皓祯！"拍拍寄南："我们是知己，从小一块儿长大，现在一块儿行侠仗义！"

寄南眼观四方，附和着皓祯：

"还一块儿闯祸，一块儿树敌，一块儿打架！哈哈！一块儿做的事可多了！"

灵儿正在表演，手里拿着一个苹果，忽然扔向寄南。寄南闪电般拿起旁边小吃摊上的一根筷子一刺，就刺中苹果，立刻大吃起来。群众不禁大笑，吟霜也忍俊不禁。

皓祯看到吟霜，就有点神思恍惚，又看到她肩上那只鸟，更是好奇，忍不住问：

"这鸟有灵性吗？怎么会站在你肩上不动？"

"这只鸟是矛隼。"胜龄一笑解释道，"我们给它取了个名字叫猛儿，已经养了二十多年，比吟霜的年纪还大呢！所以它总以为自己是老大，很有主张、很有个性的！"

皓祯大感兴趣，伸出肘弯给猛儿。

"它会亲近人吗？过来，猛儿！初次见面，指教指教！"皓祯笑着对猛儿说。

"不行！"吟霜笑，"它只认我和我爹娘，你别伸手过来，它会咬你！"

皓祯盯着猛儿，请求地说：

"猛儿兄，到我的手臂上站一站，给我一点面子！"

猛儿歪着头打量皓祯，皓祯温柔地看着它。猛儿突然飞了过来，停在他的手臂上。吟霜惊愕地睁大眼睛，白胜龄张着嘴，简直不敢相信。吟霜屏息地，小声地说：

"爹！它过去了！灵儿怎么逗它，它都不过去，现在它过去了！怎么回事？"

"猛儿，你知道我带着善意来，你也想交我这个朋友，是不是？"皓祯看着鸟儿，轻声说道，"如果你批准我了，你就点点头吧！"

鸟儿真的连连点头。

吟霜睁大了眼睛，惊愕地看皓祯。两人四目相对，皓祯深深一笑，吟霜的眼光，瞬间变得蒙蒙眬眬。

突然人群一阵骚动，只见伍项魁带着随从，阴魂不散地又出现了。

"来了！不是方汉阳，又是那只小鳄鱼，我们先观望一下！"寄南对皓祯低语。

"银针西施！"项魁大呼小叫，"本官又来了！一回生，二回熟，我们不打不相识！咦……"看到皓祯等人，惊愕地说："你们也在这里？"看到猛儿，更惊，"这是什么鸟？"伸手就要抓。

皓祯急忙一退，严肃地说道：

"项魁兄！请不要动手，听说这位猛儿老兄会咬人！"

"怎么我往哪儿走，你就往哪儿走！"项魁惊愕地看着皓祯，"看样子，我们的目标都一样！看在你今天还懂礼貌的分儿上，本大人就不跟你计较上次的事！这只鸟儿，我很有兴趣，给我玩玩！"

伍项魁说完，伸手又去抓那只鸟，嚣张地喊着：

"过来！你这只尖嘴白毛的怪鸟，给本大人欣赏欣赏！"

寄南一派轻松地嬉笑道：

"别惹它！咬人还没关系，它还会飞到你头上去拉屎！"

"放屁……"项魁话没说完，被鸟儿的动作惊住了。

只见鸟儿突然飞起，抓住伍项魁头上的帽子，就直接飞到大街上去了。

"那是什么怪鸟？"项魁大惊，"怎么本官到了这儿，就发生这种怪事？"对随从嚷道："你们这些笨蛋！快去追回我的帽子！快去快去！"

项魁跟着猛儿奔去，随从们也吆喝着，一起去追猛儿。灵儿大笑道：

"上次的老鼠还没吓到他？今天又来招惹猛儿！"

"不好！"吟霜忽然大叫，"他们有武器，有弓箭，猛儿危险了！"急忙对看病的众人道："对不起，我去追我那只矛隼！"

吟霜奔出东市，皓祯、寄南通通跟着跑出去。围观的人群，也都追了出去。

到了东市外面，就看到猛儿双脚的爪子抓着帽子，飞过长安大街。皓祯、吟霜、胜龄、灵儿、寄南、伍项魁、随从和市场众人全部追着跑。吟霜抬头喊着：

"猛儿！不要玩了！快把帽子还给那位伍大人！听话呀！"

"猛儿，你今儿个是怎么了？快回来！你要飞到哪儿去？"胜龄也仰头喊着。

灵儿大乐，笑得像花儿一般灿烂，也仰头喊着：

"猛儿！飞呀飞，用力飞，飞得越高越好！"

项魁更是抬头大呼小叫：

"笨鸟！怪鸟！你这个有眼不识泰山的白毛老鸟，赶紧把帽子还给我！快下来！快下来！"

皓祯看看越飞越高的鸟儿，看看伍项魁，一本正经地说：

"项魁兄！那只鸟儿通灵，你这样骂它，它是不会回来的！它是矛隼，有名字，叫猛儿！是神医白胜龄养了二十几年的神鸟，你对它恭敬，它才会对你恭敬！"

"恭敬个屁！"项魁暴躁地怒骂，"对那只怪鸟恭敬？以为我是傻瓜吗？"就对随从喊："谁带了弓箭？把它射下来！"

"不要不要！千万别用弓箭，我跟它好好说，它会下来的！"吟霜着急，仰头喊道："猛儿，到我手上来，我带你回家好不好？我们去以前的山林里玩好不好？"

猛儿似乎听懂吟霜的话，低飞从吟霜面前掠过。

"来人呀！你们这些笨蛋！弓箭，给我弓箭！"项魁不耐地跳脚。

"启禀大人，今儿个不是打猎，小的们都没带弓箭！"随从对项魁回报。

"没带弓箭？一群笨蛋！用石头丢会不会？把它打下来！"

于是，许多石头丢向低飞的猛儿。吟霜着急地对猛儿喊道：

"飞呀！赶快逃命呀！"

鸟儿飞走，一群人又跟在后面追。只见鸟儿飞到河上，众人追到桥上，全都仰头看着猛儿。吟霜跑得气喘吁吁，不停地喊猛儿。皓祯帮忙喊：

"猛儿！我会保护你！别怕！像刚刚一样，停到我手臂上来！把伍左监的帽子还给他！乖！"

"不要！"灵儿大喊，"猛儿！你继续飞，那帽子你带到高山上去，给你的同伴当鸟窝吧！"

寄南听灵儿说得有趣，一笑说道：

"这官帽当鸟窝，会不会生下一窝'嚣张黑心'蛋？"

项魁追不回帽子，暴跳如雷，抓了一块石头，扔向猛儿，怒骂道：

"什么样的人，养什么样的鸟！你给我滚下来，我今天要喝矛隼汤，我把你给宰成大八块，煎的炸的烤的煮的都来……"

项魁话没说完，猛儿低飞从项魁面前掠过，然后飞到水面，双爪一开。项魁的帽子，就飘飘然落到河里去了。至于那只鸟儿，扑扑翅膀，扬长飞去，不见踪影了。

有人忍不住，扑哧一笑，于是所有围观群众都笑了出来，众随从傻眼。项魁气傻了，瞪着那随波而去的帽子，跌脚大骂：

"我的官帽！哎呀！"对随从怒喊："你们这群饭桶，笨蛋！还不去给我捞起来！"

于是，众随从又纷纷跳下水，扑通扑通，水花四溅。随从有的根本不谙水性，在水里浮浮沉沉，挣扎乱动，喊救命的也有，喊菩萨的也有。几个会游泳的随从，追着帽子游，哪儿追得到，帽子早已无踪无影。

吟霜和皓祯相对一看，两人眼神交会，若有所思，都想笑却拼命忍着。

寄南和灵儿，早就忍不住，笑得天翻地覆。寄南边笑边说道："长安又一奇景！怪事今年最多！"看皓祯，低语，"这猛儿大闹长安区，巫术、妖术会不会又添一桩？汉阳如果要办这些案子，恐怕比办祝大人的案子还难吧？"

汉阳确实在办祝大人的案子，他端坐在台上，惊堂木一拍。两个助手分站他身边，众衙役站在大厅两旁，齐声发出"威武"口号。

祝之同愁眉苦脸，带着两个儿子和一个女儿站在下面。汉阳正色地说：

"祝大人，这儿罗列了你的各种受贿情况，洋洋洒洒。这些日子，你都不认！但是这些证据里，有的匿名，有的有名有姓，都言之凿凿。说是凡是有事求见太子的人，都要送一份大礼给你，才能得到通报。这事，是你和太子联手做的，还是你中饱私囊？"

"汉阳！"祝大人回答，"无论你再怎么问，这些罪名都是子虚乌有！你就是问我几千几万次，关我几百年，我的答案都一样！"

"人犯跪下！"助手怒喊，"怎能直呼方大人名字！掌嘴！"

就有衙役冲上前去，扬手要打祝大人。汉阳急呼：

"住手！本官说过几百次，没有定罪的不是人犯！要掌嘴也要由本官下令！你们怎能自作主张？退下！"

衙役赶紧退下。祝大人的女儿，还不到二十岁的雅容就不平地说道：

"方大人！如果证据那么多，是不是要把送礼的那些大人也请来，让他们和我爹对质，这些名字，我爹说过好多次，很多听都没有听过！"

"是谁告发我爹的？"眉清目秀的小儿子更加不平地说，"那个大人是不是也该到这儿来对质一下？弄个告发名单很简单，我才十八岁，也可以把朝廷众臣的名字全部写进去！"

汉阳脸色一正，沉吟道：

"祝公子和小姐所言不错！强将手下无弱兵，看来祝大人调教得不错！"

"汉阳，就算这些状子，写的都是事实，受贿的也是我！"祝大人恳挚哀声地说，"把我的家眷儿女和五岁孙子都关在牢里，这是大理寺的规矩吗？难道我那小孙子也受了贿？现在案情都没查清楚，总不能株连九族吧？"

汉阳正要说话，方世廷大步直入大厅。衙役赶紧通报：

"右宰相方大人到！"

汉阳一惊，看向世廷，祝大人也急急看向世廷。祝大人急呼：

"世廷！你我相交十几年！我的为人你还不了解吗？你知道我是被栽赃的，赶快跟你儿子说一声，还我公道！"

"爹！孩儿正在办案，爹怎么来了？"汉阳也对世廷惊道。

世廷大步走上台，把台上的证据文卷往汉阳面前一扬，怒声说道：

"这就是证据！你要看清楚，你在帮谁办案！该当解决的事，就马上解决！"

汉阳惊看世廷，背脊一挺，站起身来，对世廷躬身行礼，大声说道：

"右宰相教训得是！该当解决的事，应该马上解决！"便高声一呼："来人呀！把祝大人的家眷儿女儿媳孙子全部无罪释放！祝大人暂时押回牢房，待本官再深入调查！万万不可刑讯逼供！"然后大声宣布："退堂！"

祝大人、儿子、女儿惊喜互看，简直不敢相信有这样迅速的转折。

世廷一脸的愕然，深沉地盯着汉阳。

汉阳已拿着证据文卷，不看父亲，面无表情走下台。

五

大理寺里方世廷面对儿子方汉阳，因训话引发了一场"当庭释放"。将军府的书房里，袁柏凯面对儿子袁皓祯，也正在义正词严地训话：

"皓祯！你也太大胆了！那天在皇上皇后面前，说什么大鳄鱼？你要公开和左宰相右宰相都宣战吗？你以为他们听不出来你在指桑骂槐？"

"没办法！"皓祯说，"看那两位宰相阿谀拍马，人前一套，人后一套，我就忍不住了！我几乎闻到各种阴谋的味道！"

"你是狗鼻子，还闻到各种味道！"

皓祯还来不及说话，皓祥大步进房来。

"爹！你们在吵什么？皇上那天宣你们进宫，是不是要办皓祯大闹东市的罪？"

"什么？皓祯大闹东市？"柏凯一怔。

"整个长安城都知道了！"皓祥夸张地说，"皓祯和伍项魁一起抢女人，在东市大打出手！还有窦寄南！昨天更玄，弄了一只怪鸟，把伍项魁弄得灰头土脸！"

皓祯惊愕地瞪着皓祥说：

"什么抢女人？说得这么难听？爹，如果那天你在东市，亲眼看到那个局面，你也会出手的！那伍项魁简直不是东西，仗势欺人，公然调戏民间女子！如果我不管，除非我是瞎子聋人呆子！"

"跟你说过多少次了，不要和伍家的人犯冲突，尤其不能当街对打，你难道不知道现在的情势，这伍家能惹吗？那窦寄南有窦妃遗留的势力撑腰，你呢？"柏凯叹气。

"我有护国大将军兼左骁卫上将军——袁柏凯撑腰！"皓祯傲然地回答。

"爹！你听你听，哥就是这样，仗着你撑腰，在外面作威作福！"皓祥轻蔑地说，"讲明了，他和那个伍项魁，根本是半斤八两！"

皓祯看着皓祥，怒冲冲嚷道：

"这可是对我最大的诋毁！"

"得罪了伍项魁，我们等于得罪了整个朝廷！"皓祥嚷了回去，"我才不想被你害死！何况，我和那伍项魁，还有点交情……"

柏凯一拍桌子，瞪向皓祥：

"你和伍项魁有交情？你给我省省吧！对伍家，我们要采取的是敬而远之的态度，你们兄弟两个懂不懂？既不许交友，也不许打架！见面三分情，背后各走各！"

三人声音太大，惊动了雪如和翩翩，两位夫人急忙进房。

"怎么回事？父子三个吵成这样？"雪如关心地问。

"皓祥你别跟你哥作对！"翩翩拉着皓祥的胳臂劝着，"你哥什么都比你强，平常跟你哥多学学，也让我这亲娘有点面子……"

"娘！你这亲娘从来没有让我有面子，我怎么带给你面子？"皓祥怒看翩翩。

"你说的是什么话？"柏凯往皓祥面前一冲，举手想打他。

"去找你的青儿翠儿吧！别在这儿惹你爹生气！"翩翩拉着皓祥，逃出门外去了。

雪如见翩翩母子走了，识相地看看柏凯父子：

"你们父子好好谈，我还有事要忙！"

雪如退下，房内剩下柏凯和皓祯。柏凯脸色瞬间变了，真挚地看着皓祯，一叹：

"唉！即使在家里，也得防着这个防着那个，我对皓祥一点信心都没有！"脸色一正："你和寄南去东市，有没有什么收获呢？"

"木鸢要我们去东市，恐怕就是想收集伍项魁的不法勾当！或者是要我们在民间物色人才，这都不是一天两天可以办到的，要走着瞧！"皓祯诚挚地回答。

父子正在谈着，忽然窗棂上咚地一响，只见一支金钱镖射在窗棂上。

皓祯蹿到窗边，迅速地取下金钱镖，低头一看。

"金钱镖？是木鸢又有指示吗？"柏凯走过来低问。

皓祯打开金钱镖中的纸条，只见上面写着：

"长安外，古道边，崇山峻岭下，义无反顾时——木鸢。"皓祯跟着字迹念了两遍，深思着，忽然神色一凛，说道：

"不好！他们要派伍崇山去暗杀义王！"抬头看柏凯，"义王解梦那天又被皇上赞扬，他是皇上唯一的兄弟了！"

"义王一直是皇后的眼中钉！刚好要去汴州……"

"去汴州会经过长安城外最险峻的山阳古道……"一震抬头，喊道，"鲁超！快进来！"

鲁超进门，看着皓祯父子，警觉地问：

"需要多少人？"

"一百个！备马！准备我的服装！"

不到一炷香的时间，皓祯换上一身白色劲装，背上有武器剑袋，他把乾坤双剑插入剑袋，匕首短箭也利落入袋，上马。带着鲁超和一百名白衣骑兵，飞骑而去。

同一时间，窦寄南正在一个名叫"歌坊"的歌伎院里，陷在温柔乡中，放荡不羁地喝着酒。歌女们围绕着他，灌酒的灌酒，帮他按摩的帮他按摩，他陶醉地享受着，不断喊：

"肩膀用力一点！拳头用力一点，你们这些花拳绣腿，简直不够资格侍候本王爷！"大笑："哈哈哈哈！倒酒倒酒！兰有秀兮菊有芳，怀佳人兮不能忘！"

歌坊的女主人名叫"小白菜"，是个年约三十岁的女子，风情万种，绰约生姿。

"最好的姑娘都在这儿了！"小白菜笑着说，"如果窦王爷还不满意，歌坊只好卖给王爷，让王爷来经营吧！"

此时，窗子上咯噔一响，一支金钱镖射在窗棂上。

寄南迅速地跳起身子，闪电般蹿到窗棂前，拔下金钱镖一看，脸色一变。

小白菜匆匆跑过来，低语：

"是不是木鸢的金钱镖？"

"我的衣服、武器、马和人手，立刻准备！"寄南脸上的放荡不羁全部消失。

"是！"小白菜应着，飞奔出去。

片刻后，寄南已换了一身黑色劲装，背上背着武器袋。他手中之剑，是皇上所赐，采天降陨石，锻炼打造而成的"玄冥剑"，剑身通体漆黑，吹毛立断！他这剑和皓祯的"乾坤双剑"，都是世间无双、列入剑谱的名剑！没有一点功夫，是无法使用的。他将玄冥剑、匕首、弓箭都纷纷插入袋。带着也是黑色劲装的骑兵一百人，飞骑在郊道上。另外的一条郊道上，袁皓祯一身白衣，带着他的骑兵，疾驰着。两队人马，马蹄过处，卷起满地的黄沙滚滚。黑白两军，从两个方向，奔向木鸢指示的那个地方——山阳古道。

山阳古道地势险峻，四面崇山峻岭，截野横天。嵯峨的岩石，如刀削、似虎踞；拔起于旷野上，岩石中间，是一条曲折的道路，随着山势起伏盘旋。古道上，三辆马车正在官兵簇拥下前进。

忽然间，伍崇山带着伍家卫队，从山后杀了出来。伍崇山大喊着：

"攻向马车！三辆马车里有真有假，不管里面是谁，通通杀了就是！"

伍家卫队人数众多，直奔马车，喊声震天：

"杀呀！冲呀……"

三辆马车停下，护送的官兵仓促应战。伍家卫队凶狠毒辣，刀枪剑戟各种武器打向官兵。官兵立即处于弱势。蓦然间，皓祯用白巾蒙着口鼻，带着鲁超和白衣蒙面军，从另一边山后冲出。皓祯对鲁超说道：

　　"保护马车，我去杀了那个伍家刺客！"

　　"是！"鲁超应着，带着武士直奔马车保护，一路锐不可当地砍杀着伍家卫队。

　　皓祯就直奔向伍崇山，大喊：

　　"伍崇山，你恶贯满盈！今天，你的死期到了！"拔出背上乾坤双剑，一招"拨草寻蛇"，剑尖化为数点寒星，直指伍崇山："你以为这大好江山，是你们姓伍的可以篡夺的吗？"

　　"你是什么人，居然敢对我下手？来人呀！"伍崇山赶紧应战。

　　众多伍家卫士蹿出，立刻把伍崇山牢牢保护着，对皓祯包围着打来。皓祯的武士，也拔剑应战。大家顿时打成一片。正打得不可开交，窦寄南用黑巾蒙着口鼻，带着黑衣蒙面军，杀了过来。寄南大喊：

　　"伍崇山！你身上有几百条人命，都来讨命了！你们伍家人，一个都别想活！"

　　皓祯一见寄南，声势大振，黑白两军，迅速地把伍家卫队一一击倒，士气如虹，三把长剑，直逼伍崇山。伍崇山大惊，喊着：

　　"来人呀！来人呀！有埋伏！"

　　"什么有埋伏？"皓祯怒喊，"埋伏的就是你！"

　　寄南和皓祯双双刺向伍崇山，只见伍家卫队越来越多，两人越战越勇。

"黑衣大侠,我攻左,你攻右!"皓祯对寄南说。

"白衣大侠,你攻上,我攻下!"寄南对皓祯说。

寄南话才说完,一招"叶底藏花",一剑劈向伍崇山的马腿,立刻,伍崇山滚下了马背。皓祯和寄南双双跳下马,一左一右攻向伍崇山。只见伍家卫队蜂拥而来,又把伍崇山围在中间。两人奋力打着围攻而来的伍家卫士,仍然无法靠近伍崇山。

忽然山中传来一阵吆喝,一个头戴斗笠蒙面的布衣勇士,带着十几个斗笠布衣蒙面男子,骑马直扑伍崇山,一阵强攻快攻,打倒无数伍家卫士。

皓祯和寄南获得解围,双双再攻向伍崇山。

伍崇山一边手忙脚乱地应战,一边大喊:

"你们……都不要命了,荣王会把你们……全体抄家灭族……你们你们……"

皓祯一招"仙人指路"刺进伍崇山左胸,寄南一招"黑虎偷心",一剑刺进伍崇山右胸。又有两个伍家强劲卫士上来救人。只见为首的蒙面斗笠怪侠飞马过来,舞着一把大刀,左劈倒一名伍家卫士,右劈倒一名伍家卫士,再大刀一横,一式"气贯山河",伍崇山脖子立刻溅血,倒地而亡。

皓祯惊看斗笠怪侠,佩服说道:

"勇士好功夫!请留名!"

斗笠怪侠一语不发,对着皓祯抛去一件东西,就带着人马疾驰而去。

皓祯接住斗笠怪侠抛来的东西,打开手掌一看,是一个"天元通宝"的钱币。寄南伸头一看，振奋地说：

"天元通宝，是我们的兄弟！看样子，木鸢已经扩大范围到江湖人士了！"

"太好了！"皓祯说，"江湖中人才济济，这为首的斗笠怪客身手不凡！早就该网罗江湖人士了！快，我们去帮鲁超！"

鲁超已经打倒了马车边若干伍家卫队。其他伍家卫士看到伍崇山被杀，心惊胆战，全部落荒而逃。皓祯和寄南直奔马车，见三辆马车平安，寄南便对第二辆马车走去。

义王掀开窗帘，看着蒙面的寄南问：

"勇士！请问贵姓大名？"

"忠孝仁义四王个个义薄云天，小的为无名小卒，奉命护驾，不敢报名！"寄南尊敬地说道。

义王深深看了寄南一眼，低声说道：

"声音没变，心照不宣！"对寄南感激地一笑，放下帘子。

皓祯对黑白两军吩咐：

"大家保护马车，走吧！"回头对鲁超说："你带受伤的兄弟，赶紧回去疗伤！"

"公子，黑白两军，只有三个人受伤，都是轻伤，大家都挺得住！"鲁超回答。

马车向前继续前进，黑衣军、白衣军和官兵保护着。地上，伍家卫士倒了一地，活命的伍家卫士早已逃命而去。

皓祯和寄南收起武器，骑马在后面压阵。这场胜仗，打得两人都振奋无比。

山阳古道的一场血战，神不知鬼不觉。皓祯和寄南回到长安，仍然各自过着日子。

但是，此日皇宫隐蔽的长廊上，伍震荣气急败坏，一路奔跑着。后面跟着随从，也哈腰奔跑着。他们迅速地掠过无人的长廊，熟练地奔向一个隐秘的小院。院子里花木扶疏，在花木扶疏的深处，隐隐约约有一进考究的房子，被卫士严密守卫着。这正是卢皇后和伍震荣幽会的密室。莫尚宫在小院的石桌边坐着看书。莫尚宫是皇后的亲信，在皇宫里，"尚宫"是五品女官，掌管"尚宫局"，皇宫里只有两个尚宫，地位崇高。但是，十几年前，皇后就看上了莫尚宫，收在身边成了亲信，从此，莫尚宫以女官身份，伺候着皇后。宫里的人，对她非常忌讳。就连一些大臣，也要对莫尚宫礼让三分。此时，莫尚宫看着飞奔而来的伍震荣，面无表情地通报：

"荣王到！"

皇后正在密室中等待，才打开房门，伍震荣就直冲进去。皇后一惊，伍震荣把房门关好上闩，把莫尚宫和随从都关在门外。

"你怎么了？脸色这么坏？"皇后急忙问。

"我们失手了！"伍震荣喘息着说，"有三路人马救下了义王，还杀了我侄儿伍崇山！杀死了我们好多伍家卫士！"

"三路人马？"皇后不敢相信地问。

"这三路人马只是服装不同，也可能是同一路，假扮成三路，就是要混淆我们！"伍震荣说着，跌坐在床榻里，面色灰白，"总之，我们暗杀不成，还损失了我家一员大将！这会儿，大概惊动了太子帮，也可能惊动了皇上，以后更难下手！"

皇后沉思片刻，走到伍震荣面前，坐进他的怀里，看着他的眼睛，深情地说道：

"皇上那儿我负责！至于崇山……为了大位，流血是必须要付的代价，今天失手，还有明天！今天失去一个伍家人，改天本宫帮你讨回来几百个！"就回头用手臂圈住伍震荣的脖子，崇拜地说："你是响当当的英雄人物，别让一次失手就给打败了！"

伍震荣抱住皇后，凝视她。心想，这个女子太镇定了，也太霸气了，这样震撼的消息，她依旧能够维持冷静。注视着自己的眼光，也依旧柔情似水，充满信心！

"是！为了皇后，为了我们的目的，牺牲也是在所不惜！"他看着她说道，"但是，我们的人马中，一定有奸细！这暗杀行动，怎么会给对方知道？"

"宫里应该是安全的，你的人手要注意！"皇后思索着，"你一定要去把那三路人马搜出来，把奸细找出来，给崇山报仇！不要伤心了！"

皇后说完，就用面颊依偎在伍震荣脸上，双手紧紧抱住他。

伍震荣在悲痛中，却被皇后这样的举动给安慰了。不只安慰，还燃起他所有的野心。他拥着皇后，轻声说道：

"野心与美人，这就是男人所要的，皇后都给下官了！下官还有什么资格伤心呢？"说完，就一把抱住卢皇后，两人滚进豪华的床榻软垫里。

皇宫是个巨大的建筑群，除了各种画栋雕梁，楼台亭阁，花园水榭，还有秘密小院，可供卢皇后和伍震荣私会。至于皇上所在，却是非常公开的。御书房、偏殿、寝宫，还有那上朝议事的大殿！

这天大殿上，皇上正在上朝，曹安带着几个太监站在皇上身后，文武百官排列在两旁跪坐。每个官员，手里都因官位品级，分别拿着象牙笏、木笏、竹笏，等着出列要面奏的事宜。这些要面奏的大事，很多都写在那些象牙笏、木笏、竹笏面向自己的那面。在两边跪坐的大臣中间，是宽阔而气派的走道，上面铺着高级的红色地毯。出列的官员，就拿着笏，站在走道上对皇上禀奏。整个大殿，是豪华庄重而气派的。

伍震荣已出列，正气急败坏地对皇上禀道：

"陛下！大理寺丞方汉阳，居然把祝之同的妻儿都给放了，案子审理还不到一个月，这不是纵虎归山，明着让他的妻儿回家灭证吗？"

汉阳立即出列，气定神闲地诚挚说道：

"陛下，微臣已经仔细审查过祝大人贪污的案子，实在没有任何证据，祝家干干净净，家里最多的是书卷，夫人儿媳，穿戴都十分朴素……"

伍震荣气势汹汹地打断：

"这就是他们奸诈的地方，故意如此，掩饰贪污的真面目！"不耐地回头看："世廷兄，你的儿子办案，你也该指导一下！真是'嘴上无毛，办事不牢'！"

世廷急忙出列：

"陛下明察！荣王别气！犬子汉阳年轻，办案或有不周之处！但是，祝大人还关在大理寺，妻儿的释放，恐怕正是汉阳的计策！何不再等几天，看看这些家眷的动静？"

伍震荣一愣，看世廷。世廷递眼色，震荣恍然醒悟，不禁有些懊恼太过造次。

跪坐在一起的皓祯和寄南，两人交换眼神，都有愤愤不平之色。

"陛下！"汉阳却对皇上禀道，"微臣并没有任何计策，这件贪污案子，等于已经结案！不能凭一堆匿名信，就给大臣定罪！汉阳请皇上下御旨，即日释放祝大人！"

"陛下！绝对不能释放祝之同！"伍震荣暴怒地说。

太子出列，正色说道：

"父皇！孩儿的善赞官如果贪赃枉法，孩儿也难辞其咎，祝之同不是一个大人物，万一朝中有人想扳倒孩儿太子的地位，正好从祝之同这种老实人下手，父皇不得不明察秋毫，免得动摇父皇的根基！"

皇上脸上一震，被太子几句话提醒了。

皓祯忍不住，出列支持太子。

"陛下！祝大人的清明廉洁，尽人皆知！小案子常常足以坏大事！既然大理寺丞也说案子没有实据，就应该尊重大理寺丞！请陛下释放祝大人，免得招来民怨！"

柏凯看到皓祯又沉不住气，不禁暗暗摇头。

皇上看着众人寻思，烦恼地用手拍着额头。

伍震荣见皓祯出来说话，大怒，狠狠地看着皓祯，质问道：

"袁皓祯，这关你什么事？用得着你插嘴吗？你和靖威王在东市大打出手，弄得整个东市'鸡飞狗跳'，巫术、妖术都出炉，你就不怕招来民怨吗？"

寄南再也忍不住，立刻跳了出来，手里连木笏都没有，帮忙皓祯，说道：

"哈哈！陛下，本王可以做证，那天在东市真是热闹极了！有我朝官员，在东市调戏民女，这件案子，和羽林左监伍项魁有密切关系！请皇上传伍项魁问话！"

皇上一怔，还没说话，伍震荣急忙禀道：

"启禀陛下，小儿项魁前日被妖术和怪鸟惊吓到，如今卧病在床，无法上朝！"

"妖术？"皓祯看向寄南，"几只鸡飞起来就夸张成巫术和妖术了？"

"陛下！"寄南看皇上，"既然荣王提起了东市，本王恳请陛下，严厉约束官员，不可强抢民女，更不可带着羽林军，大闹长安区！再有……"看着震荣一笑："那天的东市，不是鸡飞狗跳，是鸡飞鼠跳！"

震荣一惊，生怕项魁的丑事被抖出来，急忙转换题目，对皇上加压：

"陛下！东市妖术的事暂且不谈！关于祝之同，到底如何处置？既然妻儿放了，不如赶紧办了祝之同，给个全尸吧！绝对要把祝之同绳之以法！"

太子一愣，对皇上急喊：

"父皇！万万不可！汉阳已经说了，祝之同无罪！"

汉阳也一愣，急忙说道：

"太子所言甚是！请陛下明察！"

寄南调侃地接口：

"大家都说，长安有三多，皇亲国戚多，官兵衙役多，冤狱冤魂多！"

柏凯急忙出列阻止：

"皓祯、汉阳、寄南，你们这些嘴上无毛的，还是少说几句，让皇上做主吧！"

众臣就看向皇上，喊道：

"皇上做主！皇上做主！皇上做主！"

皇上看着众人，忽然大声说道：

"皇上做主就做主！这祝之同的案子，朕听得糊里糊涂，既然有清廉之名，相信也无大罪！就把他削去官职，让他解甲归田吧！"

众人一听，全部傻眼。这，到底算祝之同有罪还是无罪呢？

六

　　午后，在皇后那花木扶疏的小院里，莫尚宫又坐在石桌石椅前看书。若干宫女和守卫，安静地站在门外守候。但是房内却此起彼落地传出了打情骂俏的嬉笑声。

　　莫尚宫听到屋里传出的笑声，脸色阵阵冰冷，严肃地看向远方。

　　室内，伍震荣只穿着长板内裤，露着胸膛，和衣衫不整的卢皇后，两人略有醉意地在屋里追逐和嬉笑着。色眯眯的伍震荣，突然从后面一把抱住了娇笑不止的卢皇后。带着微醺，在皇后耳边甜言蜜语：

　　"看我最美的佳人往哪儿跑？"

　　皇后笑着，喘息着说：

　　"不跑了！不跑了！累死我了！"

　　伍震荣抱着皇后往床榻上躺，一面说：

　　"这样就喊累了？我都还没玩够呢！"

皇后推开伍震荣的手，正眼瞪着伍震荣：

"事情办得乱七八糟，还有脸来跟我胡闹！那祝之同，怎会变成解甲归田了？你不是打了包票吗？"

"还说呢！都是你那位皇上做的好事！"伍震荣有气地说，"不过，解甲归田就解甲归田，总算也让太子面上无光了！你等着看吧！那姓祝的是文官，哪儿有甲？老家就在咸阳城，归什么田？你那个皇上，优柔寡断，一点魄力都没有！"

皇后眼中冒出锐利的光芒。

"你别急！有魄力的皇帝总会出现的，到时候，你是太师，没人的地位高得过你。我俩联手，还怕这些眼中钉，逃出你的手掌心吗？"

震荣怔了怔，心想，一个"太师"，怎是自己的目标？当初先皇驾崩时，自己还太年轻，手中兵力不够，要不然，那时这李氏江山就易主了！拥立这个皇上即位，就是看中他的心慈手软，谁知二十年来，支持他的文武百官，依旧不在少数，如果不利用皇后的力量，自己距离目标更远。何况这卢皇后，还真的打动了他的心。一切走着瞧吧！心里虽然这样想，嘴里说的却是另一套：

"皇后这么一说，下官几百个心，都交给皇后了！"

"那么，在我面前，还下官下官的？"

"你那个窝囊皇帝，只要一日坐在龙椅上，我就是下官！这么软弱，居然还有一群对他死忠的人！"想想，更气，"还给窦奇南封个什么靖威王，那家伙又没建过功名，有什么好理会的，在朝廷上，也敢跟本王针锋相对，气死人！"

"当年窦妃得宠又没生子，皇上才会一时昏头给她侄儿封王，不过这窦妃都死那么多年了，难道小小一个窦寄南，对我们的计划有阻碍？"

伍震荣脸色阴沉起来：

"不只寄南，还有皓祯那一家！现在连汉阳我都不相信！虽然世廷说，汉阳是欲擒故纵，我还是怀疑他！"

皇后起身，倒了一杯酒给伍震荣。

"你呀！让你身边的人多长点心眼，这太子帮好像越来越强大，义王没除掉，还有一堆拦路的大官小官！真麻烦！"

伍震荣饮了酒，色心又起。

"这还需要你交代吗？"放下酒杯，笑着搂住皇后，"刚才被打断了，现在继续办我们俩的事，嗯？"

就在两人缠绻时，兰馨公主一脸的霸气，眼睛直勾勾瞪着前方，手里拿着鞭子，背脊挺得直直的，从长廊尽头一路行来。沿途卫士太监和宫女都弯腰行礼。

"兰馨公主金安！"

兰馨视而不见地走过众人，笔直向皇后那秘密小院走去。这个兰馨公主，是卢皇后第二个女儿，今年才十九岁，比乐蓉公主小了好几岁。卢皇后只有这两个女儿，没有儿子，是她最大的憾事。因此，从小就把兰馨当儿子看待，拳脚器械都练过。但是，兰馨最爱玩的武器，却是一条软鞭。她有皇后的美丽，却比皇后还有气势。唇不描而红，眉不画而翠，眼睛永远炯炯有神。虽然不是绝色，身上那种傲骨，却是她的特色。皇上非常喜欢她，常常遗憾她不是个皇子！伍震荣对兰馨，也是礼让三分的。

此时，兰馨已经弄清楚皇后藏身之处，决定要做件大事！她高高地昂着头，径自走向皇后的销魂窝。兰馨身后，跟着崔谕娘，"谕娘"是宫中最低级的女官，工作就是侍候带大公主皇子们。崔谕娘就是带大兰馨的谕娘，她急步追着，着急地喊着：

"公主，公主，不可以啊！千万不能去啊！我们快回寝宫吧！"

"崔谕娘，你走开，我的鞭子可是不长眼的，你别拦我！"兰馨冷静而坚决地说，对着面前一个卫士，鞭子一抽，"退下！你敢拦住本公主的路！"

卫士挨了鞭子，看兰馨那股气势，赶紧后退。兰馨就闯进小院里。莫尚宫往前一步，阻挡了她的去路，恭敬而严肃地说：

"莫尚宫见过兰馨公主。"

"只要看到莫尚宫，就知道我那位伟大的母后就在这里！"兰馨冷冷地说完，一把就大力推开莫尚宫，莫尚宫被推得一个趔趄，差点摔一跤，兰馨就想往房里闯，但却又被莫尚宫和众卫士阻挡。莫尚宫坚决地说：

"公主请回吧！现在皇后不适合接见任何人。"

"哼！本公主想见谁就要见谁，今天谁敢拦我，就是和本公主作对！"看着围绕过来的伍震荣手下，大声喊，"谁敢过来，我就大喊父皇！"

卫士们和莫尚宫震慑后退。兰馨奋力跃起，一跃就跳到了房门口。她再用脚一踹，踹开了房门，怒气冲冲地闯入。

伍震荣和卢皇后还在温存间，来不及应变。两人震惊拥抱，瞪着大眼望着兰馨。兰馨亲眼见到皇后与震荣拥抱在床的画面，急怒攻心，来势汹汹，大吼：

"我抽死你们这对奸夫淫妇！"

兰馨的鞭子立刻抽向床铺。

伍震荣和皇后两人闪躲鞭子逃窜。伍震荣胡乱抓着衣服，边说边穿衣服，喊着：

"公主，公主，有话好好说，千万不要乱来！"

皇后匆忙穿上衣服，喝令：

"兰馨，不要胡闹！放下你的鞭子！"

"我乱来，我胡闹！"兰馨怒视着伍震荣，"我今天就打死你这个贪图权势，勾引我母后的衣冠禽兽！"

兰馨说完，一鞭子就向伍震荣脸上抽去。伍震荣脸颊上立即出现一道鞭痕。他大惊失色，绕着房间逃窜，兰馨握着鞭子乱抽。皇后大怒，一步跨前，拦住了兰馨。

"兰馨！"皇后声势夺人大喊，"看你敢不敢对本宫抽鞭子？"

兰馨举起鞭子，就要对皇后抽过去，但是，毕竟是面对母亲，鞭子停在半空，义愤填膺地喊道：

"母后，你怎么可以跟这个禽兽在一起？你把父皇放在什么地位？"

皇后见兰馨抽不下鞭子，就一把夺下鞭子，反手就狠狠打了兰馨一个耳光。

这个耳光震惊了兰馨，也震惊了伍震荣，瞪大眼珠说道：

"皇后！"心疼兰馨，"哎呀！这……你……怎么可以打兰馨公主呢？"

"这么不懂规矩，冒犯本宫就应该教训！"皇后恼羞成怒。

赶来劝阻的莫尚宫，一进门就目睹皇后打了兰馨。莫尚宫惊讶，对皇后摇头喊：

"皇后娘娘！"

兰馨两眼冒着火，怒视皇后：

"你打我？我在为我伟大的母后斩妖除怪，你居然为这个禽兽打你的亲生女儿，好！我一定会让你们两个奸夫淫妇后悔的！"

兰馨怒气冲冲地冲出门。伍震荣着急地说：

"唉！不得了，不能让兰馨就这么走，会出乱子的！唉！"

伍震荣急忙穿衣，拿走卢皇后手上的鞭子，追向兰馨公主。在小院里，他穿戴整齐追来，急喊：

"兰馨公主，兰馨公主，请留步！兰馨公主！"

兰馨怒气未消，转头，气势汹汹地问：

"怎么？你被抽得不过瘾，还想找打吗？"她夺回鞭子，就想对伍震荣抽去。

"不行不行，别打了，好多双眼睛看着呢！太难看啊！"崔谕娘死命拉住兰馨。

伍震荣像是换了一个人，卑躬屈膝，和颜悦色，苦笑赔礼：

"公主，一切都是下官不对，下官不好！公主就别和皇后生气了，公主是皇后的心头肉，打疼了公主，皇后也难受呀！别气了啊！"

"你少猫哭耗子假慈悲，本公主才不吃你这一套！我看到你就倒尽胃口！"

"是是是！"伍震荣谦卑地说，"公主，只要能让您不生气，您怎么发脾气都没关系，尽管骂，尽管发泄！要是想再抽几鞭，下官站着不动，让你打，让你抽！"

兰馨不屑至极。

"哼！我现在想想，打你这种人，都脏了本公主的手！滚开！别挡本公主的路！"

"公主您要是息怒了，下官立刻就消失在您眼前！"伍震荣察言观色地盯着兰馨，"但是……我看公主还是一肚子气啊！我不能就这样让公主一直憋着气，这样吧！公主，您说说看，您想要什么东西？只要公主开口，下官必定上刀山下火海，在所不辞地去完成这个任务！公主您想要什么？"

兰馨眼光犀利地盯着伍震荣。心想，好一个奸臣伍震荣，想讨好本公主，封我的嘴是吧？哼！我就好好折腾你这个下流东西！想着，就对伍震荣开口：

"看在你似乎有点诚意的分上，那么我就不客气了，你！三天之内，必须帮我做一件'百鸟衣'！要利用一百种珍禽羽毛来做，送到本公主眼前来。如果三天内我看不到这件百鸟衣，那么今天这件事情，我还没了！"

"啊？百鸟衣？三天？"伍震荣惊喊。

那晚，回到荣王府，伍震荣精疲力尽瘫倒进坐榻里，对众多儿子侄儿喊道：

"难了难了，那个刁蛮的兰馨公主，三天之内要一件百鸟衣，我哪儿能变出百鸟衣来？"

"什么百鸟衣？要一百种不同的鸟吗？"伍项麒问。

"可不是！还要特别的鸟，与众不同的鸟！"

"特别的鸟，与众不同的鸟？"伍项魁兴奋起来，"其他的我不知道，起码我知道一只会抓我帽子的鸟！从明天开始，我带着羽林军抓鸟去！"

白胜龄这天受了风寒，躺在床榻上无法起身，吟霜担忧地捧来一碗熬好的药。

"爹！我就说你年纪大了，采药的事我来做，你偏不听。瞧，现在发烧了！赶快，我扶你起来吃药！"

白胜龄坐起身子，自己拿起药碗喝着。

"好了！丫头！你别为老爹担心，你忘了老爹是神医吗？我自己的身子我清楚得很，你快去东市吧！好多病人都在排队等你扎针呢！"

吟霜就收拾着自己的医药箱，抬头对架子上的矛隼说道：

"猛儿！你帮我守着老爹，到时候就提醒他吃药！你自己也乖乖的，不许再大闹长安城了！听到没有！我把窗子关上了，免得你偷溜出去玩！"

猛儿喉咙里咕咕两声。胜龄笑着：

"猛儿在骂你呢！说你真啰唆！快去吧！病人已经排长龙了！"

"那……我就走啰！我会早早地回来陪你！"

吟霜就走向门口，到了门口，又回头对胜龄嫣然一笑，出门去了。胜龄看着吟霜的背影，不胜感慨地想起亡妻翠华来，翠华，你真该看看这个长大的丫头！

吟霜到了东市，忙着为排队的病人扎针。她脸上始终带着温柔的、关怀的微笑。一个病人扎完了，起身离去，后面一个上前。

吟霜清理着刚刚拔下的针，一抬头，看到面前的病人竟是皓祯。

"是你？你生病啦？也要扎针啊？"吟霜惊奇地问。

"是！最近不太舒服，必须让你这位神医扎几针！"皓祯凝视着吟霜，微笑着说，一面在吟霜面前的矮凳坐下，看看吟霜身后："你爹呢？"

"他受了风寒，在家休息！"吟霜就正襟危坐，问皓祯，"你哪儿不舒服？"

"心里常常乱糟糟的，脑袋常常昏昏沉沉的，该做的事常常忘了做，晚上常常睡不着，一出门就忘了要去哪儿，身不由己来东市看看！不知道是不是采石玉莲留下了病根？"皓祯豁出去，说了一大串。

吟霜心中一热，脸蓦地红了，低低纠正着：

"石玉昙，昙花的昙，不是石玉莲啦！原来你还记得，我以为你早就忘了！"

"原来是昙花的昙，怪不得！我就怕'昙花一现'，怎会忘了？"

吟霜盯着他，眼睛亮晶晶又雾蒙蒙。

"既然有这么多病，我给你扎几针，让你安神醒脑吧！"

吟霜便在皓祯脑袋上、面门上、各穴道上扎针。

灵儿不知道从哪儿冒了出来，在吟霜耳边悄悄说道：

"这病你得帮他好好地治！不过，你可要扎对穴道，别让他越病越重！"

吟霜的脸更加绯红，低语：

"你去管你的表演！别来吵我！"

皓祯看到灵儿，就急忙问道：

"寄南呢？"

"你几时把那位窦王爷交给我保管的？"灵儿俏皮一笑，"我看到他就烦！成天跟我唱反调！今天没他，我终于可以和我爹好好地表演飞镖了！"

灵儿说完，一溜烟地跑了。吟霜眼光转回皓祯脸上，柔声说：

"手给我！手上的穴道最多，也要扎几针！"

皓祯急忙伸出右手给吟霜。皓祯摊着的掌心，有一道救白狐留下的伤痕。吟霜看着那伤痕，脸色骤变，回忆突然闪现在她面前。记得母亲去世前不久，曾经对她说过：

"记住，你有一天会遇到那个命中注定的人！你身上有朵像梅花的印记，他身上有一条像树干的伤痕！"

吟霜看着那伤痕，震动而惊悸着，不由自主，双手捧住皓祯那只手细看。皓祯被吟霜这样一接触，浑身一震，像有电流通过。他抬眼深深地看着她，她也从那道伤痕上，抬眼深深地看着他。两人就这样忘形地互视着，都在对方眼中看到某种不可解的宿命。

半响，吟霜颤声地问：

"你手心里这条伤痕，从哪儿来的？"

"为了救一只白狐，被箭尖刺伤的！"

"原来，你就是那位捉白狐、放白狐的公子！"

"是！"皓祯凝视着她，"这对你有什么特殊的意义吗？"

吟霜垂下眼睑，睫毛颤动着，心跳加快，面孔发热。总不能把母亲告诉过她的话说出来，但是，胜龄带着她走遍了四个大城市，经过四年多的漂泊，不就是为了寻访这番相遇吗？她真想回家去问问白胜龄。皓祯等待地看着她，被她那欲语还休的神态，弄得心神更加恍惚。终于，吟霜抬起睫毛，深深地看着他说道：

"是！心存善念，天必佑之！上苍有好生之德，你有一颗很高尚的心！"

高尚的心？皓祯看着眼前这个带着几分仙气的姑娘，想着。这颗高尚的心现在跳动得很厉害，是颗不安分的心呢！其实，自从在苍雾山相遇，他的心里就装着一个她，何曾安分过？

就在吟霜与皓祯探索着彼此的命运时，白胜龄在租屋里，忽然听到砰的一声，房门被踹开。接着，项魁大呼小叫地喊：

"那只怪鸟在哪儿？"

在架子上的猛儿被惊动，扑扇翅膀骤然飞起，在室内鸣叫着。

白胜龄从床榻上一惊而起，急忙跑到外厅。看到项魁带着大批羽林军冲了进来。

"你们要干什么？"胜龄急切地问。

项魁对官兵指着猛儿，命令道：

"看到没有？就是那只鸟！给我射下来！"

胜龄大惊，急呼：

"猛儿！快逃！快飞！"这才发现窗子是关着的，"从门口飞！"

猛儿飞向门口，一排箭对空中急射而出。猛儿鸣叫，一根羽毛飘然坠下。

"再射！再射！它逃不掉了！"项魁叫着。

邻居们都被惊动了，挤在门口看，议论纷纷。

胜龄大急，慌忙跑到窗边，去打开窗子，大喊：

"猛儿！逃呀！门口被堵住了！从窗口飞……"

项魁大怒，冲上前去把胜龄拉了下来，一拳打倒在地。扑啦啦一声，只见鸟儿穿窗直飞而去。一排利箭跟着穿窗而出。胜龄从地上狼狈地爬起身子，看着窗子大喊：

"猛儿！用力地飞呀……"

项魁眼见猛儿逃走了，气急败坏，一剑就刺向白胜龄的胸口。胜龄瞪大眼睛看着项魁，身子摇摇欲坠。项魁拔出剑来，再一剑刺下，嘴里大喊：

"本大人奉皇上命令，为兰馨公主的百鸟衣抓鸟，你居然敢阻挡我，死罪一条！你这老头，我早就看你不顺眼！"

胜龄胸前，血汩汩流出，他不支倒地，看着窗外的虚空，悲鸣着：

"吟霜，爹……没法照顾你了！你娘说的那个人，还不知……出现没有？"

项魁再一脚对白胜龄狠狠踹去，胜龄头一歪，浑身痉挛抽搐着，死去了。

邻居们不平地、害怕地喊道：

"不好了！伍项魁又杀人了！快逃啊！"

伍项魁带着队伍，就冲出门来，对羽林军喊着：

"去抓那只鸟！跑遍长安城，也要把它抓到！"

羽林军跟着伍项魁呼啸而去。邻居们忙不迭地闪避。

吟霜帮皓祯把脸上的针一一拔下。皓祯的心还没归位，一眨也不眨地看着她。

忽然间，吟霜打了一个冷战。接着，只见猛儿急飞过来，在吟霜和皓祯面前盘旋，尖叫着。吟霜脸色骤变，跳起身子喊：

"不好！我爹出事了！"赶紧收拾药箱。

皓祯跟着跳起身子。

"你怎么知道你爹出事了？"

吟霜来不及回答，拎着药箱，已向门外跑去，皓祯急忙跟着跑去。隔壁的灵儿，被这一阵骚乱惊动了，慌张地回头喊：

"爹！杂技班交给你了！我去看看白神医发生了什么事？"

灵儿也飞奔而去。

吟霜和皓祯奔进租屋，就一眼看到白胜龄躺在地上，遍地的血迹，几根猛儿的羽毛，伴着白胜龄惨白的脸和已经冰凉的尸体。吟霜拖着药箱，连滚带爬地扑向胜龄，哭着，连声地喊着：

"爹！我来了！我来救你，我给你扎针，我给你吃药，我给你推拿……"

吟霜一边哭着说着，一边打开医药箱，拿出银针，颤抖地帮胜龄扎针。

皓祯震惊地扑跪在地，伸手去握住胜龄的脉搏，一握脸色惨然，看着吟霜说：

"吟霜，别扎了！你爹已经去了！身子都凉了！"

吟霜拼命扎针，又去搓着父亲的手，痛喊道：

"醒来！醒来！爹！你不能死啊！求求你活过来，我已经没有娘了，你不能死！求求你活过来，活过来……"

灵儿赶到，奔进门来，震惊已极地站在一边看着。

只见吟霜疯狂地在胜龄身上脚上各处扎针，哭喊着：

"爹！你是神医呀，你教我的针法，我全都用了！你活过来，求求你不要丢下我……对对，还有我的推拿……我给你推拿……活过来！活过来！"就用双手贴在胜龄胸口，拼命运气，运到整个手掌都变红了，胜龄依旧一动也不动，吟霜眼泪滴滴答答落在胜龄死去的面庞上。

灵儿用手蒙着嘴，眼泪疯狂滚落。

皓祯红着眼眶，一把抓住了吟霜推拿的手，哑声喊道：

"停下来！你在做什么？没用了！你能治病，不能续命！白神医已经去了！你还忍心在他身上多留这么多针孔吗？还忍心用推拿使他流更多的血吗？吟霜，让他安静地走吧！"

吟霜抬头看皓祯，泪眼模糊地、绝望地用拳头捶打着皓祯的胸口，喊着：

"没有没有没有！我爹还没死！他答应过我娘，要跟我相依为命！他还没死，让我救他呀！他教过我救人的功夫，为什么没有用呢？"

灵儿跪了下来，摸摸胜龄的脸和手，凄然地抬头看着吟霜，哭着说道：

"吟霜，白神医真的去了！他应该没有痛苦多久，这两剑已经要了他的命！"摇着吟霜："冷静一点！他真的死了！"

吟霜抬头看着灵儿，这一下，知道眼前的事实，大悲大痛之下，站起身子，忽然转身，穿过围观的人群，疾奔而去。皓祯和灵儿大惊，都跳了起来，跟着追出去。

"你要去哪儿？"皓祯喊着。

吟霜哭着，没命地狂奔，边哭边喊：

"娘！娘！你在哪儿？我要找你，我要问你……"

皓祯一面急追，一面喊道：

"你去哪儿找你娘？她不是已经去世了吗？回来！回来……"

吟霜已经奔到郊外无人处，地上落叶片片，四周山野寂寂。皓祯和灵儿追着她来到。天空忽然阴暗下来，难道连苍天也在为吟霜而悲吗？皓祯觉得有异，抬头看去，只见有片乌云从天边飞卷过来，定睛一看，原来有股强大的龙卷风，飞扑着来到。皓祯大惊失色，急喊：

"吟霜，不要跑了！有龙卷风！有龙卷风呀……赶快逃命要紧！"

吟霜却视若无睹地对着龙卷风冲去，仰头看天，凄厉至极地哭喊着：

"娘！娘！你为什么要我们来长安？娘，你不是有一些预知的能力吗？你在天之灵，看到今天的结果了吗？"放声大叫："娘！我要爹啊！我要你啊！"

在吟霜哭喊之中，龙卷风飞快地扑了过来，立刻就把吟霜卷了进去。灵儿大叫：

"皓祯，快救吟霜，她……她……她……"吓得口吃。

皓祯大骇，想也没想，就冲进那龙卷风的旋涡里，把吟霜紧紧抱住。龙卷风把两人都席卷过去，地上落叶层层飞卷。

灵儿转身飞逃，避着狂风，一面回头张望皓祯和吟霜的情形，嘴里狂喊着：

"皓祯！赶快把她拉出来呀！危险危险……"

皓祯抱紧吟霜，两人被强风卷上天空，石片、树枝、砖瓦……都扑面飞来，惊险万状，皓祯拼命用手保护着吟霜的头，怕她被各种东西砸到。两人被吹着走，眼看越吹越高，忽然经过一堆大岩石。皓祯就一手抱紧吟霜，一手死命抱住一块岩石。

龙卷风卷起了地上的落叶枯枝沙石，形成一个向上卷动的黑云，风的尾端直达天边。在狂风旋涡中的皓祯，使出全身的功力，紧紧抱着巨石和面无人色的吟霜，在她耳边大声喊着：

"吟霜，你别怕！我绝对不会放开你！"

龙卷风狂飙着，皓祯就这样一手抱着吟霜，一手抱着岩石，两人衣衫飞舞，落叶扑面。风呼啸着，夹杂各种树枝断裂、群鸟惊飞、砖瓦倾倒和碰撞之声，惊心动魄。皓祯必须使出浑身的武功，才能维持那个姿势，几度差点抱不住岩石。似乎经过了千年万年，终于龙卷风飞离现场。树枝屋瓦纷纷落地。

灵儿看到狂风已去，又奔了回来。只见吟霜额上发丝零乱，脸色苍白，在皓祯手臂中，如同一片脆弱的落叶。皓祯放开岩石，双手抱着吟霜落地。

"吟霜，你怎样？振作一点！"皓祯喊。

灵儿看着远去的龙卷风，喊道：

"吓死我了，你们两个差点都被大风吹走了！"

皓祯抱着完全站不稳的吟霜，余悸犹存地喊道：

"吟霜！龙卷风走了！你怎样？是不是头晕？还是被什么东西砸到了？"

皓祯见吟霜面色惨白，把吟霜推开一点，抓着吟霜的两只胳臂摇了摇，急问：

"你还好吗？你说句话吧！你别吓我，怎么不说话？"

吟霜看看皓祯，终于开口了，虚脱般地喃喃说着：

"正心诚意，趋吉避凶……神在哪儿？正义在哪儿？我爹……心存善念，到处救人……菩萨在哪儿？我娘……我娘的魂魄在哪儿？"

吟霜说完，就晕倒在皓祯怀里。皓祯一把抱起她，慌张地问灵儿：

"她晕倒了！怎么办？"

"赶快抱到河边去！那儿有水！"灵儿指着方向，"我对这儿熟！跟我来！"

皓祯抱着吟霜，跟着灵儿急急奔去。两人奔到小溪边，只见小溪潺潺地流着，溪水清澈。皓祯急忙把吟霜放在溪边的草地上，让她平躺着。

皓祯和灵儿就着急地用手掬了水，不住洒在她苍白的脸上。皓祯拍着她的面颊：

"醒来！醒来！"心慌意乱地看灵儿："怎么办？你有没有跟着她学一点神医的功夫？这时候是不是应该帮她扎针呀？"

"我这么笨，哪会扎针？就算我会，这儿也没有银针呀！"灵儿说。

皓祯打湿了帕子，把水绞在吟霜脸上，灵儿又忙不迭地用自己身上的干帕子，擦干她的脸孔。见她一直不醒，灵儿也慌了，大喊着：

"吟霜醒来！快点醒来！"

这时，空中传来矛隼的哀鸣声。皓祯急忙抬头呼唤：

"猛儿！猛儿！你快过来唤醒你的主人吧！"

像是答复皓祯，猛儿飞了下来，绕着吟霜飞着，哀鸣不已，并低飞用翅膀扫过吟霜的面颊，一片羽毛飘落在吟霜面颊旁。皓祯拾起那片羽毛，急忙用羽毛去扫弄吟霜的面颊和鼻子。歪打正着，吟霜打了一个喷嚏，睫毛闪动，眼睛睁开了。

灵儿俯头看吟霜，急忙喊：

"吟霜，你醒了是不是？看到我了吗？"

吟霜睁大了眼睛，看到皓祯着急的眼神，她转头，又看到灵儿的脸孔。

"我在哪儿？"吟霜神情恍惚地问，忽然坐起，惊慌地问，"我爹呢？我爹呢？"

吟霜摇摇晃晃地站了起来，茫然四顾，皓祯和灵儿急忙起身。皓祯生怕她再晕倒，伸手扶住她，急切地说道：

"吟霜！你爹……会在天上保佑你的！你要振作起来，我想……你爹最不想看到的，就是你现在这个样子！"

吟霜眼前，闪过父亲尸体的画面，顿时全部想了起来，立刻悲从中来。她把身边的灵儿一抱，痛哭喊道：

"灵儿！我爹死了！我娘也死了！现在只剩我一个人，除了猛儿，我什么亲人都没有了！"

灵儿背脊一挺，有力地说：

"你还有我！我们裘家班会收留你！你还能当神医帮大家治病！我们一起跑码头，一起找生活！"

皓祯就正色地、郑重地、承诺地说道：

"不只灵儿，你还有我！我一定会好好照顾你，苍雾山中的一抱，加上今天这阵龙卷风，已经把我卷进你的生命里去了！我再也不会放开你！"

吟霜从灵儿肩头，抬头泪眼看着皓祯，两人眼中，一个充满悲凄，一个充满怜惜。

七

就在郊外发生龙卷风的同时，东市里也不平静。因为龙卷风没有经过长安市区，摊贩和群众都不知道龙卷风的事，照样在做生意，东市依旧热闹。

忽然间，汉阳带着衙役约二十人出现，汉阳洵洵儒雅，从容淡定。衙役步伐整齐，踩在地面笃笃有声，一行人径自走向裴彪。市场内摊贩、老百姓都惊惶地让出路来。

"请问裴彪班主是哪一位？"汉阳有礼地问。

裴彪一步上前，双手抱拳行礼。

"在下裴彪，不知道官爷有什么指教？"

"你们这个杂技班四海为家，日出而作，日落而息，到处行走江湖是吗？"汉阳咬文嚼字地问道。

"裴彪没念过多少书……"裴彪头痛地回答，"没住过四海，连海长得啥样也不清楚，都在一个城一个城地换地方，就是跑码头耍杂技讨口饭吃罢了！"

"你们这个杂技班一共有多少人？"汉阳依旧温文尔雅，看起来风度翩翩。

"加上在下和小女，一共十二个人！"

"嗯！"汉阳点头，看着聚拢的杂技班，"现在人都在吗？"

"除了小女，都在这儿！"

"我是大理寺丞方汉阳，有请诸位跟我去大理寺走一趟！"

摊贩害怕，开始议论起来。裴彪这才知道汉阳是来捉拿他们的，大惊，急问：

"我们裴家班犯了什么法？"

裴家班里的众人，个个紧张得摩拳擦掌起来。

"我何曾说你们犯法？只是有人纠举你们，前些日子用'鸡飞鼠跳'的妖术，大闹市场，必须去我们那儿说明一下！"汉阳眼睛扫过众人，"鸡飞鼠跳，是你们做的吧？"

小猴子做贼心虚，急忙小声说道：

"不是我们！不是我们！"

裴彪回头就大喊一声：

"官兵又来抓老百姓了！这长安能混吗？兄弟们！闯！"

杂技班个个抄了家伙，就往四面八方逃去。汉阳一步拦在裴彪面前，说：

"还是请班主跟你们的兄弟说一声，大理寺只在调查案子，不会为难大家，说清楚了就可以回来继续做生意，如果抵抗，会让整个市场混乱，请班主以大局为重，不要误伤百姓！"汉阳说着，还恭敬地双手行礼。

裴彪没见过这么有礼的"官"，整个人傻住了，像是被催眠了一般，居然不再拒捕，带着整个裘家班，跟着汉阳走了！

灵儿完全不知道裘家班已经被官府带走，她和皓祯带着吟霜，回到吟霜的租屋，再度面对满室零乱和白胜龄的遗体。

吟霜一见到父亲遗体，情不自禁地又扑上前去，看到银针还插在遗体上，就一根一根地拔着，每拔一根，泪水就落下一滴。灵儿忍不住，也上前去帮忙拔针。

皓祯打量着那像经过战争一样的房间。门口，还挤着看热闹的人群。皓祯问邻居：

"这儿到底发生了什么事？好好一个人，怎会被刺死了？那伤口一看就知道是剑伤！白神医这么好的人，总不会有敌人吧？"

"哎呀！都是那个伍项魁！说是公主要一件百鸟衣，他奉命来抓猛儿！带了一群人来又打又砸又射箭，白神医要保护那只鸟，就被杀死了！"一个邻居说道。

"又是那个伍项魁！"皓祯脸色一沉。

吟霜低俯着头，一面拔针，眼泪不停地掉，听了邻居的话，低语：

"我爹那么好的一个人，为了一件百鸟衣，死于非命！这实在太不公平了！不是'心存善念，百病不容'吗？不是'正心诚意，趋吉避凶'吗？"

皓祯一震，蹲下身子，帮忙拔针，问道：

"这几句话，在你帮祝大人治病推拿的时候，我听你念过！是什么口诀吗？"

吟霜眼光直直地看着胜龄死去的面容，说道：

"我爹在我六岁时，就教我医术，还把他自己没练成功的治病气功传授给我，我那推拿就是治病气功，我爹和我娘告诉我，当我用这气功治病时，一定要虔诚地念那口诀，因为，就算是大夫，也要用善良的心、真挚的大爱治病，那才是最好的良药！"

皓祯听得出神，白胜龄夫妻，有出世的飘逸，有入世的仁慈，为何不长命呢？

"我爹和我娘，他们是神仙一样的人……"吟霜继续落泪说，"我们在山中采药制药，再到山下的村庄里去帮人治病，我很小就跟着他们当大夫，什么样的病人都看过。我们救活过很多的病人，我爹都说，因为我们心存善念！可是……可是……他现在躺在这儿，为了一件百鸟衣，被人杀死了！他没有救活自己，我也没有救活他……"

吟霜说着，大恸，扑伏在胜龄身上痛哭。

皓祯眼眶红了，拍抚着吟霜的背脊，着急心痛地说道：

"别哭了！平静下来，经过了龙卷风吹袭，刚刚才昏倒，不要把自己弄病了！我也会气功，让我帮你用气功推拿一下行吗？你这样我真的很担心呀！"

吟霜振作了一下，拭泪说道：

"你那个学武的气功，和我爹学医的气功是不同的！这气功我也不常用，因为我身体不好，我爹说会伤元气！但是，是很有用的，每次都很灵的，可是，可是为什么这次救不活我爹啊？"

灵儿一边听，一边陪着哭，此时忽地从地上跳起身子，咬牙切齿地说：

"居然又是那个大混蛋！吟霜，你别哭，我这就帮你报仇去！"

灵儿说完，转身就飞奔出门去。

皓祯要陪着吟霜，只能伸长脖子对灵儿喊道：

"先去跟你爹商量一下再说！千万不要轻举妄动，上次东市的事都惊动朝廷了，别再让你爹也陷进危险！听到了吗？等我帮吟霜葬了她爹，再找寄南商量……"

灵儿早已跑得不见踪影了。

皓祯见一位好心的邻居提了水，拿了帕子来，他就绞了帕子，帮着吟霜为父亲拭去脸上手上的血迹。吟霜这才看了皓祯一眼，抢下帕子说道：

"这事我来就好！你的身份地位，别做这个，会弄脏了你的手和衣服！"

皓祯深深看她一眼，郑重地答道：

"我的身份地位，就是守护一个无父无母、冰清玉洁的你！为高尚的白神医洗掉血污，更是一件神圣的事，怎会弄脏我的手？"

吟霜听了，感动至深，眼泪又从眼中滚落。

灵儿离开了吟霜的租屋，就气急败坏地一路飞奔着穿过人群，穿过长安的大街小巷，抄近路冲进东市，急促悲愤地喊着：

"爹！爹！你快带着大家逃命要紧，那天东市调戏你女儿的癞蛤蟆，把吟霜的爹杀死了！"

摊贩们惊叫，七嘴八舌地喊：

"什么？白神医死了？不可能啊！昨天还好端端的……"

"白神医被杀死了啊？又是那个姓伍的败类啊……"

灵儿找不到裴彪，见班子里一个人都没有，急问：

"我爹呢？我们的杂技班子呢？"

"灵儿姑娘！"一位摊贩同情地上前说道，"你爹和班子里所有的兄弟，都被一个大官带走了！你赶快逃命吧！"

"什么？全部带走了？"灵儿如五雷轰顶，"是哪个大官？是不是伍项魁？"

"不是姓伍的，是另外一个！说是你们那天用妖术什么的……"

灵儿刚刚经过胜龄的惨死，又经过龙卷风的震撼，再经过吟霜的撕心裂肺，她心智都没恢复，也无法细想，听到整个班子被大官带走，脑子里轰然一响，只觉大难临头，顿时惊惶无比，心乱如麻地喊：

"全部带走了？我爹就乖乖跟着走？不好！他们要赶尽杀绝吗？先杀吟霜的爹，再杀我爹！"脸色惨变地说："完了完了！我爹没命了，我得去找救兵！"

灵儿便转身飞奔而去，再度穿过大街小巷，穿过拱桥街道，抄近路一口气跑到靖威王府门口。王府门口戒备森严，一群卫士站岗守卫，看到灵儿冲来，上前一拦。灵儿痛喊着：

"我要见靖威王窦寄南！"

"你从哪儿来的？"卫士喝道，"咱们靖威王爷的大名，你就这样连名带姓地喊？你不要命了！"

灵儿抽出腰间系着的流星锤，对卫士打去，卫士被打个正着。灵儿暴跳如雷地喊：

"我就是要见他！你们叫窦寄南出来！"

"哪儿来的疯子？居然敢跟我动手？打！"

一群卫士立刻围了过来，对着灵儿就开打。灵儿哪里打得过，只能又跳又闪，手里的流星锤乱挥乱舞，嘴里大喊大叫：

"窦寄南！你快出来救我呀！新班主，你再不出来，我们裘家班真的要换班主了！窦寄南！窦寄南！窦寄南……"

正喊着，一个卫士抓了个空当，一拳打在灵儿鼻子上。灵儿往后倒，仰天飞出去，鼻子流着鲜血。

寄南被这阵惊天动地的大闹惊动了，奔出门来看个究竟。一看灵儿被打，大惊失色，急忙奔来，正好接住了仰天飞倒的灵儿。灵儿的流星锤往后一甩，又正好甩在寄南脑门上。寄南横抱着灵儿，又是震惊又是痛，喊道：

"灵儿！你为何要来谋害我？"

灵儿急怒攻心，咬牙说道：

"窦寄南！你想当我们那裘家班的班主，现在你就去当'一人班主'好了！因为，我爹和十个兄弟，都被抓走了！这会儿，有命没命都不知道！吟霜的爹已经被杀死了……你的手下，也快把我打死了……"

灵儿说着，眼泪就从眼角滚落。

寄南又惊又急，抱着灵儿往门内走，回头对众卫士怒吼：

"谁动手打她的？我会跟你们算账！"

众卫士个个惊怕着，傻眼了！

片刻以后，在王府大厅中，灵儿已经梳洗过了，拿着帕子，捂着还在流血的鼻子，坐在一张坐榻里，一面擦着鼻子，一面狼狈地诉说着。寄南额头肿了个包，仔细地听着灵儿诉说。丫头不断送茶，送帕子，川流不息。寄南越听心情越沉重。

灵儿说完了，寄南走过来，低头检查她的伤势。

"你这冒失鬼，到了我这儿，不会好好跟卫士说吗？瞧你这场打，挨得真冤！怎么血还没止住？气煞我也！"寄南喊着，捂着头，"你那是什么武器？害我跟着受伤！"

"你们王府都一样！"灵儿瞪眼，"你的手下，跟伍项魁的手下比起来，并没有高明多少！"

"居然拿我和伍项魁比，你脑子被虫蛀了！"寄南脸色一沉。

"说话都说了老半天了，你还在这儿慢吞吞！"灵儿跳起身子，急如星火地喊，"我爹被抓走，你到底有没有办法救他们呢？"

"这事……"寄南想着，"得去找皓祯一起办！"

"皓祯正忙着帮吟霜，料理她爹的后事呢！"

"后事不急在一时，反正人都走了！但是，活着的人，早营救一刻是一刻！咱们走！找皓祯去！"寄南拉着灵儿就向外走。

皓祯刚刚才安放了胜龄的遗体，陪着浑身缟素的吟霜从"灵安寺"走出来，说道：

"办丧事不是一天两天，总要找一块风水比较好的墓地，现在暂时让你爹在庙里住几天，我再去安排一切。目前，最重要的是要给你找个安全的地方住，你那个家，已经不能再住了！"

"我还要回去收拾东西，我爹的医书，我的银针和药箱，还有衣服……"

两人正说着，只见灵儿和寄南急匆匆地奔来，灵儿脸上还带着伤。寄南说：

"我们去了吟霜家，才知道你们来这儿了！"看着吟霜问："你还好吧？"问完才觉得是废话，懊恼地一拍脑袋，"当然不好！所有发生的事，灵儿都对我说了！哎哟，脑袋疼！"

吟霜看看灵儿和寄南，心惊胆战地问：

"你们怎么受伤了？难道直接去找伍项魁打架了？"

"别管我跟谁打架，我们是赶过来商量的，我爹和整个裘家班都被抓走了！现在得先救我爹，再去帮你报仇！"灵儿着急地说。

吟霜和皓祯大惊。皓祯急问：

"被谁抓走？是不是为了巫术、妖术的事？"

"就是就是！他们硬说我爹会妖术，那鸡飞鼠跳怎么是妖术呢？就是我和小猴子干的事嘛！那大官几句话一说，就把我们整班的人都带走了！"灵儿说。

皓祯看着寄南，恍然大悟地说道：

"这死脑筋的汉阳，还真当回事，居然把裘家班全部带走了！"

"你确定是方汉阳，不是伍震荣的手下？"寄南问。

"我确定是方汉阳！"皓祯点头，"因为是'带走'，不是'抓走'！这是汉阳的作风，就算逮人，也不失风度！裘班主他们一定在大理寺！"

"既然你们认得那个大官，我们就赶快去救我爹吧！把一个妖术的大帽子扣在裘家班脑袋上，会不会砍头呀？我去招认，活鸡、老鼠，都是我的杰作！"灵儿嚷。

"你不能去！"寄南扯拉灵儿，"我和皓祯去！你那个你的杰作这种话，也不许再说！现在已经成了妖术，你想变成妖女吗？这会儿，有理也说不清了！"

"那么，你们赶快去救人要紧！我和灵儿回我家去收拾东西，我爹有很多珍贵的药，都是他亲手调制的，现在他再也不会做新的了！每瓶药膏，每颗药丸……都成了无价之宝，千万不能丢！"吟霜说。

皓祯看着吟霜，千般万般地不放心，说道：

"吟霜，你刚刚丧父，又受到龙卷风惊吓，现在身子虚弱，哪儿也不能去，要收拾你爹的遗物，等我回来陪你去！"又看向寄南，郑重地说："寄南，现在只好先让灵儿和吟霜，借住在你的王府里，你那儿好歹有卫士，可以保护她们！我们两个，就赶紧去一趟大理寺吧！"

大理寺中，方汉阳确实在审问裴彪，他端坐在庭上，裴彪和杂技班众人站在下面。衙役若干侍立两旁，庭上庄严肃穆。

忽然间，衙役大声通报：

"靖威王窦王爷到！袁少将军到！"

汉阳一惊抬头。裴彪等人精神一振。

只见皓祯和寄南并肩大踏步走上前来，站在汉阳面前。汉阳皱皱眉问：

"两位一起过来，难道是为了裴家班吗？"

"不错！"寄南立刻侃侃而谈，"汉阳，论年纪，你比我大了一点；论学问，你比我也高了一截！可是，论处世，你循规蹈矩，我玩世不恭！论出入环境，你不是在宫廷，就是在大理寺或宰相府，所以，你所见所闻，一定没有我这个到处鬼混的人多！我现在用我所有的智慧来提醒你，捉拿裴彪，你大错特错！"

汉阳不悦地问：

"你是来教训我的，还是来教我办案？"

"我是来救你的！"寄南语不惊人死不休。

"这话什么意思？我听不明白！"汉阳说。寄南还没回答，皓祯就接口说道：

"汉阳！当天出没市场的，总共有三四百人，正好我和寄南也是其中两个！事情的经过，根本没有荣王说的那么严重！鸡飞鼠跳只是打架中的一个环节！你真的有心办案，不是办鸡飞鼠跳，而是该办伍项魁！"

"你这是举报伍项魁吗？"汉阳睁大眼睛。

"对！三四百人都可以做见证！那天伍项魁的目标是白吟霜和裴灵儿！这两位姑娘，汉阳你也见过，就是那天押送祝大人时，出来治病的吟霜和翻车的灵儿！"

汉阳眼前闪过那一幕，惊愕震动着。寄南就急呼道：

"你这长安城的神捕，大公无私的大理寺丞，敢不敢动伍项魁？不敢动伍项魁，就别把无辜的裴家班抓来交差！"

"这是什么道理？"汉阳一愣，"听说伍项魁才是受害者，抢民女抢到一半，就被鸡飞鼠跳给吓傻了！"

"哈哈！"寄南大笑，"那么汉阳已经知道伍项魁抢民女的事了？裴彪！赶快告状！请这位青天大人帮你申冤！我们都帮你做证，那天有伍家人欺负你的闺女！"

"是是是！"裴彪赶紧应道，就对汉阳一个劲儿行礼，"请青天大人为小民申冤，把那位官爷抓起来！要不然还有别的姑娘会受害的！"

汉阳一怔，还没开口，只见皓祯义正词严，愤愤地说道：

"顺便报案，今天一早，为了公主要一件百鸟衣，有位官爷带了羽林军，闯入民宅去抓鸟，居然把白神医活生生打死！这官爷也是伍项魁！如果汉阳和我想象的一样，是位有正义感的大理寺丞，请先抓伍项魁！"

汉阳大惊，问道：

"那位在大街上救治祝大人的神医，被活生生打死了？真有此事吗？"

"现在遗体还暂厝在'灵安寺'里，身上伤痕累累！致命的是剑伤，可以比对伍项魁的剑！因为他身边的宝剑是有名的！"皓祯激动地说。

汉阳着实震动，心里的正义感翻腾着，迟疑地说：

"可是……这是两回事吧！不能因为伍项魁的行为，就放掉鸡飞鼠跳吧？"

小猴子再也忍不住了，大哭着跪了下去，喊道：

"青天大老爷！是我小猴子做的，那天灵儿姑娘和吟霜姑娘被欺负，这两位公子打不赢那么多人，是我爬到梁上，把两篮活鸡给丢下去的！"

大家都看向小猴子，汉阳不解地问：

"那么，老鼠呢？"

"老鼠是灵儿姑娘干的，那个姓伍的被活鸡砸了满头满脸，还在那儿乱骂一通，灵儿姑娘站在墙边，没办法进去帮忙打架，忽然有只老鼠从灵儿姑娘面前跑过，她抓起老鼠，就像射飞镖一样，对姓伍的射过去，哇！正中目标！"小猴子表情丰富，虽然涕泪交加，却说得活灵活现。

众人呆了呆，你看我，我看你。皓祯赶紧说道：

"妖术之说，真相大白！汉阳，这位小兄弟才十岁！帮着好人打坏人，应该奖赏一番才对吧？假若你不办伍项魁，却把这小兄弟和裘家班抓起来，你会让我大大失望的！"

"哈哈！"寄南嬉笑地接口，"打架有各种打法，这小猴子和灵儿别出心裁，就地取材！这对我们学武的人，是一种启发！善哉善哉，小猴子，俏灵儿！"

汉阳看着两人，眼底闪着莫测高深的光芒，再看看杂技班众人，摇摇头一叹说道：

"总算真相大白，妖术不攻自破！裘家班暂时回去吧！如果案情再有转折，务必请你们再来说明！"

"还要再来说明？你办不办……"寄南不满地嚷。

皓祯急忙拉了一下寄南的衣服，阻止他说话，大声喊道：

"裘彪和兄弟们，赶快谢谢青天大老爷放了你们，咱们这就走吧！"

就这样，皓祯和寄南出乎意外地顺利，救出了裘家班。大家立刻赶到东市，灵儿也赶来了，带着班子里的人，就匆匆收拾着行装。灵儿拖来箱子，乒乒乓乓地把卖艺的东西往箱子里丢去，嚷着：

"爹！好不容易你们脱险回来了！这个长安城太不安全，你们赶紧收拾东西逃命去吧！那个大官现在放了你，说不定哪天又来抓你！"

"那你呢？难道你不跟我们走？"

寄南看看灵儿，不舍地说道：

"裘班主，我们会保护灵儿的！"

"吟霜刚刚失去爹，伤心得不得了……"皓祯也诚挚坦白地说道，"我们想让灵儿陪她一段日子，帮她度过这段伤心的时期！"

裘彪夺下灵儿手里的东西，激动地大嚷：

"他们杀了白神医，咱们就赶着逃命，那还是人吗？裘家班虽然功夫不深，也都是有情有义的兄弟，咱们要给白神医报仇！"

"你报什么仇？"灵儿跺脚说，"咱们这一大家子人，要点小功夫唬唬老百姓可以，和那些有权有势、动不动就来几百个羽林军的人，我们是他们的对手吗？是他们的对手，你们还会被带到大理寺去？"

"要走，你这丫头也得跟我一起走！"裘彪说。

"唉！爹，你别婆婆妈妈了，你们快走，我裘灵儿命贱，阎罗王还不稀罕我呢！你们走了我才比较安心！"

"裘班主，你放心吧！"寄南说，"我会派两个人护送你们，等到你们都安全了，我再把灵儿护送过去，这样你满意了吗？"

裘彪勉为其难地点头应允，叹气说道：

"唉！笨女儿啊！你可要自求多福，爹就听你的，保命去了！"对皓祯和寄南托付："我这傻丫头就先交给你们两位了！帮我问候吟霜！"

"我会把你的问候带到的！"皓祯环顾众人，一一行礼，"后会有期！"

众人一起回礼，依依不舍地，拱手齐声说道：

"后会有期！"

送走了裘家班，皓祯、寄南和灵儿立刻回到靖威王府。寄南已经帮吟霜和灵儿准备了一间精美的卧室，当三人去救裘家班时，吟霜一直脸色苍白、神情凄楚地坐在床沿。灵儿回到房里，这才开始东张西望打量着房间。

皓祯托付地看着寄南，说道：

"这两天，吟霜和灵儿就住在你这儿了！我还要去安排白神医的后事，至于报仇，我们再商量着办！绝不能让白神医这样死不瞑目！"

"你放心吧！我这儿房间多，她们住一阵不成问题！你也该回去了吧！"

"是！这一整天真够受的！"就看着吟霜说道，"我知道你吃不下、睡不着，但是，总要试着去吃点东西，试着好好睡一觉，我随时过来看你！"

"谢谢你！"吟霜低声说，看着众人，"还好你们把裘家班救出来了！那个大理寺丞，没有很刁难吧！"

"那个大理寺丞啊，你见过的，就是那天在长安大街，押送祝大人的官员，他实在是个人才！可惜他爹是右宰相，在朝廷上，属于伍家那派，他们就算知道伍家的恶行恶状，也不会动伍家的！"皓祯说。

"那可不一定！汉阳是个热血青年！总有一天，他的良心会提醒他！否则，他今天也不会放掉裘家班！"寄南说。

灵儿总算到处打量够了，一屁股坐在吟霜身边，对两人说道：

"原来你们有钱人，住着这么豪华的房子！好了，你们都退下吧！吟霜哭了一天，累了一天，该休息了！你们退位，我来接手！安慰吟霜，是我的事了！"

"灵儿！"寄南忍不住叮嘱，"我家这个小偏院很安静，你最好不要乱闯，丫头会来侍候你们，不要再引起那天打架受伤的误会！"

灵儿对寄南一瞪眼，问道：

"你的夫人住在哪儿？还有你的如夫人、小夫人、各种夫人都住在哪儿？怕我们两个姑娘吓到她们，引起误会是吗？"

寄南对灵儿哭笑不得地大声说：

"我还一个夫人都没有！行了吧？"

"咦！"灵儿大惊小怪地说，"这长安城里，居然没有一家的姑娘愿意嫁你呀？你的名声这么坏？"

寄南生气，对灵儿威胁地举起手来说：

"你简直……"

皓祯赶紧息事宁人，拉着寄南就走：

"千万别吵！她们两个都累了！我们确实该出去，让她们好好休息！"

皓祯就深深看了吟霜一眼，拉着寄南出门去了。

八

这天，天气晴朗，万里无云。皓祯、寄南、鲁超骑着马，走在两边都是农地的乡间道路上。一眼望去绿油油的小麦田地，农民们忙着除杂草，两边都是忙碌的农民和农妇。这些农民个个衣衫褴褛，面黄肌瘦，工作得十分辛苦，似乎不堪负荷。

寄南不满地对皓祯说道：

"这已经是永业村了，距离长安那么远，你还没帮吟霜找到一块满意的墓地吗？我跟你说，你只要在长安附近，任何荒郊野外找块地就行了！吟霜上坟比较容易，不要这么远的地方！"

"是呀！公子！"鲁超深以为然，"这儿都是农地，不是墓地，要找墓地，还是回长安附近去找吧！"

"别吵！我们确实跑得太远了！我在找像她家乡普晴山的地方！"皓祯说。

"那……你知道她家乡长得什么样吗？"寄南问。

"不知道……"皓祯四面看着，"应该是个山明水秀、地灵人杰的地方吧！"忽然看向远处，惊喊："你们看！那一大片乌云是什么？"

三人看去，只见天空一大片黑乎乎的云层，迅速地向农地飞卷而来。

"还有嗡嗡嗡的声音呢！你们听到了吗？"寄南惊愕地说。

农民也被惊动了，纷纷起身向天空看去。只见那片乌云，黑压压、密麻麻、重重叠叠地对农田飞扑过来，呜呜有声，像一个天空中的大怪兽。

骤然间，一个农民惊惶至极，凄厉大喊：

"蝗虫！蝗虫！大家快拿家伙呀！蝗灾又来了呀！"

农民一阵纷乱，奔跑，叫嚷，奔回屋里拿家伙，农地瞬间变成战场。

皓祯三人还在惊怔中，只见那片乌云已经直扑向农地。原来全部是蝗虫，千千万万数不清，像是大军压境，刹那间，已经攻占了整个麦田。首批蝗虫迅速地飞降到小麦田里，啃食着绿苗，天上，更有无数的蝗虫飞来，整个天空都暗了下来。

"不得了！这些蝗虫简直是土匪强盗！"皓祯惊喊。

皓祯从马背上跳下地，拔出双剑，就冲进农田，双剑在蝗虫阵中飞舞。寄南也拿出他的玄冥剑，对着那些蝗虫又劈又刺又砍，使出全身武功。鲁超也跳下马，拿出武器，攻入农地，和空中密密麻麻的蝗虫奋战。寄南边打边骂：

"我杀你一个是一个！居然敢抢我们农民的粮食！"

农民们拿着锅碗瓢盆，不住地疯狂敲打。但是，那些蝗虫"前吃后继"，对锅碗瓢盆完全不顾。皓祯等人的最强武器，对那千千万万的蝗虫也都无可奈何。

刹那间，蝗虫来得急，去得快，又都像一阵乌云般飞扑而去。只见农田已被风卷残云般吃得光秃秃，什么麦子都不见了！狼狈的农民丢下锅碗瓢盆，哭倒在麦田中。一个老农民哭得凄惨：

"去年才闹蝗灾，租税还欠着，现在辛苦种的麦子，眼看过阵子就可以收割了，这可恶的蝗虫还是不放过我们，老天不给饭吃呀！"

农民们呼天抢地地哭着，捶着地：

"才到春天，麦穗都还没成熟，怎么蝗虫又来抢！"

一个农妇号啕大哭，喊着：

"这是要我们上吊吗？不能活了，不能活了……"

寄南、皓祯、鲁超见农民们哭得惨厉，震惊地上前。寄南大声说道：

"别哭了！我靖威王窦寄南在此，你们的损失本王看见了，到底损失多少？我帮你们去减免租税！"

农民们一听，全部围绕过来，七嘴八舌喊：

"窦王爷救命呀！小民们已经三年没缴租税了，今年再不缴，田地就要被朝廷没收了！没有田地，咱们要怎么活下去？"

"家里也没粮食，孩子们都快饿死了！还要缴税！"农妇哭着。

"什么？就在长安城外，居然有人要饿死？"寄南看着农妇，"难道几年都没有赈灾吗？还要缴税？"说着，就怒气冲冲问："你们的知县是谁？"

皓祯一拉寄南说道：

"这事恐怕和知县无关，他们是农民，赋税有规定！像你是王爷，名下就有六顷良田，还能免税，他们没有！蝗虫过境，不构成不缴税的理由！"

"岂有此理！王爷就享有特权吗？"寄南大怒。

"不错！"皓祯说，"我爹也有，他是勋官三品以上，免征税！至于启望，就更别说了！"

寄南一怔，突然大声对众人说道：

"大家不要哭！我靖威王保证你们今年可以不缴税，至于目前没粮食的问题，你们等着我，我马上帮你们解决！"一拉皓祯："上马！我们快马加鞭，帮他们找粮食去！"

三人就迅速上马，疾驰而去。鲁超被派回将军府，皓祯和寄南，一路冲刺到了太子府。太子惊愕地看着两人问：

"什么？蝗灾？不能免税？全村都快饿死了？朝廷的税制是不是出了问题？"

"先别管税制了，那是后话，现在最着急的是要给那些灾民粮食！"皓祯急急说道，"鲁超已经快马回将军府，我猜我家已经全部出动，能搬能拿出来的，一定都拿去了！我们要分三路进行，你这儿怎样？"

"这根本是我李启望的事，我怎会坐视不理？"太子着急大喊，"来人呀！把府里的粮食，不管是大米小米，还是麦子玉米，还是绿豆红豆黄豆黑豆……通通用马车运到永业村去！"

"殿下，全部吗？"邓勇一惊上前，"那太子府里这么多口人，要吃什么？"

"邓勇！不要小气！"寄南喊道，"只听说饿死百姓，还没听说饿死太子的!"看着太子:"你这儿能拿的都拿,我们两个该回到靖威王府去搬粮食了!"

两人回到靖威王府,看到王府一片忙乱,卫士们正在一包一包地把粮食搬到院子里,堆在装货的马车上。寄南下马就监督着,喊着:

"快快快!府里有什么拿什么!都堆到马车上去!必须在天黑前赶到!"

灵儿和吟霜闻声而来。灵儿惊看着满院的卫士、马车和搬运中的粮食,喊道:

"窦寄南!你们在干什么?"

"你没看到吗?在搬粮食!"寄南头也不回地说。

吟霜就走到皓祯面前去,询问地看着皓祯,大感不解地问:

"搬粮食?要搬到哪儿去?"

皓祯看着吟霜,一本正经地说:

"今天都是托你的福,让我见到从来没看见的奇景,还打输了一架。现在,有一个闹饥荒的村庄,因为你而不会饿死!"

"打输了一架?输给谁?你也会打输?"吟霜不解地问。

"我也会打输,而且输得很彻底,寄南和鲁超全部输了!"

"那强敌是谁?你们又碰到姓伍的人了?"灵儿稀奇地挑着眉毛。

"天下的灾难不是只有姓伍的人,我们输给蝗虫了!"皓祯说。

"哦?哪个村庄闹了蝗灾?"吟霜恍然大悟,"你们正急急地帮他们送粮食去?难道他们在闹蝗灾以前,就都吃不饱了?"

"正是!"皓祯回答。

吟霜回头就跑，边跑边说：

"我跟你们一起去！我去拿我的医药箱，如果他们又饿又累，一定是贫病交迫，我去帮他们治病扎针！"

"那我也要去！你们真是笨，怎么连蝗虫都打不过！"灵儿嚷着。

"奇哉怪也，难道你打得过蝗虫？你看过蝗虫过境的情形吗？"寄南瞪着灵儿。

"虽然没看过，想象也知道，不过是虫子嘛！"灵儿振振有词，"你们不会让村民用稻草扎成火把，烧几千个火把，用火烧它们、用烟熏它们吗？"

寄南啼笑皆非地嗤笑着：

"好方法！等你的火把扎好了，蝗虫早就把庄稼吃光了！"

吟霜抱着医药箱奔来，急急地喊道：

"窦王爷，只送粮食不够，府里有旧衣裳旧棉被，也都送去吧！饥寒两个字，一直是连在一起的！饥寒交迫，饥寒交迫呀！"

寄南被点醒了，一拍脑门说：

"我怎么没有想到还要送衣服棉被！"大喊："来人呀！赶快，准备衣服棉被！"

皓祯不禁深深地看着吟霜，见她在这紧张时刻，从丧父的悲哀中走出来，积极振作只想助人的情形，十分感动。他心里不由自主地默念着：

"如此坚强，如此智慧，如此善良，世间能有几个白吟霜？"

两个时辰后，永业村的村庄外，已经搭起几个临时军用帐篷，吟霜在帐篷里给村民诊治扎针，忙忙碌碌。帐篷外，也搭起一连串几个大灶，大灶上煮着香喷喷的大锅饭。另外还有许多大灶，王府和太子府里的伙夫都出动了，穿着便衣，正热腾腾地在炒菜。

村民个个衣衫褴褛，排队拿着碗装着饭菜。

寄南、皓祯、鲁超都在指挥着陆续来到的马车，卸下各种粮食袋。

一团忙乱中，太子身穿便衣，跳下一辆马车指点命令着：

"邓勇，恐怕你们要赶紧帮他们搭一个临时的粮仓，把这些粮食先堆进去。然后分类，计算一下有多少人家，每家能分到多少粮食……"

寄南和皓祯一惊，都奔到太子身边去。

"你怎么亲自来了？"皓祯四面察看，不安紧张地说，"带的人手够不够？这种事，你还不能放心地交给我和寄南吗？"

"你快快回去吧！你在这儿我更忙！"寄南也着急地喊着，"邓勇……"

太子一拦，坚定地说道：

"你们两个不要太紧张好不好？长安城外永业村，居然有灾民！我想到自己在京城里丰衣足食，简直坐立不安！真是'朱门酒肉臭，路有冻死骨'！"

"可是你这样多不安全？我忙得很，现在只好黏在你身边保护你！你知道有多少人想要你的命吗？"皓祯着急地说。

"算了算了！"寄南洒脱地摆摆手，"说他也没用！从小就是这样任性！反正他命大！蝗虫我们两个打不过，如果有人敢来破坏我们赈灾，我可绝不手软！"

"都是你们两个的错！既然告诉了我，我怎么可能不来呢？"太子说，"何况，我也想看看那蝗灾过后是怎样的场面？刚才过去看了，简直触目惊心！"

三人正说着，吟霜提着一个水桶，从帐篷里出来，挽着袖子急步走来，喊道：

"皓祯！我需要干净的水，越多越好！这些孩子身上都有疮！我得一个个上药弄干净，我的银针也不够用……"忽然看到太子，赶紧站住。

皓祯急忙介绍：

"吟霜，过来见过……李大人！"

太子被吟霜的美丽吸引了，仔细看了一眼。

"吟霜？哪两个字？"太子问。

吟霜落落大方地行礼：

"见过李大人！小女子名叫吟霜，吟诗的吟，霜叶的霜！"

太子冲口而出：

"好名字！"看皓祯，说道，"兰有秀兮菊有芳，佳人不同兮在书香！过几天，你要好好跟我介绍一下这位姑娘！"

寄南笑着说：

"李大人好眼光！此佳人还是一位女神医！连祝大人都被她治过……"

皓祯瞪了寄南一眼，寄南赶紧住口。此时，灵儿大惊小怪地冲了过来喊：

"寄南！窦寄南！你还不赶快来帮忙，这儿有一位老爷爷发疯了！吃了六大碗饭还要吃！如果撑死了怎么办？不让他吃，他就大发脾气……"看到太子，一愣，继续说："饿死事大，撑死也不行吧！"

"咯咯！"寄南赶紧咳着喊，"你这个丫头，什么寄南窦寄南地乱喊！要喊窦王爷！过来！赶快见过李大人！"

灵儿盯着太子看了一眼，好奇地说：

"李大人？你不会是一位王爷？一位皇亲国戚？"

"你怎么知道我是一位王爷？是皇亲国戚？"太子一惊，这样微服出门，已经穿得非常朴素了，怎么会被这个丫头一眼看透？狐疑中，灵儿更发出惊人之语：

"我打赌你不只是个李大人，你的地位可大了！"

太子更惊，吟霜赶紧拉了灵儿一下，喊道：

"我去盛水，你来帮忙提水吧！"

灵儿正要跟着走，太子一步拦在前面，好奇地问：

"为什么我不只是个李大人？你说说看！"

吟霜急着要提水，就看着太子说道：

"灵儿只是猜想，如果你是个大人，窦王爷就不会骂灵儿直呼他的名字了！"就正色说道："这儿有很多需要帮忙的人，不管你是大人还是更大的人，都来帮忙行不行？提水的提水，烧火的烧火，煮饭的煮饭……这些灾民太可怜了，他们衣食不周、贫病交迫，他们才是现在最大的人！"

吟霜一篇话，让三个公子都傻了，包括太子，立即全部加入工作，忙碌起来。

永业村太子亲自赈灾一事，很快就传进了宫里。这天，大家聚在皇上的偏殿中，义王笑呵呵地对皇上说道：

"皇兄，太子这次风驰电掣的救灾行动，实在太让人感动了！那些老百姓事后才知道除了靖威王、少将军，还有一位太子在帮他们提水烧火送粮食，个个都哭了！说要帮太子立上长生牌位，天天为太子祈福！"

"哎呀，怎么会让老百姓知道的？"太子不安地说，"我只是悄悄过去，那儿缺人手，我总不能什么事都不干！"

"那天太子也太大意了，"皓祯由衷地说，"随从卫士虽然穿着便衣，三个府里的人都认得太子，人多口杂，难免会泄露！"

伍震荣不怀好意地笑着，话里有话地说：

"皓祯这话就见外了！你和寄南，应该算是太子身边的左右谋士，既然让太子涉险到灾区，怎会不让百姓知道呢？更不会让太子闲着吧！"就看着皇上说道："陛下，这个赈灾，靖威王和少将军功不可没！皇上如果要论功行赏，可不能忽略他们！"

皓祯和寄南气愤地互视一眼。太子急忙接口：

"荣王错也！本太子到灾区，也吓了皓祯、寄南一大跳！"

皇上心里温暖着，对伍震荣的话似乎没听懂，心无城府地说道：

"不管怎样，这次启望亲自去救灾，朕听着也很震撼呢！而且连太子府、将军府和靖威王府的粮食都拿去救急了！朕的儿子和臣子，让朕由心坎里感到骄傲！"就大声吩咐道："曹安！赶快先让宫里拨出三千斤粮食，分别送到他们的府里去！"

曹安大声应道：

"领旨！奴才这就去办！"

"皇上别急，府里还是有东西吃的！瘦死的骆驼也比马大！"寄南笑嘻嘻地说。

"陛下！"皓祯趁机禀道，"真正让人担心的是那些灾民！天子脚下的老百姓，居然被一群蝗虫给打败了！自己都吃不饱，还要年年上税！皇上如果要论功行赏，就赏给微臣一个恩典，今年免除了永业村的赋税！"

皇上深深看着皓祯，欣赏地点头：

"皓祯所请照准！不过这不是赏赐，这是应该的。"皱眉思索："为何税制里没有灾民免税这条呢？"

右宰相方世廷赶紧禀告：

"启禀皇上，是有的！但是许多毛病也随着发生了！没有灾情谎报灾情的事屡屡发生，朝廷年年发放赈灾的银子，也往往用不到灾民身上去！尤其蝗灾这种事，如果不是亲眼目睹，只要村民联合，谁都可以说闹了蝗灾，就不上税了！"

寄南看到这左右宰相就生气，听了这番言论更生气，对世廷口气不佳地说：

"右宰相不会认为这次的蝗灾有诈吧？"

"有少将军和靖威王亲眼目睹，又有太子亲自赈灾，怎会有诈？"世廷一愣说道，"世廷只是答复陛下的问题而已！"

寄南、皓祯和太子，都交换着暗怒的眼神。

皇上却急急说道：

"启望、寄南、皓祯，你们亲民爱民朕都感同身受！百姓的温饱是天子的责任！这次，朕一定重重赏赐！重重赏赐！义王吾弟，你帮朕想想，要如何赏赐这几个孩子！"

"遵旨！领旨！"义王欢声地说，"本王一定秉承皇上的恩泽，想出最好的方案，重重赏赐！重重赏赐！"

伍震荣和方世廷交换着不安的一瞥。

当天，皇后就知道这事了。在她的密室中，她恨恨地一跺脚，对伍震荣说道：

"蝗灾？难道连蝗虫都帮着他们？这下子，太子的声望不是更大了？"

伍震荣困惑至极，百思不解地说：

"下官已经去看过了，还真是闹了蝗灾！只是，下官左想右想，就是想不出来，这袁皓祯和窦寄南有事没事，跑到永业村去做什么？"

这个问题，恐怕是震荣和皇后永远都猜不透的谜！

九

丫头捧着一摞白色绣着小花边、非常考究飘逸的衣服，放在吟霜面前。吟霜一惊，抬头就看到皓祯微笑的脸孔和他那温暖的眼神。皓祯指指衣裳说道：

"我知道你现在还是在热孝期间，但是，这儿好歹是寄南的王府，你不能每天穿着素服，所以我帮你准备了一些白色的衣服，可以换着穿！"

"你想得太周到了！"吟霜惊愕而感动。

"听小乐说，皓祯已经在郊外帮你找了一栋房子，正在大费工夫地装修！"灵儿说，"等到房子装修好了，你就有自己的家了！"

吟霜再度惊愕地看向皓祯。

"我有个地方住就行了！还装修什么？我和我爹，什么破房子旧房子都住过，只要收拾干净就好！皓祯你太浪费了！"

"你也苦够了！目前长安城里我不放心，总要把你安排好！"皓祯说道，"乡下房子只能随便住住，也没装修什么，就是'收拾干净'而已！还有，你爹的墓地，我就依你的意见，在附近的虎头山上定下了，选个日子，我们也该让你爹入土为安了！"

吟霜点点头，提到爹，她的眼神就暗淡下来。

"你别再为你爹伤心……"寄南安慰吟霜，"如果不是为了帮你爹选墓地，我们还救不了永业村的灾民，你爹一定是天上的什么神仙，把我们带到那儿去的！"

灵儿拥着吟霜，笑着说：

"而且还帮太子、寄南、皓祯获得大大的赏赐！你爹在天上看着我们呢！下葬那天，你不许哭！"

吟霜低下头，暗暗伤心着。皓祯看着她，暗暗心痛着。

终于，到了下葬那天。虎头山那块坟地，在山顶最高处，俯瞰着山下的层峦叠翠，远眺着四周的远山远树。这块地并非墓地，是皓祯特别为胜龄买下的。四周环境清幽，没有别的墓，这样，吟霜上坟时，就不用和别人挤着烧香。至于可以远眺，皓祯是这样告诉吟霜的：

"无论从哪一个方向看去，总有一个方向，面对着你娘的墓地！他们这对神仙眷侣，不能同穴相依，也可遥遥相望！"

皓祯能够体贴到这个地步，吟霜心中震动，只能泪眼相看，无言以答。

墓碑写着"神医白胜龄之墓 不孝女白吟霜泣立"。

胜龄下葬了，白幡飘飘，香烟袅袅。和尚们围绕着墓地诵经。吟霜一身缟素、盈盈欲涕，更显得楚楚可怜和飘飘欲仙。灵儿、皓祯、寄南、小乐、鲁超都哀伤地陪着吟霜。小乐不住拭泪。等到棺木入土，吟霜含泪跪在墓碑前烧纸钱，低语着：

"爹！我知道你要我长成一个像娘那样的女子，超凡脱俗！但是，想着我那杀父之仇，我怎能甘心呢？"

灵儿听着吟霜的低语，咬牙切齿，心里发着誓：

"吟霜，如果我不能帮你报仇，我就不配当裘彪的女儿，不配当江湖上的奇女子！你等着瞧！"

和尚们撒着剪成圆形方孔的纸钱，纸钱随风飞舞。

皓祯脸色沉重，陪在吟霜身旁，跪在那儿，也帮着烧纸钱。

葬礼悲凄而庄重地进行着。

矛隼在天空翱翔，盘旋，悲鸣着。

葬礼过后数日，寄南就被皇上召进宫，要他去一趟洛阳，拜访洛阳的府牧、府尹、少尹等高官。寄南对于这种应酬之事，实在头痛。但是，皇上看重他，才会给他这么重要的工作，他只得奉旨去洛阳。他离开长安之后，皓祯就把吟霜从靖威王府，接到他为她精心装修的那栋乡间小屋去了。离开王府那天，皓祯对灵儿有点不高兴，本来想让灵儿陪着吟霜住进小屋，谁知灵儿也离开长安城了！吟霜告诉皓祯：

"灵儿说，小猴子跑回来报信，说裘班主到了季门卖艺，离长安不远，她就待不住了，说是要和我小别数日，去帮帮她爹！"

"原来如此，她说走就走，也没跟我知会一下！"

"灵儿是独断独行的人，什么规矩都不管，哪儿会想到要知会你！"吟霜笑着。

看到吟霜的笑，皓祯心里就飘过一阵春风。就像搬家这天的天气，阳光普照，风和日丽。小屋坐落在一片山明水秀中。屋后，是一片青翠的竹林，屋前，是一片新栽种的花圃，这正是春天，花圃中，玫瑰与杜鹃争艳，金雀花与凤仙花怒放，姹紫嫣红，煞是好看。小乐驾着马车，循着石板铺的马车道，踢踢踏踏来到小屋前。吟霜被皓祯扶下马车，看到这种景致，就整个人都呆住了！

"这些花，是本来就有，还是你种的？"吟霜问。

"本来就有，不在这儿，我不过找花匠把它搬过来而已！"皓祯笑着，指着一丛花说，"这花的名字叫'仙客来'，是不是太应景了？"

吟霜深深地看了他一眼，眼中盛满了各种言语。然后，她掉头看着四周的环境，小屋藏在竹林掩映中，倒是非常朴实的小农庄。小屋左侧，有马厩。小屋右侧，有鸡鸭鹅等家禽的栅栏。花圃前面，是一片绿地，石板路蜿蜒着，不知通向何方。几株杏花树，点缀在绿地上。远眺过去，山在虚无缥缈中。吟霜醉了。

"你以后就暂时住在这里，这儿要进城有段路，虽然不方便，但是，应该会很安全的。"皓祯说，"希望这个环境，有一点点你家乡的味道！"

"我家乡比这儿原始，没有人帮玫瑰杜鹃仙客来凤仙花搬家……所以，这儿更美！"吟霜说。

皓祯笑了，拍拍小乐的肩。小乐就扬着声音喊：

"常妈、香绮，公子和吟霜姑娘到了！"

常妈带着香绮奔出门来迎接。小乐热心地帮忙彼此介绍：

"公子、吟霜姑娘，这位就是我的姨婆，街坊都喊我姨婆常妈！"

常妈赶紧向皓祯和吟霜行礼：

"民妇见过少将军！见过吟霜姑娘！"

"常妈快起，无须多礼！"皓祯扶起下跪的常妈。

"常妈，我来打扰你了！"吟霜微笑着说。

"什么打扰？我这乡村小屋，迎来你这么标致的姑娘，是这小屋的福气！"喊着："香绮！还不向吟霜姑娘行礼！"

香绮就跪了下去，对吟霜行大礼：

"奴婢香绮拜见小姐！"

吟霜一惊，赶紧拉起香绮，迷糊地问：

"这是怎么回事？"

"虽然帮你安排了住处，总不能没人服侍，"皓祯笑着说，"以后，常妈和香绮就是服侍你的人！香绮是个孤儿，没爹没娘的，常妈看她可怜收留了她，现在正好，就让她来当你的丫头！"

吟霜看着楚楚可怜的香绮，同是天涯沦落人的感觉，就浮上心头。

"哦？没爹没娘，和我一样呢！你几岁啦？"

"回吟霜小姐，香绮十六岁！"香绮诚惶诚恐地说。

"我比你大个好几岁，别说什么丫头，我们就做个伴吧！"吟霜拉着香绮的手。

"姨婆，你要好好照顾吟霜姑娘哟！"小乐轻快地嚷着，"要是你照顾得不好，公子回去肯定找小乐出气！"

猛儿在天空盘旋，低飞过来掠过众人头顶。常妈惊讶地看着猛儿：

"咦！这是什么鸟呀？太稀奇了，白色的羽毛，真漂亮！"

"它叫作猛儿，打我出生就在我家的鸟儿。猛儿很听话，非常有灵性。"吟霜说。

"莫非它就是大闹长安城的大白鸟？难道它也要来和我们一起住？"常妈问。

"它呀，自由自在的，要来就来，要走就走！反正是吟霜的家人，我看你这儿有鸡有鸭又有鹅的，不差多一只矛隼吧！"

"当然当然！来了这么一只漂亮的鸟儿，我这小屋更热闹了！哈哈！"常妈大笑。

皓祯、小乐、香绮都笑着。吟霜感染着这片温馨，唇边不由自主绽放出一个绝美的微笑。皓祯的眼光，离不开吟霜这个微笑了。

吟霜跟着皓祯，走进了小屋的大厅，吟霜不禁一怔。

但见窗明几净，室外普通，室内却是个幽静雅致至极的房子。无论桌椅摆设，都是非常考究而舒适的。桌子、坐榻、小几……全是配套的，一色紫檀木，充满了书香和温馨。吟霜惊讶地说：

"这么考究的房子，这么充满书香的布置，皓祯，你太费心了！"

"知道我费心，就领情吧！千万别说一些生疏的话！"皓祯说着，就回头喊："小乐，你们去把马车上的行李衣服搬进来吧！小心那些瓶瓶罐罐的药，都是白神医留下的无价之宝，千万别打破了！这儿有间药房，就放到那儿去！"再对吟霜说道："看看你的闺房吧！有什么不满意，还可以慢慢改！"

吟霜跨进那间"闺房"，再次一愣。

只见房间全部是簇新的家具，卧榻上垂着白色的帘幔，格子窗上，垂着同色的窗帘，窗子半开着，帘幔随风飘动。床榻上是全新的床单棉被枕头，都是白色绣花成套的寝具，一看就是无比地舒适，让人恨不得躺上去睡一下。

一张低矮式书桌放在窗前，文房四宝俱全。书桌边有个小小书架，上面整齐地放着一卷一卷的书籍。皓祯指指那些书，有点不安地说：

"不知道你爱看什么书，也不敢拿孔子孟子来烦你，当然不能把《孙子兵法》搬来，所以，就把我能够收集到的有关医药和药材的书，都搬到这儿来了！另外，还有《诗经》和《楚辞》……你还想看什么，告诉我，我再帮你去找！"

吟霜定定地看着他，眼中朦朦胧胧，轻声地说：

"你把这小屋当成王府在布置吗？小乐说装修，你大概不是装修，是重建吧？"

"只是想给你一个安静雅致的小天地，让你忘掉那些伤心的事！希望以后你的生命里，都没有会让你伤心流泪的时候！"

"你帮我安排了住处，千方百计为我布置，还找来常姨、香绮陪伴我，你……怕我不够坚强，怕我伤感无家可归吗？"

"是！"皓祯坦白而真挚地凝视她，"还不止那样！我想重建你的快乐，那个会帮大家看病，面对麻烦病人，也带着甜甜微笑的姑娘！我还想把你藏起来，免得你再遇到任何灾难！"

"你帮我太多太多了！葬了我爹，还有这些事，我不知道该怎样报答你！"吟霜感激感动地说，眼光始终定定地看着他。

"我不要你的报答，只要你的笑容！"皓祯也定定地回视她，"你知道吗？自从你爹去世，我简直看不到你笑！"

吟霜眼睛里浮起一层雾气，眼珠黑黝黝又亮晶晶，一眨也不眨地看着他，然后，唇边绽开一个微笑。这微笑像水波的涟漪，从嘴角向上漾开，漾开……整个脸孔都被那漾开的温柔给淹没了。

皓祯看着这微笑，顿时不知心之所在、魂之所依了！

当皓祯把吟霜迁进乡间小屋时，灵儿已在项魁府前前后后，到处打量了许多次。看到大门前全是卫士严密把守着，她有点泄气，心里想着：

"这些卫士都是武功高手，我绝对打不过！要混进去不容易！"

她在附近闲逛了一会儿，和项魁府邻居们、那些出入的仆妇丫头，打听了许多项魁府里的情况。脑子里想着各种计策。不管怎样，先混进去，在那大大的院落中埋伏下来，才是第一步。只有潜入府内，才有机会行刺。

黄昏时分，她绕到项魁府后面，发现有个爬满藤蔓的矮墙，四顾无人，她不想再耽搁，拿下腰间的流星锤，打定主意："我从这儿翻墙进去，再见招拆招！万一失手，就照我的计划去做！为了吟霜，拼了！"

灵儿就爬上矮墙，忽然间，四面人声大作，只听到卫士们喊道：

"有人在爬墙！女贼！女贼！来人呀！这儿有个女贼！快把她抓起来！"

灵儿跳下地，拿起流星锤，对着包围过来的卫士们，一阵挥舞。她怎是那些卫士的对手，迅速地过了几招，就败下阵来。被卫士们抓得牢牢的。但是她又踢又踹，拼死挣扎，卫士们把她高高举在头顶，一群人扛着她，喊着：

"把她扛进府里去！"

灵儿很泄气，没想到这样几招，就落进敌人手里。脑子里飞快地转着念头，手中的流星锤乱舞，一路被卫士扛进院子，又扛进大厅，她也一路大呼小叫地嚷着：

"喂！放我下来，放我下来，你们竟敢对你们的新夫人这么无礼！一会儿都要你们给本姑娘跪着磕响头！"

进了大厅，卫士用力地将灵儿一摔，摔在正在饮茶的伍项魁面前，喊道：

"大人！抓到一个女贼，正在翻墙！"

项魁饮了一口茶，惊得跳起身子，茶也洒了，定睛一看，喊道：

"哟哟哟！这不是我心心念念的那位小辣椒、俏姑娘吗？"拉起灵儿仔细瞧："想不到几日不见，你今天更加漂亮了，真是个美人啊！"捏着灵儿的下巴问，"你爬墙进来，准备当我的新夫人吗？"

灵儿对伍项魁掀眉瞪眼，气呼呼说道：

"我不爬墙进来，难道还大摇大摆走进来不成？本想爬到你房间，晚上让你销魂一下！计划都被你那些粗人给破坏了！气死我！"收起流星锤，张开双手："你看，我一个人过来，不管翻墙不翻墙，都是自投罗网！"又轻蔑地一笑，"以为你是有权有势的官爷，天不怕地不怕，结果也不过如此！"

"什么不过如此？"项魁被刺激了。

"听说你有四位夫人，大概不敢要我！"灵儿霸气地一挺身，"免得家里打翻醋坛子！不敢要就算了，我走人了！"灵儿说完，转身就走。

项魁赶紧拉住她，说道：

"你进得来就出不去！既然你说你是来当我新夫人的，管你是真是假，本大人就让你称心如意！你爹呢？就让你这么简单嫁人啦？"

灵儿一气，跺脚嚷道：

"还提我那个见钱眼开的爹做啥？人家给他一点小钱就想把我卖给一个老头，我一想不对啊！同样嫁人，如果我当了项魁府的官夫人，我荣华富贵都有了，干吗去嫁给小鼻子小眼睛的小老头呢？"

"嗯！故事编得还不错！"项魁盯着灵儿，"你这小辣椒还真会说，合情合理！"

"当我编故事就算了！我爹看我死活不嫁小老头，一气之下就带着班子走人了！你相信有这种爹吗？所以，我只好投奔你来了！你倒是给我一句，你娶我还是不娶？"

天下有这种好事？项魁满腹狐疑，却色欲熏心，色眯眯地说：

"好好好！别的姑娘是让汉子抬轿上门去迎亲的，你这小辣椒是翻墙让卫士抬进门的！哈哈哈！我就喜欢你这自动送上门的泼辣劲！太好了，本大人今天就把你娶进门，当我的……"掐指头算着，"一二三四五……五夫人！反正本大人就姓伍，你是五夫人也是伍夫人！"

"五夫人？"灵儿一瞪眼，甩开项魁，走向门口，"那我可不干！我还以为凭我的姿色……给个二夫人还差不多，五夫人？太丢脸，我不干啦！"说完径自往门外走。

项魁拉住灵儿的手就往自己的怀里一抱。

"你以为项魁府是你想来就来、想走就走的地方吗？"笑着，"五夫人不满意，我就休了原配，给你当正室如何？"

项魁的话才说完，身后响起一个女子有力的声音：

"谁要休了我？"

项魁顿时大惊失色，灵儿也一惊，抬头一看，只见有个身材高大肥胖、脸色凶恶的女子大步走来。再看项魁，已经气焰全消，缩着脑袋赔着笑脸嚷道：

"夫人息怒，我在和新来的丫头说笑！不能当真，不能当真！"

灵儿大眼珠一转，对项魁夸张地说道：

"哇呀！你说你的正室是个母夜叉，我还当你说笑话，原来还真是个母夜叉，才哼那么一声，你就趴下啦！"

"谁对你说过我家夫人是母夜叉？不要胡说八道！"项魁急喊。

只见胖夫人一步向前，就拉住了项魁的耳朵，大声吼道：

"你又弄了一个小老婆进来？你不要命了？"

"夫人饶命！这不是小老婆，是她翻墙进门要嫁给我，我……"项魁缩头缩脑，话没说完，灵儿一声大喝：

"母夜叉！放开大人！他已经是我的人了，怎能被你欺负！"

灵儿说着，闪电般翻过矮凳，跃上前去，一拳就把母夜叉打倒在地。大厅里的卫士奴婢全部惊呼出声，却个个露出大快人心状。大夫人气得在地上大叫：

"来人啦！把这个野丫头给我绑起来！"

"绑我？看你绑得到还是绑不到！"灵儿飞快地跑着，回头对伍项魁喊道：

"男子汉大丈夫，在外面那么凶，怎能怕家里的母夜叉？我今天帮你收拾这个祸害，让你重振雄风！"又对大夫人下战书："母夜叉，你已经快被休了！我本来不想要那原配位子的，当个二夫人也就不错了！今天见到了你，原配我要了！"

大夫人被扶了起来，大喊：

"抓住她！抓住她！把她绑起来给我狠狠地打！"

一群卫士冲了过来。灵儿往门外就逃，边逃边喊：

"大人！你说句话，要我还是要她？"又对母夜叉喊道："追我呀！有本事你自己来追！"灵儿说着，就跑到花园里去了。

母夜叉气喘吁吁追着而来，追着喊着：

"去把三位夫人都请来，让我们一起对付这个小泼妇！"

项魁头昏脑涨，左看右看，跳脚喊道：

"本大人是男子汉大丈夫，这种凶老婆，我早就想休了她！"对卫士们下令："谁都不许碰本大人的小辣椒，听到没有？"

灵儿奔进花园中，看到一个很大的鲤鱼池，她就绕着鲤鱼池奔跑。母夜叉带着三个如夫人在后面追。

伍项魁亢奋着，一面观战，一面喊着：

"小辣椒！你当心别摔了！地上有水，很滑！"

二夫人气坏了，喊着：

"伍项魁，你有了新人忘旧人，她登堂入室来欺负我们，你还帮她撑腰？她到底是什么来头？你打听清楚了没有？我看她就是上门捣蛋的……哎哟！放开我！放开我！"

原来灵儿飞身一跃，跃过鱼池，伸手拉住了二夫人，再一个过肩摔，就把二夫人摔进鱼池里去了！灵儿喊道：

"让你去鱼池里喝点水，凉快凉快！"

项魁赶紧对卫士喊道：

"去把二夫人捞起来！不许碰我的小辣椒，知道吗？"

卫士赶紧去救二夫人。三夫人拼命跑，也不知道是在逃还是在追，嘴里喊着：

"伍项魁！你从哪儿弄来这样一个泼辣货？一看就不是好东西……"

灵儿奔过去，一拉一扯一摔，三夫人也进了鱼池。

四夫人眼见苗头不对，就向屋里逃去，嘴里还不肯吃亏：

"我才不跟这种没教养的婊子一般见识……"

"你说我是什么？婊子？"灵儿大吼，"你把这两个字给我吃进肚子里去！"

灵儿追上来，抓着四夫人，也把她丢进鱼池里去了！

剩下早就跑不动的大夫人，在那儿拼命喘气，对灵儿虚张声势地喊着：

"别过来！你敢碰我，我会把你撕碎了喂狗！"

灵儿一步上前，双手拉住她的双手，对她温柔一笑，说道：

"可是，我先把你喂鱼！"说完，灵儿用力把母夜叉的身子往后翻，母夜叉腾身而起，"扑通"一声，落进鱼池里去了。因为体形太大，水花溅得快要冲天。

围观的卫士和丫头们，个个拼命忍住笑。

鱼池里面，四位夫人在水中挣扎，鱼儿在她们头发身边乱转，四人惊喊着，手舞足蹈。卫士丫头们手忙脚乱地救着自己的主子，简直蔚为奇观。

灵儿拍拍手，帅气地一回头，对着伍项魁妩媚地一笑。

"看见了吗？伍大人！对付这样的女人，就要用这种雷霆手段！我先帮你清理门户，再来谈谈我是大夫人还是二夫人？"

项魁这人，就和许多怕老婆的人一样，在外一条龙，在家一条虫。明知老婆打不过自己，就是拿老婆没办法。此时，看到灵儿把几个老婆治得狼狈不堪，大喜地说道：

"小辣椒！你真是我的福星，我这四位夫人把我折腾够了，现在有你来治她们了！你当然是大夫人，让她们依次排列下去！"

"好！就是这样！你说了算！但是，我不要你张灯结彩，却也得选一个吉日良辰，我们才能洞房花烛！今天我打累了，情绪也没了！你给我弄间舒服的房间，让我先好好睡一觉！明天我们再来挑日子吧！"灵儿说。

"什么？还要明天再挑日子？今晚就是好时辰！"项魁又是惊愕，又是猴急。

"你已经三妻四妾了，我可还是黄花大闺女！"灵儿再嫣然一笑，看看鱼池，对项魁不怀好意地笑着，"嘿嘿！还是依我吧！"

"你当我是傻子吗？这洞房花烛，可由不得你！本大人说今晚就是今晚！你这个翻墙的新娘，不知道肚子里有几个弯？如果不马上把生米煮成熟饭，恐怕就会被你把全家都弄翻了！"项魁大叫："来人呀！给我准备一间洞房！"

洞房很快就准备好了，喜烛高烧，红幔低垂。灵儿被送进了洞房里，经过这一番打闹，也闹到晚上了。灵儿在屋里来回踱步，心里想着：

"原来这畜生并不好骗！咬定要洞房。这夜长梦多，我得赶紧下手才行！"

房门被打开，伍项魁刚洗过澡，只穿着一件长板内裤踏进门，喜滋滋说道：

"灵儿啊！我可是听你的吩咐，已经沐浴更衣好了，咱们是不是可以圆房啦！咦！你怎么还穿着这身衣服？"转着眼珠一想，色眯眯伸手要帮灵儿脱衣，"喔！是不是要本大人为你宽衣解带呀？"

灵儿一把推开项魁：

"大人，你别急啊！这良辰吉时还没到啊！要不……你先上床去，我一会儿就来！"

"哈！好！好！我这就上床去，等着我的小辣椒来侍候我，嘿嘿！你动作要快呀！"项魁就脱了外衣，露着胸上床，猴急地等待着。

灵儿决心放手一搏，背对着项魁，先吹掉红烛，再吹熄了油灯。屋里立刻漆黑一片，项魁起疑，问：

"你干吗把灯都吹了？"

"都说了，我可还是黄花大闺女，这第一次……我会害羞的！"灵儿羞答答地说。

"哎呀！为了对本大人投怀送抱，翻墙都敢，害什么羞？快上床来，本大人专门会治姑娘的害羞！"

灵儿的双眼，在暗夜里闪着怒火。她悄悄从衣服里抽出一把匕首。

"你打起架来还挺有架势的，这床上功夫就不行了！怎么尽在那儿耽搁？快上床呀！"项魁喊。

灵儿匕首出鞘，紧握匕首，喊道：

"我来了！"

灵儿就飞扑上床，一匕首就往项魁心口位置直刺而去。不料，灵儿的匕首刺进了一个软绵绵的靠垫里。原来项魁见灵儿吹灯，已有疑惑。又听到灵儿飞扑过来，衣服带动的丝绸之声，加上匕首的刀锋之声……大惊之下，紧急抓了一个靠垫挡在胸前。

灵儿见一刺不成，拔出匕首再刺，项魁狼狈地滚下床去，在窗子射进的余光中，躲避着匕首。灵儿也在这余光中，追着项魁的人影再刺。项魁大喊：

"来人啊！快来人啊！"

一阵脚步声奔来，房门砰然大开，大队的卫士带着油灯拥入房里。房间突然光亮无比，项魁定睛一看，只见灵儿一副气定神闲地坐在床上，拿着匕首正在削苹果，笑吟吟地说道：

"本姑娘别的不怕，就怕嫁给一个窝囊废！洞房先试试大人的武功，谁知大人不跟我交手，还大呼小叫把这么多人喊进来！真是坏了我的兴致！"

卫士们全部傻住了，站在那儿等着项魁指示。项魁愤愤地看着灵儿，明知有假，却被灵儿这股泼辣劲儿迷住了，仍然不想放手。他瞪着灵儿喊：

"你在试我的武功？你明明就是个刺客！"

"刺客！哈哈！我伤了你一根汗毛吗？"灵儿讥笑着，大口吃着苹果，"既然大人对本姑娘起疑，实在太无趣，又误了良辰吉时，那今晚的花烛之夜，我也没兴趣了，只好另选佳日！"

"你在洞房的时候试武功？你以为本大人还会相信你吗？"项魁怒声，"你给我上床去！今晚我一定要跟你洞房合欢！"

灵儿跳下床，拿着项魁的衣服塞给他，大力地把项魁往门外推。

"我裘灵儿一向不按常理出牌，这大人你还不清楚吗？好啦！你今晚就去找别的夫人痛快去，咱们择日再约！"

项魁对灵儿，真是又气又恨又爱。

"你想跟本大人斗心机是吧？"他傲然地说，"好！本大人就奉陪，看看你如何逃出我的手掌心！今晚，你也坏了我的兴致，你就在这洞房里等着本大人吧！"命令卫士："你们派人在夫人门外守着，绝对不许夫人离开房门一步！"

"是！遵命！"卫士们应着。

项魁带着一脸怒气，大步出门去。接着，灵儿就听到众卫士关上房门，咔啦一声，房门在外锁上了。灵儿赶紧去推窗，发现窗子关得非常结实，纹丝不动。她突感事态严重，后悔地在心底自言自语：

"糟了！偷鸡不成蚀把米，我小看了这个伍项魁，我被软禁了！"

十

皓祯和小乐骑着两匹马，马背上堆着许多东西，吃的用的穿的都有。马蹄声踢踢踏踏来到乡间小屋前，小乐扬着声音喊：

"香绮、常妈，赶快来搬东西！公子又送东西来啦！"

香绮、常妈、吟霜都奔出房来。香绮笑着说：

"哎哟，公子，你前几天不是才给咱们送东西来，怎么今天又送来了？"

"傻丫头！"常妈悄悄打了香绮一下，"你去搬东西就对了，吃的呢，送进厨房，穿的用的，就送进小姐房里去！"

吟霜走过来，看着皓祯微笑：

"你认为我需要这么多东西吗，三天两头送东西过来？我觉得，你当初装修这房子的时候，应该多装修一间库房的！"

皓祯帅气地翻身下马，打量着吟霜，微笑着点点头说：

"很好！很好！"

"什么东西很好很好？"

"你的气色，总算脸颊红润了！眼睛里也有了光彩，而且，好像还胖了一点！"

"难道我几天之间就胖了？"吟霜惊愕地问。

皓祯深深看着她，动情地说：

"自从在狂风落叶中抱过你，我就觉得你太瘦了！每天都想着怎样才能把你养胖一点！"

吟霜脸一红，就把头垂了下去。

皓祯看到马背上的东西已经卸下了，就四面看看，很有兴致地说道：

"这附近我还没有好好逛过，我带你骑马去逛逛如何？我看这儿天宽地阔，是策马奔驰的好地方！走！整天待在家里你会闷坏的！何况我这匹'追风'，是匹名驹，跑起来厉害得不得了！"

"骑马？我没骑过呢！"

"骑马很好玩呢！我教你，只要几天，你就会爱上马的！我还帮你准备了马厩，等你学会了，送你一匹好马！"说着，就把吟霜抱上马背，自己再跳上马，"今天呢！就让我们合乘一骑吧！"

皓祯就带着吟霜，骑马奔去。

香绮、小乐、常妈笑吟吟地看着。常妈忽然想起什么，伸长脖子喊。

"不要太靠近'三仙崖'哟，那儿很危险……"

皓祯和吟霜早就跑得老远老远了。跑过石板路，跑进没有路的原野。马儿反而越跑越快，好像这原野才是它驰骋的天下。吟霜依偎在皓祯怀里，起先有点紧张害怕，接着就放松了。她额前的发丝飞扬着，白色的衣衫也飘飞着。脸上，因奔马而红润。皓祯双手环过她的身子，拉着马缰。几乎感到她在他怀里的悸动，听到她那微微的喘息声。什么是心动？他活了二十一年，终于明白了！心动？岂止是心动？根本就是沦陷，沦陷在她那眼神中，沦陷在她那轻言细语中，沦陷在她脆弱的时候，也沦陷在她坚强的时候。可是，她呢？她对他，有没有同样强烈的感觉？忽然，他就觉得，这个答案对他太重要，重要到会让他患得患失。可以问吗？不该问吧！她有对神仙父母，他只要有一点点不小心，可能就亵渎了她！

马儿在原野中奔跑，虽然载着两个人，马儿依旧扬着四蹄，轻松自在。皓祯拥着吟霜，迎着扑面而来的风，迎着她发丝飘在他脸上的感觉；酥酥的，触动心弦！微醺的，有着酒意。怎么可能？马儿跃过一块岩石，她轻颤了一下，他立刻在她耳边说道：

"你别怕，我的马术是一流的，绝对不会摔了你！"

吟霜轻轻拉着一撮马儿的鬃毛，不由自主地说道：

"你很多地方，都是一流的！"

皓祯心中一跳，风太大，并没有完全听清楚。正想追问，忽然看到地势陡峻，马儿载着两人，如飞般对高坡飞驰而去。草地不见了，树木不见了。眼前巨石耸立，峭壁重叠，水声轰隆隆地响着。刹那间，他们已经置身在一个大峡谷中，而且是在万丈悬崖的边缘。吟霜大惊，喊道：

"是悬崖！好高的悬崖！赶快停下来……"

皓祯急忙勒马，马儿一声长嘶，人立而起，皓祯控紧马缰，马儿好不容易收住马蹄，惊险万状地停在悬崖边缘。皓祯立刻抱着吟霜跳下地，两人惊魂未定地看向悬崖。

只见悬崖峭壁，高不可攀。下面是惊涛骇浪的激流，流水冲击着巨石，发出轰隆隆的响声，峭壁再把这水声加上回音，更加惊心动魄。皓祯惊喊：

"怎么这儿有个大峡谷？实在太危险了！万一掉下去，我们两个都没命了！幸好我的追风驹反应快！"拉着吟霜，关心地问："把你吓坏了？"

吟霜吸了口气，平定了一下说：

"还好，相信你就不会害怕！只是突然冒出悬崖，还真的有点意外！"看看下面，又看看四周，"但是，这个大峡谷实在震撼！就算小小惊吓了一场，也不虚此行！"

吟霜走到崖边站着，迎风而立，白衣似雪，衣袂飘飘，翩然若仙。皓祯赶紧走到她身边，一把拉住了她喊：

"过来一点，不要站在悬崖边上，你让我很紧张！"

皓祯这样一拉，吟霜脚下不稳，就要跌倒。皓祯生怕她摔到悬崖下去，立刻把她一抱，抱着跳开了一段距离。吟霜就脚步不稳地倒在他怀里。皓祯用手托着她的身子和头，两人脸对着脸，眼睛对着眼睛，深深地互看着。时间似乎完全停止了，水声风声都听不到了，听到的是彼此的呼吸、彼此的心跳。

在那一刻，皓祯没有办法思想，没有办法移开自己的视线，眼中只有她！世间怎有如此甜蜜的震撼？吟霜那对雾蒙蒙的眼睛，把他拉进一个浑然忘我的境界里。那眼神如此朦胧，又如此专注，如此恍惚，又如此深刻……他觉得他会融化在这样的眼光里，忍不住轻声说道：

"闭上你的眼睛好吗？"

"是！"吟霜被动地顺从地回答，就慢慢把眼睛闭上，睫毛颤动着，发丝飘动着，嘴唇翕动着……皓祯看着这样的她，再也控制不住，低头吻住了她。她似乎没有料到他这个举动，浑身一颤，微微挣扎了一下。他怕她逃出他的手臂，用力抱紧她，他的唇贴在她的唇上，感到她的唇那么柔软，那么温润，那么缠绵……他几乎是虔诚地吻着她，带着他内心最深最深的热情。她不再挣扎，相反的，她的手臂环抱过来，围绕住了他的脖子，情不自禁地回应着他的吻。她已等待很久，等待今生必然的注定！他已承诺很久，承诺今生永远的守护！

当吟霜和皓祯一吻定情时，灵儿正独自一人，陷在水深火热中。

她已经被关在那间洞房里好几天了，门外窗外，都守着卫士，她就是插翅也飞不出去。项魁这次是铁了心，除了每天让人给她送饭，对她不闻不问。这，实在不是好事，见不到项魁，她什么花招都使不出来，更别说行刺了！灵儿苦思懊恼着，踢着床榻，看着窗外的卫士，低语：

"居然把我软禁好多天不理我！"拍自己脑门："唉！现在就算我哭爹喊娘，他们也不会放我出去，我把伍项魁看得太简单了！"突然灵儿从窗户缝里看到大夫人从卫士身边经过，好奇地对灵儿房里窥视，灵儿大眼睛一转，立刻在房里大呼小叫：

"大夫人，我有事情找你。大夫人，请进来说话！"

"开门！我倒要看看这个嚣张的野丫头，还要耍什么把戏？"

卫士们在门口围了一圈，才放大夫人进去。大夫人踏进房里，毫不客气地讽刺：

"现在大夫人不是已经换人做了吗？你找哪一位大夫人？"

灵儿满脸堆笑，逢迎拍马地说：

"哎呀！当然你才是大夫人哪！那天我会那么一说，抢大夫人的位置，其实也是被逼上梁山的，完全是因为受到生命威胁才会进门来的！"

"可是……"大夫人疑惑地说，"我看你是翻墙进来大闹我们项魁府，搅得我们上上下下鸡犬不宁，谁能威胁得了你这野丫头啊？"

"当然是伍大人啊！他威胁我如果不嫁给他，就要杀光我们全家老小，伍大人早已恶名在外，夫人你可别说你完全不知情啊！"

大夫人脸色略有迟疑，默认着不吭声。灵儿转以温柔的声音说道：

"大姊，其实我打从一进门，就发现你一定是个有慈悲心肠的大好人，我千不该万不该和大姊抢位子，所以啊，你放心好啦，这个家的地位，你绝对是牢牢的大夫人！要是其他夫人敢欺负你的话，我裘灵儿立刻为你出头，教训她们！"

"是吗？"大夫人半信半疑，"你确定要站在我这边？"

"当然！而且我还想了一个好法子，可以让伍大人更喜欢大夫人，你要不要听一听呢？"

"好啊！什么好法子？"大夫人头脑简单，对这个小辣椒其实很佩服。

灵儿笑着，附着大夫人耳朵窃窃私语。

这天中午，项魁终于出面了，带着奴婢来送午餐给灵儿。他看看有点消瘦的灵儿，和她那对冒火的眼睛，就喜欢得紧，无法放手。清清喉咙，他干咳两声说：

"喀喀！小辣椒，你可别怪我把你关在屋子里，对你的照顾我可没有少，你看我还给你带来了那么多好吃的饭菜，你饿了吧？快吃！"

灵儿气呼呼地说：

"大人，你把我关在这儿，就是你不对！如果真心喜欢我，有喜欢的办法！关我算哪一套？那晚我跟你闹着玩，可能玩笑开大了，但是，我可是真心想跟了你，这样吧！"她一挺胸，霸气地说，"今晚我就跟你洞房！"

"洞房时再来刺我一刀吗？"

"啧啧啧！"灵儿轻蔑地嘲笑，"堂堂一位伍大人，这点儿胆量都没有？我的小刀也被你没收了，我还怎么刺你呀？好吧好吧！不洞房就算了！"

"你那是小刀吗？明明就是一把锋利的匕首！"项魁被激得气愤不已。

灵儿扑哧一声笑了，转眼千娇百媚地说：

"本姑娘杂技班长大，削水果就用那把刀！好了好了，我认输，想你了！今晚你到底跟不跟我洞房？"

"哟！"项魁被挑逗得心猿意马，"我这小辣椒嘴一甜起来，就让本大人的骨头酥了一大截，今晚不淘气了？要乖乖伺候啦？"

"不淘气了，一定乖乖伺候大人！"灵儿笑吟吟地点头，装害羞，"我……我会在床上等着大人来，记得！不能点灯，你知道人家……人家害羞嘛！"

"我的姑奶奶呀！"项魁亲热地搂着灵儿喊，"被你这么一逗弄，我都等不到晚上了，不如咱们现在就上床去吧，嗯！"

灵儿一听，迅速地一推，就将项魁推到门外去。灵儿立即关上门说：

"大人，夜色春宵才有情趣！"故意装嗲声嗲气地："灵儿晚上等你！"

"行！再依你一次！看看你这次还有什么花招？"

夜色春宵来了，项魁依约前来，已经沐浴更衣穿着内裤，趁夜摸索着进房，又满脸贼笑地、小心翼翼摸上了床。床上，果然佳人躺在锦被中，害羞地用锦被蒙着头。

"难道这次是真心想跟了本大人？"项魁狐疑地想着，再一想，"当然了！每天独守空房肯定想通了！"就色眯眯地抱着锦被说："总算让你心服口服了？跟了我，你是名正言顺的官夫人，有什么不好？来来！让本大人好好教教你真正的功夫！"

项魁粗鲁地掀开锦被，整个身体就压住锦被下的人儿，贪婪地到处亲吻对方，到处摸着。突然项魁感觉不对劲，又仔细地摸着被压在他身体下的人，肩膀和腰部，嘴里叽里咕噜地念念有词：

"这皮肤还算细皮嫩肉，可是……这触感和体形……怎么那么像我那个母夜叉？"

被项魁压在下面的人，突然一个翻身，立刻把项魁压在她的身体下。

"什么母夜叉？"大夫人大嗓门地吼道，"我可是你冬天的

146

暖炉！"

项魁脸色骤变，想起身，却被大夫人庞大的身躯压制着。

"怎么是你？"项魁发现又被灵儿耍了，"好个裘灵儿，又被你摆了一道！"大喊："裘灵儿！裘灵儿！你给我滚出来！"

项魁想下床，大夫人把他牢牢地箍住，说：

"你在发什么火？那个小辣椒逼着我把大夫人的房间让给她！说她才是大夫人，要在大夫人房里跟你洞房！难道你以为她会在这个房间里跟你洞房吗？"

"啊？"项魁大惊，"难道是我走错房间了？"挣扎着想起身。

大夫人一把把项魁压回床上：

"新人到不了手，你就和旧人将就将就吧！"

第二天一早，灵儿穿着一件寝衣，慵懒地打了个哈欠，从大夫人床上坐起来。房门打开了，伍项魁也穿着内褂，推开门外的卫士们，闪身进房。

灵儿一看到伍项魁就开骂：

"你跟我开玩笑吗？我等了你整个晚上，你去哪儿了？不是你急着要洞房吗？跟你说了，昨晚亥时是良辰吉时，你居然让我孤零零在这儿空等！你是什么意思？"

"唉！是你没说清楚！"项魁急忙扑上床去，"我到你原来的房里去了，又被母夜叉给叉住了，没法脱身啊！好了，小辣椒，我们现在补洞房！"

灵儿一跳就跳下床。

"我是'大夫人'，你居然跑到'小夫人'那儿去了？还跟母夜叉不三不四，你的身子已经脏了，不许碰我！"

项魁大怒，对灵儿厉声吼道：

"你这女刺客，就关在这间屋里关到死吧！不管你有多少花招，你都进了本大人的府，上了本大人的床，你就是本大人的夫人！我迟早会把你弄到手，也有的是工夫跟你磨！看看最后谁投降！"大喊："来人呀！把这间'大夫人房'给我守得密不透风！把窗子都给我钉死！"他大步出门去，嘴里兀自叽咕，"不把她征服，我还算是伍家男子汉吗？我非要让她心甘情愿对我投降不可！"

灵儿瞪大眼睛，傻了。

十一

　　晚上的皇宫，无论长廊里还是各宫里，都是灯烛辉煌的。皇后和嫔妃，都不喜欢宫里暗沉沉。子时以后，才会有些偏僻之处，开始熄灯。当然冷宫或是地牢，除了卫士守卫之处，是别想有灯烛供应的。至于皇上的寝宫，就算皇上去了嫔妃的宫里，大太监曹安会随侍，其他太监们依旧值夜，经常整夜灯火通明。除非皇后主动来侍寝，又要求气氛，才会把灯火调成皇后喜爱的亮度。除了皇后，别的嫔妃是不敢主动来皇上寝宫的。这也算卢皇后的特权吧！

　　这夜，皇后就到了皇上的寝宫，风情万种地依偎在皇上怀中，时辰还早，皇上正靠坐在卧榻上看奏折，身边放着一堆还没过目的奏折。

　　"皇上，放下那奏折吧！天下事千千万万，都要皇上过目，也太伤身体了！"

　　皇上见皇后用迷蒙动情的眼神瞅着他，不禁心动，喊着：

"曹安！把这些奏折拿到桌上去，你们都下去吧！外面侍候着！"

"是！"曹安弯腰，对众太监使眼色，收集好奏折放在矮桌上，再禀道，"小的外面侍候着！"就带着众人出门去。

寝宫内只剩下两人，皇上就看着皇后，见她眉目含情、眼神妩媚，就宠爱地问皇后："你是用什么法子，让你二十年来，容颜不变，依旧维持着当年的容貌？"

"皇上谬赞！"皇后说，"臣妾年华已老，每次看到新进的宫女才人，都叹息岁月不留人！心里是惴惴不安的，只怕皇上有了新人，忘了旧人！"

"怎么会？"皇上诚挚地说，"你永远是朕心中最珍惜的人。想当初，先皇要改立二皇兄为太子，把朕放逐到边疆，跟朕一起在边疆吃苦的是你！在朕最潦倒的时候，提醒朕重用荣王的是你！荣王联合了忠孝仁义四王，把朕送上皇位，幕后功臣也是你！朕不会忘记你，永远不会！"这些往事，一直是皇上的隐忧和剧痛。难忘当初大哥和二哥骨肉相残，双双毙命的日子！更难忘那段随时可以被暗杀和处死的日子！这皇位是卢皇后的智慧、荣王的卖命得到的。还好义王尽忠效命，否则，这龙椅很难坐稳呀！

皇后泪眼看着皇上，好像看进了皇上内心深处：

"皇上，提到那些事，臣妾依旧心惊胆战呀！幸好，皇上即位以来，荣王依旧忠心耿耿，不曾因功高而震主！"

"所以，朕把心爱的乐蓉公主，嫁给了他的儿子伍项麒！现在跟他是亲家了，等于一家人！他也是少数朕给了特权，可以随时出入宫廷的人！"想了想，问："怎么？荣王有什么不满意吗？"

"荣王哪敢有什么不满意？倒是朝廷上，许多小辈的人才出来了！个个锋芒毕露，皇上宠着他们，让他们恃宠而骄，对荣王充满嫉妒，诋毁荣王，也是有的！"

"你指谁？"皇上问。

"太子、寄南、皓祯……他们那一群，皇上，您要小心哪！有时最亲近的人，就是最危险的人，当年你的两位皇兄，就是例子！"

"太子他们三个呀！"皇上想着，坦然一笑，"他们血气方刚，正是意气风发的年龄！让他们尽情发展，才是正路！朕信得过他们！"

皇后就笑着，钻进皇上怀里，皇上被她弄得浑身痒酥酥，说道：

"让曹安进来帮朕脱衣服……"

"嘘！"皇后轻轻嘘了一声，"让臣妾亲手帮皇上吧！"

皇上坐起身子，皇后就为他解衣。她的头几乎依偎在他胸口，抬眼对他妩媚一笑，又带点委屈地说："宫里人多口杂，皇上最好取消荣王随时进宫的特权，免得有人制造谣言，胡言乱语！"

皇上一怔，笑着说：

"那些谣言吗？朕也听到一些，朕岂是捕风捉影的人，皇后也太小看朕了！"

皇上脱下衣服，就抱着皇后，两人滚入龙床。

同一时间，兰馨在自己寝宫里，惊愕地抬头，看着面前的崔谕娘。

"什么？母后又是这样，也不等父皇宣她，就亲自跑到父皇寝宫去投怀送抱了？"

"公主！别说得那么难听，这是好事呀！"崔谕娘说道，"你看后宫多少佳丽，你母后还是独占着皇上的心！你父皇，是个君子啊！"

"君子是什么？君子专被坏人欺！"兰馨咬牙切齿，转身就往门外跑，"让我去见见我这伟大的母后！"说着，就夺门而出。

崔谕娘大惊，在后面追着：

"兰馨公主！兰馨公主！使不得……使不得呀！"

皇上正拥着皇后温存，门外一阵喧嚣。只听到崔谕娘、曹安、太监们都在喊着：

"公主不能进去，公主请留步……"

皇上和皇后还没缓过神来，兰馨已经冲开门，慌慌张张地跃进门内。莫尚宫、崔谕娘、曹安、太监们追在后面拥进房。兰馨放声喊叫着：

"父皇母后，大事不好，兰馨得到密报，那荣王被暗杀了！"

皇后大惊，衣冠不整地跳下床，吓到脸色惨白、语无伦次：

"什么？荣王？被暗杀？怎么会？人呢？在哪儿被暗杀？"

"好像在一个春香苑还是秋香苑的地方，总之是个风月场所！"兰馨说。

皇上坐起身，一边扣着衣纽，一边比较镇定地问：

"兰馨，好好说！这么晚了，你这个养在深宫里的公主，从哪儿得到了这消息？你还有密报？是谁跟你说的？"

兰馨锐利地看了皇后一眼，再看皇上，放声大笑：

"哈哈！父皇！你毕竟是最聪明的天子，哪像母后那样吓得魂不附体？当然是我胡诌的，听说父皇母后在一块儿，我就忍不住过来吓吓你们！"说完转身就走："好了！不吵你们了！"话里有话地看皇后，"母后脸色苍白，真的被我吓到了？我保证，明天荣王还是会活生生地进宫问候母后的！"

皇后大惊之后，又气得浑身发抖，听到兰馨还在明讽暗刺，就忘了拼命保持的形象，奔到兰馨身前，抓着她的双肩，一阵乱摇，喊道：

"半夜三更，你跑到皇上寝宫来胡言乱语！你是不是疯了？"

"皇后息怒！"冲进门的莫尚宫，上前来拉皇后。

"皇后！"皇上急道，"兰馨从小淘气，你不是不知道！发这么大脾气干吗？"

"这也是被娇宠得无法无天的一个！"皇后对兰馨怒喊，"好端端地诅咒荣王死！对你的长辈，对你父皇的功臣，你有没有一点点尊敬？"

兰馨一个挣扎，身子一扭，就摆脱了皇后的手。她正色地凝视皇后，锋利地说道：

"我尊敬值得尊敬的人！讨厌虚情假意的人！"再对皇上深深看了一眼，柔声说道："父皇！淘气的兰馨去睡觉，免得被温柔的母后打死！"

兰馨说完，一溜烟地从门口跑走了。崔谕娘急急跟着追去。

皇上被兰馨这样一闹，遐思绮念都飞了，看着兰馨的背影，若有所思起来。皇后被惊吓的情绪还没抚平，被威胁的感觉还在心头缭绕，悄眼看皇上，见皇上沉思不语，竟然乱了方寸，不敢轻举妄动，也不敢再说什么。毕竟，面前是操生杀大权的一国之君！

皇宫中这一幕，很快就传进了太子府。在练武场中，武士们一色红色制服，正在练剑。众多武士行动划一，一边练着，一边嘴里呼喝着，十分壮观。

太子偕同皓祯，在练武场中间空出的走道上边走边谈。皓祯惊奇地问：

"兰馨公主真的这样对皇后和皇上说？她天不怕地不怕吗？"

"宫里都窃窃私语着，兰馨几乎挑明了在对父皇报信，只有父皇，依旧执迷不悟……"太子一叹，"英雄难过美人关！"忽然想到什么，就看着皓祯问："谈到美人关，你那个女神医如何？是怎么认识的？听说你已经金屋藏娇了？"

"是谁对太子多话的？一定是寄南！"

"寄南不是被父皇派到洛阳去办事了吗？"太子深思地看着皓祯，"你有没有发现，父皇有意在栽培寄南，逐渐给他一些轻的重的工作，这对寄南是好事！只是，会不会耽误……你知道的！"

"太子放心！"皓祯说，"寄南那人三头六臂，不但事事不误，风月场所照样穿梭！你想，兰馨公主怎会知道'春香苑''秋香苑'这种名称？都是寄南告诉她的！"

"长安城里，真的有春香苑和秋香苑？"太子惊问。

"当然！"皓祯一笑，对太子耳边低语，"还是伍项麒私下开设的！"

"原来如此！"太子惊愕地说，"怪不得皇后发狂，兰馨是放了一个双响炮！"

两人正谈得专心，练武场中，有个武士忽然失手，手中长剑被另一个武士打飞，长剑掠过空中，迅速地对太子胸前飞来。皓祯大喝：

"太子小心！"紧急推开太子。

太子一惊，跳起身子，一招"青龙飞升"，漂亮地空中倒翻，躲开了长剑，落地时，又一招"水中捞月"，右手利落地接住飞来的剑柄。众武士在大惊之后，都为太子的身手哄然叫好。皓祯却冲入剑阵中，飞快地把两个闯祸的武士扣着手腕，拉到练武场中的行道上，摔到太子面前。皓祯大喝：

"你们两个，是谁让你们混进东宫卫士里来？居然胆敢行刺太子！"

两个武士顿时跪地，伏地喊冤，一个惊慌喊道：

"太子殿下饶命！少将军饶命！小的练武失手了，怎敢行刺太子殿下？"

另一个磕头如捣蒜说：

"太子殿下明察！是失手！是失手！剑没握牢，就脱手而去了！"

太子看着手里的剑，再看向地上跪着的两个武士，喊道：

"邓勇！"

邓勇上前，心有余悸地跪下：

"殿下，邓勇护驾出错，请太子惩罚！"

"谁要惩罚你，起来！"太子瞪了邓勇一眼，"你仔细看看这两个人，是生面孔，还是熟面孔？至于他们的名字、出身来历，通通给我调查清楚！"

失手的武士磕头，解下腰牌双手奉上：

"殿下！小的出身农家，是府兵制加入军队，老家在蓟桐，上有老父老母，下有儿女妻室，都靠小的从军，才能免去租调！刚刚确实是失手，不是行刺呀！"

"住口！即使是失手，如此严重，也是死罪一条！"起身的邓勇大喝。

另一个武士满脸悲壮之色，惨然说道：

"太子饶命！太子饶命！小的如果命丧战场，也是一种荣光！现在命丧练武场，小的不甘心啊！"

"殿下！"皓祯赶紧说道，"此事实在不能轻率！要明察秋毫才行！"

太子把手中长剑，抛到两个武士面前，正色说道：

"本太子谅你们也不是行刺的料，姑且相信你们的话！"看第二个武士，"命丧战场，才是军人的荣光！本太子喜欢这句话！你们两个起来吧！今天之事，就算是你们失手，纯属意外！剑术练得如此之差，必须继续努力！"

"殿下？"邓勇惊喊，"就这样饶了他们，不要关进大牢调查一番吗？"

"本太子说了，信得过他们！不用调查！"看着二人郑重叮嘱："尽忠效力，才是军人本色！你们戴罪立功吧！"转头对皓祯说："走！屋里去谈！"

太子便带着皓祯、邓勇、卫士们向屋里走去。

练剑场的武士们，忽然全部半跪于地，用军礼将剑柄触地，发出整齐的笃笃声，再将长剑竖举在胸前，如雷般高喊：

"太子英明！太子威武！誓当效忠！万死不辞！"

皓祯看看太子，微笑起来。两人就在武士们的高喊声中，到了太子的书房谈话。两人刚刚落座，只见青萝、枫红、白羽、蓝翎鱼贯而入，奉茶奉水奉点心。

皓祯惊奇着，低声问太子：

"殿下真的把她们四个都'收房'啦？"

太子瞪了皓祯一眼：

"都收房还让她们出来奉水奉茶？太子府里从来不需要歌舞伎，本太子也无此嗜好，何况太子妃温婉贤惠，本太子不想破坏闺中气氛！不知道要让她们四个做什么好，只好当丫头了！"

皓祯不禁佩服地看着太子，说道：

"殿下！皓祯服了！"

"服我什么？没碰她们四个吗？"太子微笑问。

"这还是小事！"皓祯想想说，"在练武场中当众放掉那两个肇事的武士，才是大事！"

"为什么？"

"殿下看了那把剑就明白了，就是一把练武用的旧剑，剑锋不利，连上战场都不行！何况，若要行刺，怎会在光天化日的练武场？那儿高手如林，他们不会那么笨！如果选在那儿，就不会只有两个人，会是一队人！所以，只是一桩意外！"

太子不禁大笑，欣赏地看着皓祯说：

"什么都逃不过你的眼睛！但是，你也怕我会处理不当，才会提醒我'明察秋毫'吧！"

"皓祯不是太子的对手，什么都被你看穿了！多此一举的提醒！"皓祯也大笑。

"提醒永远不嫌多！"太子脸色一正，诚恳地说，"皓祯，你要随时提醒我，如果我将来过分骄傲，或者过分享乐，或者过分自负，或者变得昏庸，或者变得贪婪……你都要提醒着我！"

"是！"皓祯脸色也一正。

青萝走到两人面前，换上热茶，笑靥如花地说道：

"恭喜太子殿下，练武场的小小意外，殿下收服了当场所有军心，是大大收获。殿下要什么有什么，唯有人心，看不清摸不着买不到，这场收获，可喜可贺！"

太子愣了愣，眼光深刻地注视着青萝。皓祯看在眼里，微微一笑，心想：

"青萝太聪明，这位坐怀不乱的太子，大概还是逃不开美人关吧！"

皓祯自认是逃不开吟霜这关的，也心甘情愿投入在这让他意乱情迷的境界里。所以，这天皇上有点不适，取消了早朝，他带着鲁超、小乐，骑马去了吟霜那儿，谁知却扑了一空。

原来，这天早上，吟霜、香绮、常妈正在门前整理药草。忽然，邻居青年郑虎驾了一辆没篷的、收庄稼用的破马车疾驰而来。郑虎疯狂地大喊大叫着：

"常奶奶！常奶奶！我嫂子难产，产婆没办法了！说是大人小孩都保不住……"

"什么？难产？多久了？"常妈惊问。

郑虎着急地勒住马车，喘息地说着：

"昨晚喊了一天一夜，生不出来！我娘要我赶快请你去看看……你经验多……我嫂子已经快断气了，我哥在发疯……"

吟霜听了，脸色一变，紧急地喊道：

"香绮！准备我的药箱，剪刀、刀子、针线、银针都带着……我们一起去帮忙！"

"郑虎，别着急！"常妈精神一振，"我们这儿正好有位小神医，说不定她有办法！我们马上去！"

香绮紧张地奔进屋里去拿药箱等物。吟霜喊着：

"救人如救火，一点时辰都不能耽误，已经熬了一天一夜，情况很危急了！"

于是，吟霜带着常妈和香绮，全部跳上郑虎的马车，连房门都来不及锁，就飞快地赶到郑虎家里去了。

到了郑虎家，吟霜冲进产房，才发现情况不妙。产妇脸色惨白，汗水和泪水齐下，身子已经完全无法用力，不住发出惨烈的哀号：

"哎哟！哎哟！郑鹏郑鹏……我快死了……哎哟，我生不出来，娘，娘！救孩子，让我死……救孩子……"

"什么救孩子，两个都要救！儿媳妇啊，你再用力试试……"郑婆婆流泪喊着。

常妈带着吟霜、香绮进房，就急急地喊着：

"金花，振作一点，我带救命菩萨来了！这位白姑娘是神医，让她来帮你……产婆，你先让开，让神医姑娘看看！"

吟霜冲到床尾，在掀开的棉被下看了看，只见血湿床褥，触目惊心。她洗了手，再伸手进去检查婴儿，产妇惨叫：

"痛死了！哎哟哎哟……救孩子救孩子，让我死掉吧……"顿时喘不过气来。

吟霜站直身子，脸色紧张，十万火急地问道：

"郑婆婆，你们家有没有羊肠？如果没有，赶快杀一只羊！我需要羊肠！"

"羊肠？"郑婆婆莫名其妙地问，却一个劲儿点头，"有有有！昨儿个才杀了一只羊，预备等金花生了，大家烤全羊庆祝……"

"那么羊肠在哪儿？"吟霜打断，急问。

"泡在药酒里，预备……"

"泡在药酒里？天助我也！"吟霜打断喊，就紧急地命令道："香绮，把剪刀过火，跟着郑婆婆去拿羊肠，洗干净手，然后把羊肠剪成细线，缝衣针过火，穿上针！我要几根羊肠线！快！"

"是是是！"香绮紧张地答着，拉着郑婆婆去拿羊肠。

郑鹏也不管产房男人不能进，冲进来对吟霜问：

"这位姑娘，你要干什么？"

吟霜紧急地说道：

"我看过我爹救过一位产妇，我在旁边帮忙……现在只有一个办法，你们要不要相信我？我要用我爹的办法，剖腹取胎……"

吟霜话没说完，郑鹏冲上前来，拉住吟霜两只胳臂猛摇，涨红眼睛大叫：

"你说什么？剖腹取胎是什么意思？你想杀掉我老婆吗？我不要那孩子，你救我老婆，你敢剖开她的肚子，我跟你拼命！"

吟霜挣扎着，急切喊着：

"我不是杀掉你老婆，是想救母子两个，剖开肚子，取出胎儿，我会把伤口再缝好，我会用我爹教的功夫来帮忙止痛！你如果再耽搁，一切都来不及了！"

"什么剖开肚子，不许不许！"郑鹏激动大叫，"你这个姑娘才多少岁？你有什么经验？你不许碰我老婆，我不相信我老婆剖开肚子还能活！产婆……产婆……"

产婆着急地对郑鹏跪拜着：

"我真的没办法了！母子都不保，我先走一步，让这位神医姑娘来接生吧……"

产婆说着，起身就去收拾东西想开溜，吟霜一把拉住她：

"你得留下来帮忙……"

产妇又一声凄厉的哀号：

"哎哟……天啊……让我死吧！剖开我，把那孩子拿出来……哎哟……"

吟霜大急，用力挣开郑鹏，一脸正气地喊道：

"你们要不要我帮忙？如果要我帮忙，就要快！我不保证母子都能救，但是可以试一试！你们赶快把郑鹏拉出去，我再不动手，两个都没命了！"

郑婆婆和香绮拿着羊肠线匆匆进门，香绮喊着：

"羊肠线来了！"

常妈、郑婆婆都来死命拖着郑鹏出房。

吟霜一面卷袖子，一面用剪刀剪开产妇肚子上的衣服，一面紧张地吩咐：

"香绮，给我皂角热水洗手，再把我药箱里的那把刀拿来！大家都把手洗干净，产婆你在旁边帮忙，郑婆婆你给我一瓶酒，帮我涂在肚皮上，我要开始了！"

郑鹏一面被拖出去，一面凄厉地喊着：

"什么神医？你医死了我老婆怎么办？我要我的金花，金花，金花……"

就在郑鹏的喊声中，吟霜用皂角洗净了手，把双手按在产妇的肚皮上运功止痛，低低念道："正心诚意，趋吉避凶。心存善念，百病不容！"

吟霜拿起刀子，深吸口气，在产妇用酒消毒过后的肚子上一划，产妇一声尖叫！

咕咚一声，郑婆婆晕倒在地。又咕咚一声，常妈也昏倒在地。

当吟霜在抢救郑鹏母子时，皓祯已经找遍了附近的地方，看到屋里三个人都不见了，大门开着，炉子上还烧着水，水壶都烧干了！显然走得匆忙，他脑子里，立刻浮起白胜龄死去的样子，浮起东市中项魁要抢吟霜做妾的情形，浮起各种想象的恐怖画面。鲁超纳闷而担心地说：

"公子，这事不对劲，会不会这个乡间小屋已经泄露了？"

皓祯大急，跳脚喊：

"我就担心这个！这儿必须重兵守卫！这是绝对绝对不能出事的地方！房里没人，她们去了哪里？我再骑马去找！我们分头找，任何蛛丝马迹都不要漏掉！万一她们被掳走了，说不定会留下钗环手帕什么的……快！快找！"

三人冲出房，跳上马，又分别疾驰而去。

吟霜满头大汗，从产妇肚子里抱出胎儿。咕哇的一声，胎儿清脆的哭声响起。

吟霜赶紧把胎儿交给产婆，喊道：

"产婆，剪脐带！是个壮小子！胎盘也出来了！香绮！赶快把羊肠线给我！针都用烛火烤过了吧！快！我要一层一层地缝！"

香绮吓得脸色苍白，却是唯一还支撑着的人，赶紧递上针线。

产妇听到儿啼声再也支撑不住，头一歪，失去知觉。此时，婴儿啼声惊醒了郑婆婆，从地上惊喜地爬起来，问：

"孩子是活的吗？我儿媳妇呢？"

香绮看到产妇晕倒，失声惊喊：

"金花嫂子死了！金花嫂子死了……"

婆婆惊呼一声："金花啊！"咕咚一声，又昏倒在地。

"什么？香绮不要乱说！"吟霜大惊，赶紧看过去，"没事没事，她只是昏倒了！产婆，赶快把婴儿洗干净包好，我要处理伤口！"就埋头缝着产妇的伤口。

婴儿的啼哭声也惊动了郑鹏，挣脱家人的阻止，冲进房门来。产婆急忙捧上婴儿给郑鹏，一迭连声说：

"恭喜恭喜！是个胖小子，你当爹了！"

郑鹏看了婴儿一眼，就急急地扑到床前着急心痛地大喊：

"金花！金花！你怎么样？"看到金花昏迷，看到吟霜正在缝金花的肚子，大惊失色，对吟霜大叫："你真的剖开了她的肚子？她死了吗？我跟你说过，救大人！救我老婆，如果她死了，我会恨那个孩子……"

吟霜缝着伤口，诚挚地说道：

"别叫别叫！我知道你不能失去金花，她只是晕过去了。晕过去也是一种保护，让她不觉得那么痛，她过一会儿就会醒来的！"

"你不许走！你留在这儿，等到我老婆活了你才能走！"郑鹏红着眼眶大叫，"金花是我的命，我要我的金花！"

吟霜充耳不闻郑鹏心急如焚的吼声，眼神专注、心无旁骛地缝着伤口，一针又一针，快速而又绵密地缝着。她是如此的专心于手中的伤口缝合工作，她的全身，仿佛笼罩在一层神圣而不可侵犯的光辉里——那是视病犹亲的圣洁光辉！这样的气氛，连郑鹏也感受到了，他的吼声突然之间停止了。

等到产妇悠悠醒转，已经闹到快黄昏了。郑鹏大喜地坐在床沿，握着产妇的手。

"金花！你怎样？你肚子痛吗？你能说话吗？"

"我很好，真的很好！肚子也不是很痛……"产妇虚弱地笑着，"孩子呢？"急迫地要坐起身："孩子没事吧？我要孩子！我要孩子！"

郑婆婆急忙把婴儿抱来，放在产妇身边，喜悦说道：

"是个带把儿的！咱们郑家第一个孙子，金花，你真了不起，还有那位活菩萨、神医姑娘，她救了你们母子的命！"

吟霜捧着一杯热茶坐在坐榻上，几乎和产妇一样衰弱，但是却心情很好。

"我不是菩萨，我只是一个大夫！恭喜两位……"吟霜看着郑鹏，微笑地说，"怎么可以恨孩子？如果我出了错，恨我可以。孩子生下来，就是为了让人爱的！"

郑鹏抱着孩子，爱极地看着，啪的一声，打了自己一个耳光，说道：

"儿子！刚刚爹胡说八道，你别跟爹计较，现在你娘没事，你也没事，我这个乡巴佬太造化了！"

郑鹏把婴儿放回产妇怀中，奔过来就对吟霜一跪落地，磕头说道：

"活菩萨！神医姑娘！小的今天像只疯狗，你别跟疯狗生气！小的乱叫一阵，明天会把田里最好的庄稼送到你家去，谢谢你救活了我的老婆和儿子！"说着说着落泪了。

"我没生气！"吟霜红了眼眶，"我看到了人性！你这人对老婆的珍爱，让我很感动。现在，可以放我回家了吗？我明天会来帮金花的伤口换药，七天后拆线，她就会完全复原了！现在，你们也可以烤全羊庆祝了！"

常妈这才欢天喜地地喊道：

"哎呀，总算老天保佑……我吓得昏倒，也没仔细看这神医是怎么接生的，太冤枉了！现在，赶紧回家吧！我炉子上好像还烧着水呢！"

当吟霜回家的时候，已经是落日衔山的时候了。

皓祯、小乐、鲁超正在那儿急得团团转。皓祯心慌意乱地喊着：

"现在，已经证明绝对是出事了！从早上到现在，她们三个都没人影，这太不合理！也绝对不是吟霜的作风，我现在一刻都不能等了！我要杀到那个项魁府里去！除了那个大色鬼，我想不出还有别人会掳走她们！"

"公子你一整天没吃没喝，先弄点东西吃，鲁超陪你去把人劫出来！"鲁超说。

"我来煮饭，随便吃点东西再去！"小乐说。

三人正说着，忽然看到郑虎驾着他的破马车，飞驰而来。三人就惊怔地看着，只见那没篷的马车上，赫然坐着吟霜、香绮和常妈。

马车到了门口，大家看到三人，个个惊讶着。郑虎勒住马，回头喊道：

"常奶奶，你家有客人哦！"对着皓祯等人打躬作揖："我把神医姑娘送回来了！没想到一去就是一整天，连一餐晚膳也没招待她们吃，烤全羊还没开始烤呢！家里实在乱成一团，大家都乐得忘记时辰，哈哈哈！什么都忘了！"

皓祯看到郑虎欢天喜地，简直傻了。吟霜看到皓祯，一急，赶紧跳下马车问：

"你几时来的？等我很久了吗？我去郑家了，就是山那头的邻居……"

吟霜话没说完，皓祯拉起吟霜的胳臂，就一直拉进房里去了。他神色凝重，脸色不佳，拉着吟霜，穿过外面的大厅，一直拉进卧室。砰的一声，把房门关上。吟霜着急，挣扎着喊：

"你干吗？有话好好说！"

皓祯把吟霜一甩，回头面对吟霜，就爆发地、一连串地说道：

"你问我几时来的？我告诉你，一清早就到了，你们房门没锁，三个人全不在家！原来你们去邻居家串门子！你居然一个字都没留给我？你要逼疯我吗？你知道这一整天我怎么过的？我去了几百个地方找你，三仙崖、东市、你爹的墓地……几乎把整个长安城都找遍了！你，你气死我了！"

吟霜一愣，立即奔来，把皓祯一抱，歉然地喊：

"让你担心了！以为你今天不会来，当时也没空细想……"

"以为我不会来，你就可以出去一整天不回家吗？"皓祯打断，"如果这样养成了习惯，我不能过来的时候，你让我怎么办？"越说越大声："你知道'着急'两个字怎么写吗？你知道'害怕'两个字怎么写吗？"

吟霜抬头，痴痴地看着他，眼中充泪了。皓祯继续喊：

"我以为你被伍项魁那个混账抓走了！我以为你又要吃苦受罪，甚至被侮辱，我急得快疯了，时辰越晚，我就越急，结果你去了山那头的郑家……"

"等我说几句话好不好？"吟霜轻声打断。

"你说！你说！"皓祯憋着气。

"郑家的儿媳妇金花难产，今天是我第一次，接生了一个婴儿，而且我是剖腹取胎的！如果不当机立断，剖开肚子，拿出胎儿，母子都会死！经过实在太紧张了！加上孩子的爹像疯了一样，看到老婆昏倒，就说我杀了金花！全屋子的人都被我吓昏了，可是我做到了！我忙了一整天……现在母子均安！"

皓祯整个人震撼得呆住了。

两人对看着，皓祯眼里，从生气转为敬佩和愧疚，睁大眼睛问：

"你切开产妇的肚子，抱出婴儿，那伤口怎么办？"

"用针线缝起来，缝了好几层，里面用羊肠线，外面就用普通的线！伤口会长好的。我看我爹做过一次！但是大家太害怕了，不能接受这样的方法！"

皓祯呆了片刻，简直无法言语，半晌，才说道：

"所以你忙了一整天，有没有吃点东西？你用气功止痛不是会消耗元气吗？"

"是！被你没头没脑一骂，现在快要昏倒了！"

"不许昏倒！不许吓我！"

皓祯就抱住她，把她紧紧地搂在怀里。吟霜立刻忘形地用双手环住他的腰，把头埋进他的肩窝里。两人就这样紧拥着，片刻，皓祯轻轻推开她，深深看着吟霜的眼睛。

"抱歉，跟你乱吼乱叫，一整天找不到你，我就发疯了！"

"你是我今天碰到的第二个疯子……"吟霜温柔地笑着，"你知道吗……"一往情深地说道："我其实……很喜欢你们这种会发疯的人！"

皓祯就再度抱住她，说不出有多么珍惜，说不出有多么疼爱，两人紧紧依偎着。

十二

　　在皇后寝宫外的大厅里，伍震荣终于拿着百鸟衣，诚惶诚恐地笑着，献给兰馨：

　　"公主，这是您上回要的百鸟衣，下官今天给您送来了。"

　　"不是跟你说三天吗？"兰馨傲然而不屑地说，"现在是多少个三天了？你算过没有，你显然不把本公主放在眼里！期限过了，你就该受罚！"

　　"不不不！"震荣急得冒汗，"公主，在下官眼里您的命令和皇上的一样重要，请您息怒，实在是因为这个百鸟衣太不容易了。首先得去找鸟儿，这随便的鸟儿还配不上公主您的身份，所以大家上天下地，到处搜刮奇珍异鸟才做成这件百鸟衣……"

　　皇后帮腔缓颊，接了衣服，惊叹地说：

　　"兰馨呀，你看这百鸟衣上各种漂亮的羽毛都有，简直是稀奇珍品，相信荣王确实费了一番工夫，你也不要再刁难了！"

　　"什么刁难？言而无信是何罪？延迟复命又是何罪？何况是

169

他自己说要送礼物让本公主消气的，难道还是本公主欺负了他？"兰馨振振有词。

"唉唉唉！皇后娘娘，这不怪公主，都是下官不好，下官有错！"震荣接过衣服来到兰馨跟前，"公主，这百鸟衣是下官让尚服局的裁缝师傅做的，为了能搭配公主的行装，特别为公主做成一件披风，公主您快试试合不合身？不合身的话，下官让尚服局再去改。"

兰馨瞄了那件百鸟衣一眼，说实话，这件衣裳还真是别出心裁，以白色羽毛为主，各种鲜艳羽毛为辅，鸳鸯紫、锦鸡红、鹅黄、孔雀蓝、鹦鹉绿……不一而足，用了镶嵌织法、重叠织法、交叉织法……做成的一件夺目的斗篷。

兰馨心里虽然觉得好看，却不屑一顾地说：

"崔谕娘，把它收到旧衣库去吧！"

"你这是什么态度？人家好心好意、千辛万苦送来的礼物，你还说送到旧衣库，你到底有没有礼貌？"皇后生气地说。

兰馨一脸正气地看着皇后，昂首说道：

"礼貌，也要看是对什么样的人！给荣王一句话'人必自侮而后人侮之！'请荣王记住了！"

"公主好学问！"震荣欣赏地说道，"允文允武，真是女中豪杰！"

"拍马奉承这一套，对本公主无效！"兰馨说完，拿起百鸟衣，随便地披在肩上，就扬长而去了。崔谕娘赶紧跟随兰馨而去。

"你看看……"卢皇后气得发抖，"这女儿，越长大，那股傲气就越大，几乎把她的母后当成敌人了！那晚在皇上面前，居然也含沙射影，差点把我俩的事说出来！"

"皇后娘娘，所以您也要拉拢拉拢她！"震荣着急地说，"不要老是责怪她！嗯？总是宝贝女儿嘛！再说，她那股傲气下官欣赏！还不都像娘娘您哪！"

兰馨顺口说出的一件百鸟衣，害死了吟霜的爹，又害得灵儿陷进项魁府。这一切都是连锁关系，一件事带出另一件。当寄南从洛阳回来，在吟霜那乡间小屋里，听到灵儿去季门帮裘彪卖艺了，这才震惊得跳起身，打翻了香绮刚送来的热茶。

"灵儿去季门帮她爹卖艺！哪有此事？裘彪那儿，我一直有人保护着，裘家班现在到了凤翔，根本不在季门！"

"裘家班不在季门，那灵儿去哪儿了？"吟霜大惊。

"她说得活灵活现，什么小猴子报信，难道都是假的？"皓祯瞪大眼。

"你们也由着她去？现在都多少天了，她还在长安吗？难道这些日子来，她一点音信也没有吗？"

"确实一点音信也没有！我们都相信她去帮裘彪了！怎会怀疑她在说谎呢？"皓祯着急起来。

"你一心一意都在吟霜身上，对灵儿连关心都没有！"寄南骂皓祯。

"这才冤哉枉也！"

"她会不会帮我报仇去了？"吟霜蓦地明白了，脸色顿时沉重起来。

"报仇？"寄南喊，"我们大伙在一起的时候，她不计划报仇；

等我们都有事的时候，单枪匹马去报仇？而且，那是伍项魁！她有什么本领动得了他？"

"别说了，我赶紧让鲁超带人，到处去找就是了！"皓祯起身就要出门找鲁超。

皓祯还没出门，小乐气喘吁吁地奔进房来，喊着：

"不得了！不得了！我刚刚得到一个消息，那项魁府的卫士丫头们都说，灵儿姑娘现在是项魁府里的'大夫人'！"

"什么？你怎么知道是灵儿？"寄南震惊地问。

"她行不改名，坐不改姓，就用裴灵儿的名号，十几天前就闯进项魁府去了！"

"什么大夫人？伍项魁家里本来就已经有四位夫人了，难道她跑到项魁府去篡位了不成？"皓祯不可思议地说。

"气煞我也！"寄南喊道，"天下有这么笨的姑娘吗？这分明是羊入虎口！居然成了伍项魁的'大夫人'，会不会被那个畜生给欺负了呢？"

"寄南，你先别怪灵儿了！"皓祯深思地说，"我反而为灵儿这种见义勇为、奋不顾身的精神感动！她这样为吟霜报仇，实在让我惭愧！我想，她一定有备而去，她太机灵了，不会笨到让自己失身的！"

"皓祯不能这么说，姑娘家就是姑娘家，怎样也打不过伍家人的！何况姑娘家的名节多么重要，她怎么允许自己变成大夫人呢？我们要快想办法救出她呀！"吟霜急得快哭了。

"公子，小乐还有一条消息，荣王伍震荣将在三天后做大寿，宴请朝臣百官……"

寄南一听，两眼发光，像看到希望。

"荣王过寿？"寄南揣测地说，"伍项魁当天一定会带着他的夫人们去给荣王祝寿，我们可以去荣王府碰碰运气……"皱眉深思："但是，这大夫人的地位太离奇，伍项魁会让她出现在宴会上吗？"

"不管会不会，我们都得试试看！"皓祯坚定地说，"而且，我们还要拟订一个援救计划才行！否则，就算她出现在荣王府，那儿卫士高手林立，我们如何劫持伍项魁的'大夫人'呢？"

大家面面相觑，苦苦思索。

转眼到了伍震荣过寿的日子，皓祯、寄南、吟霜为营救那"大夫人"伤脑筋，伍项魁也为了如何安置这"大夫人"伤脑筋。

他进入"大夫人"房，拉着灵儿向门外走，头痛地嘟囔：

"走！我爹过寿，全家都要去，卫士也不在家，把你关在这儿，太不放心了，一个不注意，你就穿墙溜走了！我得把你关到地窖里去！"

灵儿眼珠一转，得意地笑：

"哈哈！太好了，本姑娘有老鼠帮忙，钻地窖是第一流的好手，难道大人忘了鸡飞鼠跳的事？去去去！地窖我喜欢！"

"你真的会钻地窖……我才不相信！"项魁狐疑地说。

"大人！你爹过寿？"灵儿对伍项魁正色道，"干脆你把我带去，我有很特别很出彩的礼物，可以献给你爹荣王。到时候，你爹一高兴，你就告诉他，我是你的大夫人，让我名正言顺！这些日子，我不从你，总是因为没得到你家正式承认的缘故！等到你爹承认了我，我就心甘情愿当你的大夫人，再也不逃了！"

"你有礼物？特别出彩的礼物，是什么？"项魁不信地问。

"你带我去还是不带我去？不带我去告诉你也没用！"灵儿一跺脚，瞪着他，"你想，那荣王府有多少高手？再加上乐蓉公主也会去吧？全城的高手武士都集中在荣王府，我变成矛隼也飞不出去！就像你说的，我已经进了你的府，成了你的人，我只是要个名正言顺！"

"听起来也有道理，我派几个人盯着你就是！"项魁不禁点头，注视她，见她明眸皓齿、娇媚可人，心动着，"好吧！就带你去，免得你去钻地窖！你那特别出彩的礼物，可得让本大人脸上有光！"

"那还用说吗？"灵儿喜悦地一笑，郑重说道，"那就赶快帮我准备各种道具！"

"还要准备道具？"

"可不是！流星锤、扯铃、大旗、盘子、飞镖、陀螺、钻圈……都准备起来！"

这晚，荣王府可热闹了。大门口贴着大大的"寿"字，门口人来人往全是祝寿的宾客。袁柏凯、皓祯、寄南和拿着寿礼的小乐也前来荣王府祝寿。柏凯忍不住对皓祯、寄南悄悄提醒：

"今天荣王做寿，你们可要给我安分点，见到寿星荣王，你们就恭敬说几句，千万不要再公然为敌，听到没有？"

皓祯和寄南两人交换眼神，皓祯便笑着说道：

"知道了，爹！今天是来祝寿的，大家把气氛弄得愉快热闹一点就成了！"

寄南拍拍皓祯的肩膀，东张西望地说：

"反正我这个靖威王也不归袁大将军管，万一有什么状况，我的脑袋就管不住我的手了，哈哈哈！我尽量不闯祸，如果有人闯祸，算在我头上也无所谓！"

就在寄南说话之际，方世廷也带着方汉阳前来祝寿，忙着和柏凯打招呼。

"哦！袁大将军也来给荣王祝寿了，真巧真巧！"世廷大方客气地说，看着皓祯，不由自主欣赏起来，"你这位公子，越来越出色了！"

"哪里哪里，常常惹我生气呢！"柏凯谦虚地说，"倒是你的公子，彬彬有礼，一表人才！让我非常羡慕！"

汉阳赶紧对柏凯行礼，说道：

"袁大将军谬赞了！我爹在家，常常夸奖少将军呢！"

"哦？"皓祯心不在焉地四面打量，"你们长辈这样互相夸奖没关系，我这个小辈听着有点肉麻！嘴上无毛，做事不牢！我们就是做事不牢的那种人，哈哈！"

"皓祯，你怎么说话越来越像我的口气了？"寄南抗议，"你别学我！袁伯父会把我列进损友那类，让我和你保持距离的！哈哈哈！"

大家就这样说说笑笑，进了荣王府的大院。只见大院里布置得喜气洋洋，同时也已经摆满了酒席。一张张方桌排列在大院的左方和右方，中间留出走道。由于宾客太多，本来一张桌子只坐一个客人，现在却坐两个。皓祯和寄南就顺理成章地坐在一桌。宾客依序入座，纷纷向伍震荣祝寿，正是冠盖满堂、嘉宾云集。

伍项麒带着盛装的乐蓉公主驾到，引起一阵热闹。众人七嘴八舌地指着：

"那是乐蓉公主和伍项麒驸马爷！"

伍震荣带着项魁迎向公主，先给公主行大礼，说道：

"下官见过乐蓉公主！小小寿诞，惊动公主，实在不安呀！"

"荣王说哪儿的话，儿媳今天来给荣王爹爹祝寿，只行家礼，没有皇家礼数！祝荣王爹爹万寿无疆！"乐蓉雍容华贵，礼貌周到地说。项麒对着众人举杯，高声地说道：

"项麒先代表皇室，祝我爹荣王寿比南山！再代表我爹荣王，谢谢大家光临！来，大家干一杯！"

众人起立，全部举杯，喊着"荣王寿比南山"，干杯。寄南、皓祯举杯后坐下，两人都眼光锐利地到处搜寻着。寄南对皓祯低语：

"看到灵儿了吗？"

"女眷不少，就没看到她！"皓祯说。

在丝竹悦耳的曲调声中，宾客们开始吃吃喝喝，伍震荣带着伍项魁到处敬酒。项魁伺机谄媚：

"爹！项魁今天给你准备了一个特别的礼物，是个余兴节目为您祝寿，您等下好好欣赏，要是让您开心满意，项魁还有要求，需要爹批准！"

"为我祝寿还跟我谈条件？"震荣宠溺又讽刺地说，"到底是你过寿还是我过寿呀！你事事出错，你的礼物不出错就好！"

大院里一侧有个表演台，突然锣鼓大作，众人望向表演台。

台上，灵儿穿着薄纱般曼妙舞衣，装扮得美丽无比，头上钗环流苏，手臂上套着鲜花花环，艳光四射地飞舞着出现，手里还耍着流星锤。她时而跳跃而起，时而劈腿甩着流星锤，两端装饰着的流星锤，被灵儿甩得像火球般在她身边旋转。众人看到如此精彩的表演喧哗鼓掌，惊喜万分。伍项魁、伍震荣、袁柏凯、方汉阳、方世廷等人也看得着迷叫好。

寄南发现台上的女子是灵儿，瞪大眼珠，扯着身旁的皓祯，低声惊呼：

"皓祯，你看，原来她在上面！实在太稀奇！"

"我看到了！"皓祯镇定地低声说，压抑寄南的情绪，"你少安毋躁，我们随机应变！看看这位'大夫人'在干什么？"

灵儿继续精彩的表演，让观众看得欢声雷动不停喝彩。趁着大家完全入迷欣赏特技之时，突然将流星锤向伍项魁的脸面甩了过来，伍项魁虽然一惊，但不是真打到他，只见灵儿对他嬉皮笑脸，以为是灵儿故意在和他打情骂俏挑逗他，开心叫好，起身鼓掌：

"好好！甩得漂亮！再来一个！"

当众人陶醉之际，灵儿终于发难，突然对着伍项魁方向，射出藏在袖子里的飞镖。飞镖直射项魁的面门，项魁大惊，手中拿着酒壶，举起手来一挡，咔啦一声，飞镖惊险地刺破酒壶，酒壶四裂碎了一地。

宾客们哗然，起身躲避。灵儿的飞镖再次发出，伍项魁狼狈地逃窜，刺啦一声，衣袖又被刺破了。伍震荣见状气急败坏，大吼：

"有人行刺，抓刺客！抓住台上那个刺客！"

荣王府顿时乱成一团。灵儿纵身一跃落地，想逃离大院。项魁大怒骂道：

"裘灵儿，你居然敢暗算我！"

"飞镖可是你准备的！蒙面飞镖是我的绝技，你还不知道吗？让你准备，你就准备，真是听话！"灵儿对项魁说着，第三支飞镖又射了过去，惊险地掠过项魁的耳朵，把耳朵削去一层皮，立刻流血。伍震荣大惊，拼命喊着：

"来人呀！把大院给我围个水泄不通，全体出动抓刺客！"

汉阳也起身大喊：

"各王府的卫士全部出动！各位贵宾的卫士也全部出手，务必要抓住这个刺客！"

皓祯飞快地从汉阳身边滑过去，在他耳边说：

"你又弄不清状况了！这位刺客抓不得！抓了会让荣王颜面扫地！尤其公主在场！你别帮荣王丢脸了！"

汉阳一怔。只见宾客纷纷逃窜，场面混乱。

皓祯和寄南互相使了眼色，皓祯便放声大喊：

"寄南！别闲着，我们快帮荣王抓刺客！"

皓祯和寄南就蹿进卫士之中，小乐也来帮忙，制造更多的混乱，一下挡着卫士，一下翻倒了酒席，一下踩住了女眷的衣摆，害得女眷摔跤。灵儿就在这一片混乱中，用流星锤应付大批的卫士，打得吃力难逃。寄南装着醉意，到处乱撞卫士，借机帮灵儿开路，嘴里大叫：

"抓刺客！抓刺客！别给她跑了！"就飞快地靠近灵儿，小声问道："大夫人当得过瘾吗？那畜生没有让你真的变成'夫人'吧？"

灵儿一面舞动流星锤,一面小声回答:

"差不多了!"

寄南一惊,手上拿着酒壶,催动内力,一招"黄雀点头",酒从壶口激射而出,伍项魁奔来抓灵儿,酒正好射中他的眼睛,伍项魁捂着眼睛大叫:

"谁在暗算本大人?给我打!"

卫士对寄南拿刀相向。寄南一气,丢了酒壶便和卫士大打出手,吼着:

"你们居然敢对本王动手!没看到我在帮你们抓刺客吗?"

寄南一边和卫士对打,一边又挨到灵儿身边,低语:

"你好大的胆子,居然敢一个人行动,你到底想干吗?怎么不等我回来商量?"

"我为什么等你商量?你是我的谁呀?"灵儿气冲冲地说。

灵儿和寄南说话间,更多的卫士杀来了,两人赶紧应付。皓祯见状,知道非出手不可了,大喊了一声:

"寄南,抓刺客要紧!我来帮你,把她拿下!"

皓祯就飞跃到两人面前,一式"擒拿手",迅速地去抓灵儿,握住了她的手腕,对灵儿低语:

"今天这个状况,你是逃不掉了!各路好手,全部在场!你必须见机行事!"说完,大叫:"我抓到刺客了!大家退下!"

灵儿机警地配合做戏,挣扎着喊:

"放开我!放开我!我不是刺客,我是在为老百姓除害!"

"大家让一让,不要挤在这儿,刺客已经抓住了!"寄南对围过来的卫士喊道。

"皓祯！不过是个姑娘家，总不需要我出手吧！"柏凯喊着。

"大将军请喝酒，这儿交给皓祯就是了！"皓祯回答。

卫士见刺客已经抓到，就让开了路。

谁知灵儿不知道从哪儿又变出一支飞镖，用没被皓祯抓住的那只手，一镖刺向皓祯握住自己的手。皓祯大惊，一痛松手，惊看灵儿：

"你还有飞镖？还真刺？"

灵儿趁这个空当，立刻往前飞蹿逃跑。伍震荣一拦，她竟然撞进伍震荣怀里。她抬头一看，大队的高手，拿着刀剑武器，从伍震荣身后环绕而立。

灵儿终于知道大势已去。

接着，在荣王府的书房里，灵儿被五花大绑地跪在伍震荣面前。皓祯、寄南、伍项魁、袁柏凯、方汉阳、方世廷也在大厅分立两旁。乐蓉公主兴冲冲看热闹，项麒脸色不佳。项魁耳朵流血，眼睛红肿，狼狈不堪地站在伍震荣身边。伍震荣质询项魁：

"你说这个女刺客，怎么突然变成你的大夫人呢？既然你都把她升为大夫人了，那她为什么还要行刺你？"

项魁气得不吭声。

"恐怕荣王今儿个太小题大做了！"寄南一笑，"贵公子不是说，这是给荣王的祝寿礼物吗？这种大闹寿宴，假装刺客，让所有宾客都跟着热闹一下，大概是特别设计的'祝寿礼'吧！"

"什么礼物？"项魁一怒，喊道，"她就是一个刺客！先到我的府里行刺，行刺不成，再到我爹这儿来行刺！"

寄南给灵儿使个眼色，灵儿明白了，突然大哭起来，对伍震荣哀声哭诉：

"王爷，你要为民女做主啊！民女只是在江湖上跑码头杂技班的小女子……"瞪着伍项魁："可是这位伍大人却大闹我们的杂技班，硬要我嫁给他，当他们项魁府的如夫人，如果不依，就要我和我爹的命！"装腔作势，一把鼻涕一把泪地，"最后还把我爹和我家十一口，全部抓走，不知道抓到哪儿去了？我就是被他胁迫的，被他抢去的！"

伍震荣听得脸色发青，怒火中烧。项魁急着解释：

"我哪里强抢民女了？"怒瞪灵儿："明明是你自己送上门的！你现在居然在我爹面前恶人先告状，裴灵儿，我就后悔没在前两天毙了你！"

伍震荣感觉羞愧大怒，拍桌怒喊：

"项魁，你怎么净干一些下流的事情？你让我们伍家的颜面往哪里摆？"

项麒感到丢人，拉着乐蓉公主要回府，乐蓉不肯走，很有兴致地说道：

"让本公主也见识见识，这位'大夫人'是怎么当上的！"

"荣王请息怒！"世廷劝着，"今日风波所幸是虚惊一场，也没有人伤亡，难得荣王大寿，喜事一桩，还请荣王大事化小、小事化无。"

"那怎么行呢？"寄南趁机煽风点火，"如果这位姑娘确实是被强迫的，那就应该还给姑娘一个公道，怎么能大事化小、小事化无。"故意问汉阳："汉阳，你说呢？"

"我想真相只有一个，这位姑娘是不是被强占的，恐怕还要伍大人说清楚！"汉阳的办案病发作了，一本正经地说。

"灵儿！是你翻墙来当'大夫人'的！"项魁怒喊。

"翻墙来当大夫人？各位听得懂吗？"灵儿说，"如果我爹不受到生命威胁，我会急得去翻墙吗？我翻墙是去找我爹的，却被伍大人抓住，为了要讨好我、占有我，他硬是把四位夫人都排到我后面去！各位青天大老爷，这才是真相！要不然，请伍大人原来的大夫人出来说句公道话！"

"有请项魁府大夫人！"皓祯喊，全部人都跟着喊："有请项魁府大夫人！"

大夫人又惊又喜地出现了，满脸意外地问：

"我又回到大夫人的位置了吗？"就对伍震荣说道："荣王爹爹，儿媳妇一肚子苦水啊！项魁对这位翻墙进来的姑娘，口口声声喊她小辣椒，拼命要跟她洞房，听说第一晚就差点被她用匕首给刺杀了，接着就被项魁锁在房里……"

伍震荣脸色大变，难堪至极，挥手对大夫人说道：

"不要再说了！"转头对项魁，气急败坏地喊："项魁，你干的好事！你丢光了本王的脸！现在我命令你立刻把这姑娘送走，不得耽误！也不允许你再去骚扰这位姑娘！听到没有？"

寄南和皓祯终于松了一口气。

伍项魁气得牙痒痒，喊道：

"来人呀！本大人就亲自送这位姑娘出门！"

"不忙，大理寺丞汉阳在这儿，送这位姑娘回家，就不必劳动伍大人了！让汉阳来效力！"汉阳挺身而出。寄南急忙说道：

"皓祯，我们两个帮汉阳大人送走这位姑娘吧！"

寄南就上前，用匕首挑断绑住灵儿手脚的绳子，忽然二夫人带着三夫人四夫人一起出现。二夫人大喊：

"慢一点，"指着灵儿，恨恨地说，"这个小辣椒，就是一个刺客！我可以做证，她翻墙进府，嚷着要当大夫人，我们四个不依，她就把我们一个个扔进水池里！"

"当晚就行刺！"三夫人接口，对众人说道，"各位大人，你们别被她骗了！项魁好色，大家都知道，她这个狐狸精，是利用项魁的好色，来行刺的没错！"

寄南一看情势逆转，对灵儿匆匆说道：

"你自求多福吧！"

灵儿瞬间发难，跳起身子，就直奔向门外。皓祯大喊：

"拦住她！别让她跑掉！"一面假装抓人，帮她开路。寄南从另一边帮忙：

"看你往哪儿跑？"

灵儿在皓祯和寄南双双开路下，迅速地冲出门外去了。

到了院子中，灵儿飞跑。后面，是紧追的皓祯和寄南。四面高手包抄过来。满院宾客又惊动起来，大家站起身看着这场好戏。

一个身材巨大的卫士，敏捷地拦住了灵儿。灵儿砰的一声，撞到铜墙铁壁般的身子，弹得倒退了好多步。她伸手就打，奈何一群高手将她团团围住。

灵儿眼看插翅难飞，她开始发疯般地大喊大叫：

"救命啊！伍家联合起来，要杀人灭口啊！我爹被他们杀了，我娘被他们杀了！我十个兄弟大概也都归天了！现在还要杀我！放开我！放开我……"

就在灵儿大呼小叫中，众多卫士已经抓住了她，开始对她拳打脚踢。寄南急喊：

"案子没弄清楚，不要闹出人命！"

皓祯也急忙在人群中找汉阳，大喊：

"大理寺丞方汉阳，你在哪儿？这事应该公办，不能私了！"

汉阳气喘吁吁跑来，喊道：

"荣王，让你手下住手，这姑娘我带回大理寺去审问！"

灵儿在拳打脚踢中哭喊着：

"我只是一个姑娘，你们用得着这样打我吗？哎哟……哎哟……伍震荣仗势欺人啊！哎哟哎哟……我快被打死了……救命啊……救命啊……喀喀喀……"

伍项魁越听越气，上前推开卫士，就给了灵儿一脚，嘴里大骂：

"你这个贱人！你去死！"

灵儿应声倒地，翻着白眼。卫士们惊喊：

"真的出人命了！真的出人命了！"

皓祯、寄南、汉阳、柏凯、伍震荣、方世廷，全部拥上去看。

只见灵儿躺在地上，口吐白沫，一动也不动。

寄南急忙去试灵儿的鼻息，抬头惊怔地看着众人。

"她没有呼吸了！"

皓祯上前去，抓住灵儿的手腕把脉，一脸惨然地抬头：

"也没有脉搏了！"

汉阳再度确认后，站起身子，又惊又懊恼地说道：

"我就说不能打、不能打！这样等于动用私刑，居然把人给活活打死了！我这大理寺丞，亲眼目睹这一幕，还能不管吗？"

宾客们围拢，个个惊惶着。

乐蓉公主和伍项麒赶到。乐蓉公主惊讶地问：

"什么？这个'大夫人'死了？本公主还没看明白呢！她确实当了大夫人吗？"

伍震荣见公主也来了，刺客也死了，这"大夫人"之谜，想也知道，定是伍项魁的杰作，再追究下去，伍项魁弄了个江湖姑娘当大夫人，荣王府又把大夫人打死了，怎样都说不过去。当机立断，挺身而出护项魁，对众人说道：

"各位都看到了，这个女刺客行刺拒捕，当场暴毙！是她罪有应得！"把手中三把飞镖往汉阳面前一放："行刺的飞镖在此！乐蓉公主和满院子宾客都是见证，你还有什么话好说？"不等大家回神，就挥着手，大喊："来人呀！把这个无名女尸丢到乱葬岗去！今天是本王过寿的日子，这个女刺客行刺再暴毙，真是晦气！"

汉阳用阴郁眼神，默默地看着伍震荣。

皓祯用怒极的眼神，恨恨地看着伍项魁。

寄南用惨切的眼神，定定地看着躺在地上已经断气的灵儿。

十三

夜色沉沉，几点繁星在天空闪烁。乱葬岗在一片荒山中，四周寂静凄凉，渺无人烟。那些胡乱堆叠的尸体根本没有下葬，只是抛弃在这无人的荒野中。天空有兀鹰在盘旋，空气中弥漫着腐尸的气息。这是个像地狱一样的地方，没有生命，只有死亡。

一辆马车忽然飞驰而来，驾驶座上，是皓祯和寄南。马车速度那么快，马蹄和车轮震碎了沉寂的夜。鲁超不知从何处冒了出来，神色紧张地迎向马车。

皓祯、寄南跳下马车，车子门帘一掀，小乐跳下车，再把吟霜扶下车。吟霜手里拿着水壶、药瓶。个个神色紧张，皓祯立刻问鲁超：

"怎么样？确实在这个乱葬岗吧？"

"我一路跟着他们来到这里，绝对没有错，大家快跟我过来，就在前面！"鲁超说，"尸体太多，不知道在哪儿，得一个一个找！"

"小乐！你把火把点起来，这么黑怎么找！"皓祯急喊。

鲁超和小乐赶紧燃起火把，皓祯回头对吟霜说：

"你等在这儿别动，我们找到她，就抱到这儿来！前面不是你可以去的地方！"

"你们快去！你们快找吧！"吟霜哀声喊，"我就在这儿等！"

大家就匆匆地跟随鲁超走进尸堆中，开始寻找。寄南对皓祯喊：

"你往那边找！我往这边找！"

"要找灵儿姑娘的尸体吗？我也来找！"小乐呜咽着。

尸臭扑鼻而来，大家也顾不得脏乱，拿着火把，在尸堆中找寻。皓祯喊着：

"找新鲜草席包着的尸体！"

"或者是麻布包裹的尸体！"寄南说。

吟霜站在马车边，着急而心痛地喊着：

"求你们快点找，不要再尸体尸体地说好吗？"

皓祯、寄南、小乐、鲁超不断翻找着草席，然后捂着鼻子再去找别的。这趟寻寻觅觅，实在是凄凄惨惨，个个心惊胆战。

寄南翻开一面草席，灵儿苍白的脸孔赫然出现。寄南惊喜地喊：

"找到了！找到了！"把卷着的草席拉开，一把抱起灵儿，就往马车处飞奔。

"放在地上！让她的身子躺平！时间已经不够了，没办法再选地方！"吟霜急喊。

小乐看到灵儿尸体悲从中来，放声大哭：

"灵儿姑娘，想不到你就这样送命了！哎哟，太没有天理了！"

吟霜赶紧打开手里的药罐，倒出两颗药丸压碎，塞进灵儿的嘴里。寄南托起灵儿的头，皓祯拿出水壶对她嘴里灌着水。吟霜捏着她的嘴，药虽然在嘴里，水很多都沿着嘴角流掉了。吟霜急忙按摩着她的喉头，让药能流进她体内。

"吟霜姑娘，灵儿都死了，吃药有用吗？"小乐问。

"扶她坐起来，我要用我的推拿术，双管齐下！"吟霜说。

寄南和皓祯赶紧扶起灵儿，她的身子都僵了，无法坐起，寄南只能支撑着她。吟霜就虔诚地双手贴在她背脊上，虔诚地念起她的口诀，两手运气。运完气，灵儿还是没有动静，吟霜紧张地说：

"让她躺下，我再对她胸口运气试试看！"

寄南又把灵儿放平，吟霜再度用手贴着她的胸口运气。寄南直盯着灵儿的尸体，忐忑不安地说：

"现在就看看有没有奇迹了！"

"我相信吟霜，相信她的医术，我们等等看吧！"皓祯拍拍寄南的肩膀。

吟霜运完气，说道：

"灵儿是为了我和我爹，冒死去找伍项魁报仇的，我也相信我爹留给我的医术，能救回灵儿！"又用双手贴在灵儿胸口运气，嘴里低念："正心诚意，趋吉避凶。心存善念，百病不容！"

灵儿突然眼皮一动，咳了一下之后，苏醒了过来。

皓祯、寄南等人大喜而惊讶。寄南感动地喊着：

"吟霜，你的办法果然有效，灵儿真的活过来了！"喊着："灵儿，灵儿！你活了吗？快看看我们，跟我们说说话！"

"还好有我爹的神药，真的救回灵儿了！"吟霜眼中泛泪，松了一口气。

"不仅是神药有效，你想出这个'假死'的方法，真是一绝！"皓祯欣喜若狂。

"假死？怎么会是假死呢？灵儿刚刚真的没有气息了？怎么只吞了两颗药，就起死回生了呢？"小乐迷糊地问。

"这一切都是我们早计划好的！在灵儿大闹荣王府的时候，我和寄南上去帮忙，当我抓住灵儿的手腕时，就趁机塞了一颗假死药丸到她手里，告诉她逃不掉的时候就吃下去，然后才大叫抓到刺客了！灵儿还想靠自己的力量逃走，连我都挨了她的飞镖！还好，紧急时刻，她吃了白神医那颗药！"

皓祯说话中，寄南只是紧紧地看着灵儿。此时，灵儿坐起身来。迷迷糊糊中，一挥拳头，打到正在看她的寄南鼻子上，嘴里嚷着：

"伍项魁！我打死你这个大色魔！"

"哎呀！才把你救活，你就打我？把我看成伍项魁，简直是我的奇耻大辱！"

"灵儿！"吟霜急忙喊道，"你现在不在荣王府，我给你的药丸，会让你假死，我们现在来救！你活了！"

"假死？什么假死？"灵儿搞不清楚状况。

"你看看我们现在在哪儿？乱葬岗旁边呀！"皓祯激动地说，"你已经死过一次，再世为人了！"

灵儿四面张望，一见乱葬岗，眼睛瞪大了，大叫：

"哎呀，居然把我丢到乱葬岗！我身上都是臭味！我要沐浴更衣！立刻要沐浴更衣！"瞪着寄南："你们这叫什么妙计？我在乱葬岗躺了多久？"

寄南见灵儿又会大叫了，心里安慰着，说道：

"怎么敢让你躺多久，那解药两个时辰就没效了！我们是飞车赶来，就怕时辰过了，救不活你！"

"现在赶快上车吧！到了一趟乱葬岗，不是你一个人要沐浴更衣，我们每个人都要沐浴更衣。身上这味道，必须赶紧洗掉！这乱葬岗里的人，什么病都有！"

小乐这才恍然大悟，吃惊地说道：

"原来真的是假死啊！哎呀！"对皓祯埋怨："公子，这么妙的计谋，你怎么可以瞒着我呢？害我刚刚掉了那么多眼泪。"

"这种事情，为了要骗过伍项魁，为了逼真，还是越少人知道越好，你看连你也骗过了，那么伍项魁那边就不会怀疑了。"皓祯说。

"你们七嘴八舌的，有考虑过我这个刚刚起死回生的人的感受吗？"灵儿说，"我现在全身无力！"抚着吟霜的手问："吟霜，我真的活过来了，这不是做梦吧？"

灵儿说着，寄南想到那个"大夫人"，想到救援的惊险，忽然怒上心头，毫不客气地打了灵儿的头，问：

"痛不痛？痛，就代表你不是在做梦！懂了吗？"

"喂！你这个窦寄南是哪根筋不对？"灵儿对寄南生气，"你懂不懂怜香惜玉啊？我这才活过来，你居然还打我，有没有良心？"

"你还敢说良心，你自己逞强跑去帮吟霜报仇，你有考虑过我们的感受吗？你让我们担心，让我们着急，让我们担惊受怕，你有良心吗？"寄南吼着。

"好啦！"吟霜笑了起来，"你们两个怎么老是一见面就斗嘴，今天经历了生死考验，你们就停火吧！"

"上车、上车，大家上车！"皓祯就嚷道，"难道你们还留恋这个地方吗？"

"鲁超和小乐来驾车，公子王爷跟两位姑娘赶快上马车！"鲁超说道，"这个地方，希望以后大家都不会再来！"

吟霜扶着灵儿，皓祯和寄南又扶着她们两个，大家赶紧上了车。鲁超一拉马缰，车子立刻疾驰而去。

从乱葬岗回到吟霜那乡间小屋，真是从地狱回到了天堂。香绮和常妈立刻忙得不可开交，烧火的烧火，提水的提水，不断把热水送到浴室去。皓祯等众人，忙着梳洗更衣，连头发都一一洗过。这轮流梳洗，费了好大一番工夫。终于，大家都洗了澡、换了洁净的衣裳，聚集在大厅里，此时个个神清气爽、精神抖擞。吟霜看着众人，有点余悸犹存地说：

"其实，这是我第一次用假死药丸，心里还真害怕，就怕弄假成真。总算我们都脱险了，灵儿也照样生龙活虎！如果灵儿有什么差错，我想我也活不成的！"

"吟霜，你对我真好！"灵儿感动地说，"值得我为你冒险，差点做了那个蛤蟆王的大夫人！你们不知道我陷在那个项魁府里，虽然好戏连台，还是被关得差点去撞墙！"

寄南盯着灵儿，一肚子的问题想问，没有问出口。皓祯在室内迈步思索，说：

"现在还有更要紧的事情要商量，灵儿人是救回来了，但是以后也不能光明正大地在大街上走了，灵儿从现在开始，必须隐姓埋名！"

"啊？隐姓埋名？"大家疑惑着。

"你们想，闹成这样，人都死了，被丢到乱葬岗了，如果灵儿再出现在东市或者什么地方，我们大家恐怕都要到大理寺方汉阳那儿去报到！"皓祯说。

大家认清严重性，好心情又都飞了，个个沉重起来。

片刻，灵儿乐观地一笑，毫不在乎地说道：

"死都死过了，还有什么过不了的关！"

"这问题慢慢再来研究！"寄南忽然想到什么，叹气，"唉！明天还得进宫，皇上说有差事给我办，千万别再让我去洛阳！"盯着皓祯和吟霜："如果我又要离开长安，你们两个就把灵儿绑在这小屋里，哪儿也别让她去！"

"我才不会待在这小屋里，哪儿都不去！窦寄南，你管你自己就好了，少管我的闲事！"灵儿大声抗议。

寄南冒火地瞪着灵儿嚷：

"我不管你，你现在还躺在乱葬岗，是一具无名女尸！"

灵儿跑过来，举起手就要打寄南，寄南绕着房间逃，灵儿绕着房间追。吟霜和皓祯睁大眼睛看着他们两个。皓祯不解地问：

"他们就没有片刻不吵不闹的时候吗？死过一次，依旧如故！奇哉怪也！"

"皇上又要给寄南差事？"吟霜说，"寄南被重用固然好，这灵儿只靠我们两个，好像管不了！到底皇上要寄南干吗？"

皇上正在御花园一隅，这儿有着垂柳荷塘，幽静无人，皇上故意选择这儿，显然不想被人打扰，陪着皇上的是太子，两人边走边谈，神情肃穆。曹安、邓勇带着卫士、太监远远跟随。皇上对太子说道：

"宫里的各种传言，朕听在耳里，也记在心里。但是，不痴不聋，不做家翁！朕和太子这两种地位，都被'危险'两个字包围着，启望，你要小心又小心！"

"父皇！孩儿谨记在心！但是，也不能为了怕危险，就不去涉险！父皇如果有什么差遣，孩儿立刻就去办！"太子说。

"差遣还轮不到你去办！上次你紧急救灾，方世廷提到许多赈灾的银子、粮食，都到不了灾民手里，朕确实一惊，看了不少奏折，也发现一些疑点！"四面找寻，"这寄南去哪儿了，到现在还没来！"

正说着，寄南奔到，嬉皮笑脸地说：

"拜见皇上！参见太子！你们是不是正在骂我？我的耳朵痒痒！"

"你呀！"皇上宠爱地瞪他一眼，"宣你进宫像是要你命似的，推三阻四！"质问："你最近都忙些什么？又到处打架？"

寄南脸色一变，忽然气呼呼地说：

"打架如果能够把长安城里的坏蛋都给打死，也算有用！偏偏有些人，打不死，骂不死，反而把好人给杀死，把我给气死！"

"在朕面前，左一个死，右一个死，你会不会讲话？谁把你气成这样？说给朕听听！"皇上看着寄南。

寄南赶紧转换情绪，恢复嬉皮笑脸：

"陛下您管不了那么多，不说了！这打架嘛，是我的专长啊！一天不打，我全身不舒服，太子最了解我！"夸张地乱抓身体："这里痛、那里痒的，憋气难受呀！"

太子看着寄南笑，说道：

"父皇，寄南不是耳朵痒，是皮痒，父皇揍他一顿，他就哪儿都不痒了！"

"太子殿下，你尽管欺负寄南吧，寄南也会报复你的！"寄南对太子说。

"好端端的人，怎么会憋气！"皇上瞪着寄南，"你不找人麻烦，老百姓敢惹你靖威王？"

寄南不快地嘟着嘴，直率地冲口而出：

"还提什么靖威王啊，靖威王有什么屁用……"

寄南话到嘴边发觉自己失言，立即停嘴，捂着嘴巴，大眼望着皇上。

"还知道自己放肆了！"皇上板着脸瞪着寄南，"哼！进宫也不懂得收敛自己的言行，你说说靖威王为什么没用？"

寄南气不打一处来，发泄地说道：

"当然没用啊！人人都笑话我既没功名又没贡献，就凭个死去的窦妃拿个王穷开心，还在后面给我唱歌呢！"随兴地哼起来："靖威王、靖威王，芝麻绿豆靖威王！"

"大胆！谁敢这么污蔑你的名号？"皇上听着也生气了。

"大胆的人多了去了！那个伍家的流氓，就公然叫我'芝麻绿豆靖威王'！陛下，您说这能不憋气吗？能不打架吗？"寄南瞪大眼。

太子听着，忍着笑。皇上看着他说：

"少给自己不学无术找借口！你想要建立功名？想要让靖威王当得名正言顺吗？"

"皇上有何差遣就明说吧！"寄南无奈苦着脸，"不就怕我闲着没事干吗！"

"一叫你办事就苦着脸！"皇上掏出一个御牌递给寄南，"喏！拿着朕的尚方御牌，到桐县办个事儿！"

太子再也忍不住了，插嘴说道：

"桐县办个事？父皇，这事可不能让寄南一个人去！他那闯祸的个性，父皇不是不知道，还是我押着他去吧！"

"你已经是太子了，还要抢我的功？"寄南瞪着太子，"这事不需要劳动太子！"

"是谁说的，只要我有吩咐，你都义不容辞？"太子对寄南笑道。

"好呀！"寄南一想，"你跟我一起去，但是，你总得乔装一下。这样吧，你就扮成我的小厮，跟我一起去吧！"说着偷笑想："让你这位太子尝尝当小厮的滋味！"

"什么？你的小厮？"太子大惊。

"嗯，小厮的名字就叫'来旺'吧！"寄南说。

"来旺？"太子又一惊，"听起来像个狗……"咽住了，瞪着偷笑的寄南。

皇上看着他们两个，见他们情如兄弟，你来我往，说得有趣，不由自主笑出来。

"你们结伴去，也是好事！彼此照顾，千万不能出错！"皇上就笑着说，"那御牌可是很重要很重要，别弄丢了！汉朝有尚方宝剑，可以先斩后奏，本朝有丹书铁券，可以免死！朕即位后，又特别制造了这'尚方御牌'，既可先斩后奏，又可免死！还可代表朕捉拿钦犯，小心运用！"

"厉害厉害！"寄南说，"如果寄南事情办得好，陛下就把这御牌赏给寄南吧！我有好几个想先斩后奏的人！"

"还给朕！"皇上想想不放心，"你一天到晚打架，别拿去乱杀人！"

"父皇！"太子笑了，"儿臣看着他，办完事就还给父皇！如此重要的御牌，留在他身边，连儿臣都不放心！不过，他虽然爱打架，却不是滥杀无辜的人！这点儿臣可以保证！"

"好！"皇上看着二人说道，"去吧！快去快回！"

就这样，寄南只好放下灵儿，先办皇上交代的事。这天，寄南与太子，穿着便服，带着乔装成随从的卫士，骑马进入桐县的街道。寄南威风地喊着：

"来旺，跟紧我，侍候着，本王爷想喝水，递水壶来！"

"是，窦王爷，水来了！"太子咬牙瞪眼，递上水壶。

寄南一面喝水，一面和太子打量桐县，只见萧索的街道上，只有几个稀稀拉拉的行人，个个愁眉苦脸、面黄肌瘦，像游魂一样地晃荡着。街道上既无热闹的小贩，连粮食店、杂货店都关门大吉。

若干老老少少的乞丐，一见到衣服光鲜的寄南、太子等人，立即扑过来要饭、要钱。太子和寄南定睛一看，这些乞丐形容枯槁、面颊凹陷，一看就是饿了许多天的样子，两人脸色凝重互视。一个老年乞丐伸着颤抖的双手：

"大爷，行行好！给点饭吃吧，大爷！"

"大爷，赏点钱，我们好几天没饭吃了！"小乞丐流着泪。

另一个乞丐追着行进中的寄南，恳求地喊：

"大爷，我爹娘都病倒了，赏点钱，救救我们，别走啊！"

太子和寄南一行人，继续往前行进勘查着。寄南愤愤地自语：

"果然被皇上料中，没来视察，都不知道赈灾款有没有落实下放！"

太子更加震动，不敢相信地看着面前的情况，说道：

"上次看到永业村的情形，已经让本太……"赶紧改口，"本小厮吓了一跳，这儿简直有过之而无不及！本朝还能自称'国泰民安''风调雨顺'吗？"

突然间，有家商铺掌柜将一个瘦弱的妇人推出了门外，拳打脚踢，一面打，还一面破口大骂：

"我打死你，竟敢来偷我家的菜，我踢死你，踹死你，打死你！"

妇人痛哭哀号，求饶：

"别打别打，我婆婆饿得快断气了，你行行好，借我一点吃的吧！"

"借你吃的，你还得起吗？"掌柜怒气冲冲喊，"你没见满街上的人都要吃的吗？我一家小铺连自己老婆小孩都养不活了，我怎么行善？"厉声喊："我警告你，能滚多远就滚多远，要不然我把你送官府！"说着，又对妇人一阵踢打。

寄南忍无可忍，从马背上飞跃而起，一招"流星赶月"，踢倒掌柜，正义凛然地喊：

"欺负一个弱女子，你简直是狼心狗肺！我今天就先把你送官府！"

太子本能地大声吆喝，气势不凡地喊：

"来人呀，把这恶人给带到县府去！"

"是。"随从卫士便上前，抓着掌柜，围观的乞丐百姓都惊呆了。

"你们是谁啊？放手放手！"掌柜挣扎，"我教训小贼哪里不对了？！你们抓错人了吧！"指着妇人："那个才是偷我家粮食的小贼啊！"

寄南扶起受伤的妇人，笑眯眯地说：

"你也去一趟县府吧，本王帮你找吃的！"对着街民乞丐大喊："想要吃的、要钱的，都跟本靖威王去找知县吧！"

"靖威王？难道是长安城来的靖威王？"百姓大喜，"我们有救了！有救了！"

"除了靖威王，还有我这个太……小厮，跟着我们来！"太子嚷着，气势一点也不输给那个靖威王。

两人和随从，就带着桐县挨饿的民众，和老老少少的乞丐来到县府门口。民众兴奋，齐声喊着：

"靖威王、靖威王、救苦救难靖威王……"

寄南在马背上登高一呼：

"行行行！各位各位！肃静！肃静！来县府的一路上，你们已经告了不少知县的状，这会儿能不能帮你们救苦救难，等本王进去交涉交涉再说！万一事情办不妥……"

太子大声接口：

"靖威王办事，怎么办不妥？再不妥，本小厮就要出手了！"

"哇！"民众佩服无比，"这靖威王的小厮，比靖威王还有架势！"

县丞从县府出来迎接寄南，诚惶诚恐地向寄南行礼：

"在下桐县县丞章安，不知靖威王大驾光临，有失远迎，还请靖威王见谅！"

寄南下了马，疑惑地问：

"怎么是个县丞出来相迎呢？难道你们知县不在？"

"知县他……他在是在……不过他……"县丞面有难色，支支吾吾。

太子跳下马，失去耐心，喊道：

"他什么他！不出来迎接靖威王，是想摆谱是吧！"领先就冲进县府大门："本小厮倒要瞧瞧他在搞什么鬼！"

"喂喂！你这小厮，你也等等本王！"寄南喊着太子。

"本小厮看不下去，一刻也不能等了！"太子头也不回地说道。

太子、寄南就押着掌柜和被打的妇人，一起冲进了县府。县丞无奈地跟着两人走进府邸。太子和寄南的随从跟着一拥而入。民众等在门外，喊着：

"靖威王，救苦救难就靠你啦！"

知县王贺正在大厅中试穿新衣，一摞摞新衣服放在桌上和坐榻上。王贺穿着一套新衣服，小妾也穿着新衣服。小妾高兴地绕圈子卖弄，知县乐呵呵地直称好看。

"这件好！这件漂亮！"

"小妾这一身刚好和大人的配成套的，你儿子喜宴那天，咱们就这么穿吧，多体面呀！"小妾对知县撒娇。

"好好好！小心肝说什么都好！"

寄南等人旋风似的冲进了大厅，知县、小妾一脸愕然。寄南故作惊讶：

"哦！原来知县大人在啊！"看着一桌子的布绸新衣，"哎呀，原来在做新衣掌柜是吧！"

太子抚弄桌上的衣服，一惊问道：

"这是进贡的上好蚕丝，怎么到你们这儿的？"

"你是什么东西？"小妾收起笑容，不悦地喊，"本夫人向来穿进贡的蚕丝，要你们来大惊小怪！"转身对知县大人喊："这些冒失鬼是谁啊？还不快轰出去！"

"章安！"知县对县丞凶恶地说，"你这县丞怎么当的，怎么不通报就带着这帮生人闯进来？你是不要命了，啊？"

"知县大人，我通报过了，靖威王驾到了！靖威王就在我们眼前了！"章安着急。

知县看一眼寄南，大笑：

"哈哈哈！这小子就是靖威王，骗我没见过长安城那些郡王吗？这家伙八成是外面那帮饿死鬼，来骗吃骗喝的，章安你上当了！"

太子忍不住了，大喝一声：

"靖威王，你没有拳头吗？难道要我出手？"

寄南听了，哪里还忍得住，一拳头挥向知县，嚷着：

"你知道外面一帮饿死鬼，你居然还在这儿穿金戴银！"揪着知县的衣襟喊："你没有见过本王，本王就让你见识见识！"甩开知县，掏出御牌，"皇上尚方御牌在此，还不跪下！"

"皇上万福！"章安见到御牌惶恐地下跪，对知县着急喊着，"知县大人，快下跪啊！真的是皇上的尚方御牌！靖威王驾到啊！"

知县吓呆了，拉着小妾扑通一跪，声音发抖：

"小的……小的该死……小的有眼无珠……皇上万福！皇上万福！靖威王金安！"

"还有本王的小厮，快给小厮磕头！"

众人又惶恐地对太子磕头。太子盛怒接口：

"这时候磕头也来不及了，你欺压原来爱乡爱民的知县章安，成为你的副手。接着又无视灾民的痛苦……"指着在街上打妇人的掌柜和挨打的妇人："让良民因为穷苦变成暴民，让孝顺的媳妇因为饥饿变成小贼！你将皇上赈灾给桐县的物资，中饱私囊，作威作福！你简直是本朝的祸害！"一想不对，拉起知县的衣领，打量他，有力地问，"你这知县是怎么当上的？总不会是科举选出来的！说！"

"我这官是向朝廷伍家人买来的！你敢办我，不怕伍家找你算账！"知县突然壮胆了，振振有词地说。

"伍家人买来的？"太子大怒，"哪一个伍家人？把名字供出来！说！"

"是驸马爷伍项麒的表弟……"知县惊惧起来。

"驸马爷伍项麒的表弟，也能卖官？"太子咬牙切齿，"那表弟叫什么名字？"

"叫……叫刘照阳！他势力可大了，你们还是……放了本大人，不要闯大祸！"

"哈哈哈！"寄南大笑，"本王的小厮，还发现了案中案，本王非办你不可！来人！把买官的王贺全家押进大牢！"回头问太子："我可以先斩了他吗？先斩后奏！"

"不行！"太子威严地说，"从这人身上还要追出各种主谋，不能先斩后奏！"

王贺一听，吓得屁滚尿流，瑟瑟发抖。

"别斩小的，小的一定配合办案，全力配合！"

太子对便衣卫士命令道：

"还有那个刘照阳！立刻飞骑去长安，把他直接送大理寺！"

随从一拥而上，押走王贺和小妾。

"章安在此，代表桐县乡民感谢靖威王为民除害！"章安感激涕零下跪。

"已经帮你讨回了知县的位置，咱们快去打开粮仓，救济乡民吧！"寄南扶起章安。

"快快快！金库银库，取之于民，还之于民！"太子严肃地说道。

片刻后，县府门外，已经堆放着大批米粮物资。寄南、太子带着新知县章安为民众发放米粮。寄南看到大家争先恐后，喊道：

"别急别急！大家都有份，不要抢！从今往后都不会让你们挨饿了！"

民众大喊：

"救苦救难靖威王！救苦救难靖威王！"

"好啦好啦！"寄南不好意思地说，"别这么喊啦！救苦救难是观音菩萨！是当今皇上！还有本王的小厮！本王顶多就是个跑腿的！哈哈哈！"

太子笑了，看着寄南：

"本小厮跟着靖威王跑腿，长见识了！你们要喊就喊吧，本小厮听着也舒服！"

民众又大喊：

"救苦救难靖威王！救苦救难俊小厮！"

"俊小厮？"寄南不服气地看太子，"来旺，本王应该比你俊吧？"

"那可不一定！"太子大笑。

"救苦救难靖威王！救苦救难俊小厮！"民众继续喊着，一边喊，一边依序排队领着米粮，个个欣喜感动着。

回到长安，两人只回府梳洗了一番，就赶到皇宫的御书房。

皇上抬头，看着面前的太子和寄南。

两人先奉还了那块尊贵的御牌，皇上慎重地收进怀里。太子再递上一份奏折，四面看看，见书房安全，正色说道：

"父皇，这次我和寄南去桐县，真是'不见不知道，一见吓一跳！'平日都待在太子府，锦衣玉食，深入民间，才知道什么是呼天不应的黎民百姓，什么是作威作福的贪官污吏！"

"这么严重？桐县的老百姓确实没拿到赈灾的粮食吗？"皇上问。

"那些老百姓比永业村的人还惨！"寄南愤愤地说，"个个都是乞丐，为了一点点粮食，可以打得头破血流！陛下，这次你一定要主持正义，把那个卖官的人严办！"

皇上看了奏折，皱着眉头抬眼看二人。

"这个刘照阳当真是项麒的表弟？"

"罪证确凿！"寄南肯定地回答，"王贺全招了！陛下，左宰相伍震荣难脱嫌疑，应该速速查办！事关伍家，汉阳恐怕办不了，不如皇上亲自办理！或者交给御史台去办，刑部也不可靠！"

皇上深思，有所顾忌地说道：

"这……这件事情，朕自有定夺。启望、寄南，你们就到此为止，不要再插手过问此案了！灾民得到了照顾就好，寄南的功绩朕会加上一笔的。"

"父皇！"太子诚挚地说，"孩儿知道荣王功劳巨大，但是，他的势力已经深入民间，许多老百姓因他而受苦，历史上的故事都一样，百姓苦而盗贼起，盗贼起而天下乱，天下乱而谋逆生！父皇，过分仁慈，会让乱臣贼子称心如意！"

"启望这话太过分了！"皇上不悦地说，"荣王为国尽忠，是个盖世英雄！就算手下有些人不规矩，也不是荣王的错！他要管的事太多，难免会有些失误！朕会找机会暗示他！你们就管到这儿为止，什么都别说了！"

从御书房出来，太子和寄南向宫外走去，两人脸色都不佳。寄南埋怨地说：

"你说得那么文绉绉干什么？我这个靖威王没有分量，皇上听不进去，你是太子呀！你在那儿什么百姓苦而盗贼起的一大堆，干脆就告诉他，天下快要被姓伍的抢走，连个表弟都可以卖官……"

"嘘！"太子急忙嘘道，"这儿是御花园，你别在这儿嚷嚷，本太子有什么力量？这事还牵扯到乐蓉和伍项麒！父皇显然有所顾忌！再追查下去，可能有更大的人物在幕后主使！"

"唉！天下事我管不了！"寄南烦恼不耐地说，忽然想到什么，就十万火急起来，"我那儿还有个麻烦的人物，我去管我那个麻烦人物吧，免得又出事！"抛下太子，就急急往外走："我找皓祯去！"

太子懊恼着，深思地看着寄南的背影出神。

十四

这天，通往吟霜小屋的乡间小道上，出现一个高个子的陌生的小厮，牵着一只小毛驴，拿着赶毛驴的鞭子，轻轻打着毛驴。小厮长得还很俊朗，有两道剑眉，眉骨比较高，显得眼睛深黝。鼻子挺直，配着有点大的嘴，和那被太阳晒成古铜色的皮肤，看起来就是个东北人。果然，小厮一边赶着驴子，一边用东北话自言自语着：

"小毛驴，慢慢走，前面就是家门口！不怕鸡，不怕狗，就怕主人嫌俺丑……"到了吟霜家门口，打门喊："主人！主人！毛驴给您送来了！"

房门一开，香绮惊讶地站在门口。

"你找谁？"

"我找主人！"

"谁是你的主人？"

"都是都是，每一个都是！"

"每一个是指谁呀?"香绮听不懂,指着自己的鼻子,"我也是吗?"

小厮就用东北话一连串飞快地说道:

"长安城里的一位王爷要俺送这只毛驴到这儿就说是给主人那俺的主人自然会出来迎接俺就是不知道主人会不会嫌弃这毛驴长得丑俺就跟毛驴一路说着小毛驴慢慢走前面就是家门口⋯⋯"

小厮话没说完,香绮已经对门内大叫:

"小姐、公子、王爷、常妈、小乐⋯⋯来了个送毛驴的啰唆小厮!"

吟霜、皓祯、寄南、常妈、小乐都被惊动,跑出门来。

"什么毛驴?谁送毛驴来啦?"吟霜瞪着小厮,"这毛驴要送给谁?"

小厮翻翻白眼,重说一遍:

"长安城里的一位王爷要俺送这只毛驴到这儿就说是给主人那俺的主人自然会出来迎接俺就是不知道主人会不会嫌弃这毛驴长得丑你们每一个都是俺的主人千万别说毛驴丑它会尥蹶子生大气你们就吃不了兜着走!"

在小厮不断句的长篇独白中,皓祯、吟霜个个惊愕困惑着,盯着小厮。

寄南看看小厮,怔了片刻,立即还以颜色,飞快说道:

"小老弟你的话说得太快又含糊不知道谁家王爷派了你这个笨小厮到这儿乱搅和咱看这毛驴长得丑脾气坏如果你是识相的牵了你这只毛驴立刻回到你长安去咱们就不追究你大闹荣王府装死被丢到乱葬岗的那回事你以为换个服装打扮说男人腔就能糊弄我

窦寄南你就大错特错！"

吟霜、皓祯、小乐、香绮这才恍然大悟：小厮竟是灵儿乔装打扮。

"你怎么装的？我一时之间还真没有看出来！"吟霜不可思议地拉着灵儿细看，"你的柳叶眉怎么变成剑眉了？身子怎么会长高了？"

"这有什么难？我是从小就练好的功夫！脚下有高跷鞋，足足高了两寸！眉毛更是小事一桩！我有各种易容的宝贝呢！"

"灵儿？你真的把我给骗到了！"皓祯惊奇，"实在不可思议！完完全全就是一个小厮！你这样就是到了东市，恐怕也没人能认得出来！"

小乐用山东话喊道：

"俺的祖奶奶！俏灵儿跟我变兄弟了！哈哈哈哈！"

只有常妈，还在那儿揉眼睛，困惑地看着灵儿，不解地问道：

"这小厮打哪儿来的呀？这只毛驴要干吗呀？"

大家嘻嘻哈哈进了大厅，灵儿在房间里，像男人般大摇大摆地走着，众人稀奇地看着她。皓祯啧啧称奇：

"到底是杂技班出身，装什么像什么！"

"不是装什么像什么，是她平常女装时，也像是男子汉啊！"寄南故意消遣取笑。

"哈哈哈！那也应该叫作男人婆！"小乐笑着插嘴。

"你们说的什么话呀？"灵儿用原音说，想揍寄南："为啥我做什么事你总是笑话我？不能称赞我一下吗？"对皓祯抗议："你们家的小乐，你也管管行吗？能这样消遣本姑娘吗？"

"小乐说得也没错，你这一身的江湖味，穿男人衣服说男人话，不是男人婆，难道可以称呼你是大家闺秀的姑娘家？"皓祯一笑。

"我打扮成这样来娱乐你们，你们还联合起来欺负我？我还弄来一只小毛驴呢！"

"你那只毛驴从哪儿弄来的？"皓祯好奇地问。

"用你那匹'追风'换来的呀！"灵儿看着皓祯说。

"什么？"皓祯跳起身子，大惊，"我的'追风'？我那匹马是匹价值连城的名马，你知道吗？跟了我好多年了，你简直……"

"哈哈哈哈！吓死你了吧？"灵儿大笑，"当然不会用你的马，毛驴是从前面农场借来的啦！"

众人都大笑起来。笑完了，吟霜说道：

"我觉得灵儿也不需要乔装打扮，让灵儿和我一起住在这儿不好吗？为什么一定要女扮男装呢？"

"现在常妈这个小屋，也未必是绝对安全的，你们两个还是分开住比较好，免得到时候再出……"皓祯看着不安分的灵儿，"惊人的意外之举！"

"就是啊！这个男人婆一定要有人看守着才行，否则还不知道要让我们担心多少事呢！"寄南说，"到我王府，当我的小厮，一来避人耳目，二来……嘿嘿嘿……"瞪着灵儿："本王就近看管她，以策安全！"

灵儿瞪着眼大叫：

"什么？我打扮成小厮只是告诉你们，我可以女扮男装，怎么就真的要我当小厮？还要当寄南的小厮，我不干！"

"你还不干？就连太子，也才当过我的小厮！"寄南也瞪眼。

"哈！皇上还当过我的随从呢！"灵儿不屑地说。

"别吵了！"吟霜说，"真的，如果没看到灵儿扮小厮，我一定不赞成这个计划，但是，亲眼目睹以后，觉得实在太好了！灵儿，你怎么会用男人的声音说话呢？"

"我是什么出身的？"灵儿得意地说，"鼎鼎有名，裘家杂技班的台柱子啊！这个变声的技能，还有说腹语，都是我们闯江湖赚钱的法宝，我还会老头的、小孩的声音呢！"灵儿立刻改成皓祯的声音，学皓祯曾经对吟霜说过的话："我一定会好好照顾你，苍雾山中的一抱，加上今天这阵龙卷风，已经把我卷进你的生命里去了！我再也不会放开你！"看着吟霜，"皓祯的声音，像不像？"

吟霜脸一红。皓祯笑看着灵儿，心中佩服，嘴里说道：

"我好像说得比你真诚一些吧？"

"好！这个厉害！"寄南鼓掌称赞，"这样绝对可以瞒天过海，当我的小厮了！"

灵儿抗议地看着大家：

"我真的要去靖威王府，当寄南的小厮？"

每个人都严肃地点头。皓祯做了最后的决定：

"还有，在别人面前，灵儿这名字也不能用了！为好记起见，叫裘儿吧！"

就这样，灵儿变成裘儿，成了寄南的小厮。尽管她一天到晚往吟霜这儿跑，皓祯也坚持让她穿男装用男声说话，免得被人识破。只有进了房间没外人时，才能用原音。寄南多了这个小厮倒是挺快活的，日子更加"有声有色"起来。只是桐县的事，到了大理寺，并没马上处理。这让寄南对那方汉阳更加怀疑，"左有豺狼，右有恶犬"，那方世廷和汉阳是父子关系，世廷又是伍震荣的知己，只怕这案子，又会无声无息地消失。早知道，就该用那御牌，先斩了那个知县！或者，再去向皇上讨了御牌，直接斩了伍震荣更干脆！

寄南猜想得完全没错，桐县的事，伍震荣当然知道了。这天他赶到宰相府，在书房和右宰相方世廷密会。

"皇上居然派寄南去桐县？"世廷惊愕地问，"寄南还打着靖威王的旗子，吆喝过市，大张旗鼓？可皇上也没把买官的案子交给汉阳呀！"

"这事你知道就好……"伍震荣阴沉地说，"万一案子交下来了，该怎么应付，你指示汉阳一下，别把案子扩大！"正色地看着世廷，问："世廷，你看这窦寄南会不会成为咱们的威胁？"

"他整天风花雪月，能成什么气候？"世廷轻蔑地说，"放心，皇上问起来，一概三不知就对了！像荣王您，多少人要陷害栽赃，皇上不是都压下来了，不闻不问吗？荣王还用得着操心？"

"可是，他们已经抓走了刘照阳，送进大理寺去了！"伍震荣说，"而且，听说太子也插手了这件案子！"

"大理寺？又是小儿汉阳的案子吗？"世廷一惊。

伍震荣不停地点头。世廷深思着：

"荣王放心，既然是汉阳的案子，我会指导他如何处理！"

"好！"伍震荣有力地说，"我就要方宰相这句话！"

宰相府并不是只有世廷和汉阳，这儿还有一个女主人，世廷的妻子——宋采文。采文一看就是一个知书达礼的女子，长得端正而秀气。只是，在她眉目间，总是带着淡淡的哀愁；眼底，总是漾着轻烟薄雾。她是世廷唯一的女人，这是非常少有的事情。当上宰相，年龄也不过四十五六岁，家里又只有汉阳这个独子。这种情况，世廷就算有十来位妻妾，也是天经地义。他却一个也没有。可见，世廷对这位妻子，是相当珍惜的。尽管采文从不大声说话，从不骄傲自恃，有时甚至像是不存在一样。

这天，采文看着伍震荣来找世廷密谈，看着两人交头接耳，看着伍震荣叮嘱着世廷什么，世廷不住点头。她心里翻搅着不安的情绪，每次她不安的时候，一定到宰相府祠堂里，去对逝去的婆婆说话。祠堂内供着方家列祖列宗的牌位，随时都香烟袅袅。

采文进了祠堂，跪于供桌前，双手合十，念念有词：

"方家的列祖列宗，世廷终于光耀门楣，做了好多年的右宰相……"忽然悲从中来，眼中含泪："娘！您可以含笑九泉了！但是……请保佑世廷千万千万不要走入歧途啊！"她恭敬地行大礼，叩首于地，再抬头，虔诚落泪地祈祷，"娘啊！也请你保佑我们汉阳官禄一帆风顺，前途光明，不要在暗潮汹涌的朝廷里迷失方向啊！最重要的，更要保佑他们父子，不能因为朝廷而反目成仇！否则……我们当初吃的苦头，千辛万苦让世廷考到状元，就……就太冤枉了！娘啊！我每日为您烧香祝祷，请保佑您的子孙啊！保佑每个人啊……"

采文再次叩首于地，泪水盈眶。

门外传来小厮的呼喊声：

"公子回来了！"

采文一听，急忙擦干眼泪，起身整理了服饰，镇定一下，若无其事地走出祠堂。她看到汉阳进了他的书房，也看到世廷跟着汉阳进房。她悄然走到汉阳窗外，关心地倾听着，从窗外向窗内望去。

只见世廷大步走到汉阳面前，一脸的不悦，指着汉阳骂：

"你是书读得太多，脑筋读傻了是不是？我让你走东，你偏要往西，那刘照阳的案子，你就速办速决，明明是个冤狱，你还不马上放了他，存心想给荣王难堪吗？"

"爹，我是大理寺丞，恪守操守道德、公平正义！"汉阳不疾不徐地回答，"而且办案有我的坚持，如果要汉阳成为别人的应声虫，您还会以我为荣吗？"

"荣王是别人吗？"世廷气坏了，"他是我们方家的恩人哪！如果不是他全力推荐，我怎能当上右宰相？你又怎能当上大理寺丞？"

"就是看在荣王是咱们方家的恩人，我这不是睁一只眼、闭一只眼吗？"汉阳坦然地迎视着世廷的眼光，"多少伍家人的案子，我们大理寺都压着呢！这不都是听你们两位左右宰相的指示，遂了您的心意吗？刘照阳的案子……"

"还好意思说遂了我的心意？"世廷抬高了声音，咄咄逼人地说，"上回祝之同的案子，为何荣王一挑就是二三十个证据，到你那儿通通都不是证据了？你如果心里有腹稿，也要跟我商量商量，我才能跟你配合演戏，你懂不懂？"

汉阳就带点怒气地回答：

"那孩儿就向爹备案，刘照阳的案子，孩儿绝对不会以冤狱结案，人犯才刚刚落网，孩儿要仔细审问，该怎么办就怎么办！"

世廷才要开口回应，采文匆匆跨进门，忧心忡忡地看着父子二人，叹气说道：

"唉！怎么一进门就听到你们父子吵来吵去的？"看向世廷："老爷，儿子办案一向公正无私，你何苦一直为难我们汉阳呢？"

"我为难他？"世廷发怒，"他这不懂眼色的倔驴子，官位都快不保了，我就说他几句，他还振振有词，这就是你的好儿子？"

"啊！这么严重？"采文关切地看着汉阳，"你真的官位不保？"

"娘！"汉阳赶紧安抚多愁善感的采文，"你别听爹的，他吓唬你，有荣王和爹两位左右护法撑着，没人摘得了我方汉阳的官帽子！"

"你想得可太天真了！"世廷说，"我告诉你，明日皇上就要召你进宫了，还召了皓祯、寄南、皓祥那几个嘴上无毛的小子，说是要游御花园。你呀，在皇上面前机灵点，别给方家丢脸，给我好好表现，懂吗？"

汉阳一怔，困惑地问：

"游御花园？爹，你也去吗？"

"可不是！袁柏凯、荣王和大臣们都去，难得皇上有兴致！"

汉阳深思着。采文看看世廷，再看看汉阳，想问什么又没有问。

皇上有兴致游御花园，只是心血来潮，还是另有目的？大家不解。崔谕娘这个女官，却猜到了几分，兴冲冲地奔进兰馨寝宫，弯腰在她耳边说道：

"公主，听说明儿个，皇上和皇后要跟很多王孙公子一起游御花园！"

"游御花园也值得你这样大惊小怪？"兰馨瞪了她一眼。

"可是名单很奇怪哟！"崔谕娘神秘地说。

"怎么奇怪？"

"像是袁大将军的两位公子、大理寺丞方汉阳、靖威王窦寄南，还有伍家几位公子、卢家几位公子和大学士、直学士的公子都参加了！"

"那又怎么样？就是父皇想跟王公大臣拉拢关系而已！"

"那些公子，都是没有婚配的！"崔谕娘再凑在兰馨耳边低语。

兰馨一震，明白了。

"哦？"眼珠一转，"原来如此！这个'游御花园'有点意思了！"

第二天，皇上带着许多大臣，也带着皓祯、寄南等小辈，走在御花园里。这正是春天，御花园里还真是花团锦簇。迎春花、桃花、栀子花、玉兰花、梨花……都在盛开。空气里都弥漫着花香。皇上这一行人也浩浩荡荡。除了大臣小辈，还有卫士和羽林军跟随。在那队羽林军里，兰馨女扮男装，穿戴着羽林军的军服帽子，悄悄混在其中。除了羽林军和卫士知道外，连皇上皇后都被蒙在鼓里。

皇上看着一众小辈，看到个个出众，心里欢喜，忽然就提出了一个问题：

"朕自从登基以来，总觉得咱们国家有很多问题，朕虽然贵为一国之君，依旧有无能为力的感觉！各位贤卿认为本朝现在最需要什么？"

众人全部一怔。这题目太大了，出乎大家的意料。震荣和世廷彼此互看。

汉阳忍不住上前禀道：

"陛下！国家需要的，其实很简单！"

"哦？汉阳请说！"皇上惊奇地看着汉阳。

"就是四个字'止于至善'！"汉阳从容地回答，引经据典地说道，"《大学》中有这样几句话'知止而后有定，定而后能静，静而后能安，安而后能虑，虑而后能得！'如果皇上的文武百官，都能有'止于至善'的境界，不嚣张、不妄动、不骄傲、不贪婪，就能国泰民安了！"

皇上惊喜点头，深深看汉阳，忍不住赞美道：

"汉阳深得我心呀！"

寄南赶紧接口：

"陛下，本王上次去桐县，悟出一个道理：只要老百姓个个面有笑容、有饭吃、有衣服穿，就是本朝所需要的！天灾有时避不了，人祸是绝对可以避免的！所以，陛下要阻止人祸，就是当务之急！"

皇上又拼命点头，看着寄南，点头说道：

"寄南，你的话，朕明白！"

震荣和世廷交换着警觉的眼光，皇后脸色阴沉不定。

"汉阳和寄南，把道理都说了，皓祯只能补充几句！"皓祯一笑，"老百姓都是很单纯的，朝廷却是复杂的！多年以来，朝廷之中，分党结派，彼此钩心斗角，文斗武斗宫斗官斗，再加上出兵打仗，让国家元气大伤！如果朝廷能够做到忠孝仁义……"看世廷："右宰相，听说当年您殿试时，一篇忠孝仁义论，打动了皇上，钦点状元！皇上也因为这篇忠孝仁义论，把有功的四王封为忠孝仁义四王，可见忠孝仁义是多么重要！我们国家需要的，就是上下一心，做到忠孝仁义！"

世廷听到皓祯提到殿试，脸色一变，皇上却深深动容。

羽林军中的兰馨，惊愕震动地倾听着，心里想着："袁皓祯、方汉阳和窦寄南三个，居然如此大胆，当着母后和左右宰相，就直言不讳，不怕后患无穷吗？其他的那些王孙公子，也用不着说话了！"

"皓祥，你也有看法吗？"皇上看到皓祥，就脱口问道。

皓祥忽然被点名，一惊，冲口而出：

"那些文绉绉的话，我说不出来，大道理我说不过我哥，我的看法就是……"

皓祥话没说完，忽然从羽林军中飞蹿出一个人，直接冲向皇上。原来兰馨听完皓祯等三人的谈话，对其他人都没兴趣了，就干脆冲出来探个虚实，众羽林军大叫：

"不好！有刺客！有刺客！"

卫士们拔剑的拔剑，拔刀的拔刀，喊着：

"皇上注意！那个羽林军是个冒牌货！赶紧拦住他！"

事发仓促，一行人大乱。皇上惊喊：

"怎么羽林军中会有冒牌货呢？"

"抓刺客！赶紧抓刺客！"震荣大喊。

"保护皇上！保护皇后！"柏凯喊着，赶紧拦在皇上面前。

"有我窦寄南在此，看你往哪儿跑！"寄南大叫，拔脚就冲向刺客。

只见刺客身手灵活，一下子就滑行到皇后面前，对皇后眨了眨眼睛。皇后定睛一看，竟是兰馨！瞬间明白过来，这丫头居然如此大胆，亲自出来选驸马！赶紧拍着胸脯，睁大眼睛，给了皇上和震荣一个暗示："退后！退后！不怕！"

皓祯等人因为要见皇上，没人带武器。皓祯立刻冲向兰馨，喊道：

"寄南，我们包抄过去，我左你右！"

"那我中间！"皓祥喊。

兰馨如入无人之境，那些羽林军和卫士声声喊着抓刺客，却绕着众人转圈子，好像没人敢靠近刺客。于是，兰馨冲到一位公子面前，身形一矮，伸脚一式"扫堂腿"，公子摔了个狗吃屎。兰馨再飞蹿到一个小王爷面前，抽出鞭子，一招"单鞭下探"，手起鞭落，打掉了小王爷的佩带。

此时皓祯已经拦住了兰馨，吼道：

"哪里走？站住！"

兰馨半转身，使出"灵猫扑鼠"，挥鞭斜抽上撩，一鞭子抽向皓祯的脸，皓祯闪开，一式"贴山靠"，右手迎着来鞭之势急抓，伸手就想抢夺兰馨的鞭子。兰馨飞快地收鞭，两人就打了起来。寄南从右方切入，急着要帮皓祯，兰馨惊险地躲过了皓祯的攻击，和寄南一个照面，寄南一怔。兰馨对寄南喊：

"还不退开！"

寄南赶紧滑开，想知会皓祯，却苦无机会。只见皓祯接着一个上步撑掌，欺进单鞭来路，伸手拉住了鞭子。兰馨大惊，瞪着皓祯。无奈此时，皓祥直冲过来，竟然撞在皓祯身上，兰馨趁机夺回了鞭子。皓祯对着皓祥瞪眼，说道：

"你让我来吧，你会越帮越忙！"

"只有你能抓刺客，我不能吗？"皓祥不服气地说。

兄弟两个纠缠中，兰馨已经跟每个王孙公子都照了面。皓祯摆脱了皓祥，立刻身手飞快地直冲到兰馨面前，一招"玉兔带怀"，劈开了兰馨执鞭之手的虎口。这次，飞快地夺下了鞭子不说，紧接着一招"双龙抱柱"，还从兰馨正面，一把紧紧地抱住了兰馨。皓祯大叫：

"陛下，抓到刺客了！"

汉阳等不会武功的人，都闪在旁边观望，汉阳跃跃欲试，却不敢上前。此时，听到刺客已被皓祯抓住，急忙上前。

兰馨和皓祯面对面，被抱得紧紧的，瞪着皓祯，一声低叱：

"大胆！还不放开我？"

怎么是姑娘的声音？皓祯大惊，看到兰馨瞪着自己的眼睛，灼灼逼人，顿时心知肚明，赶紧把兰馨推了出去。皓祯用力太大，兰馨收不住步子，竟然被皓祯推进了汉阳怀里。汉阳在兰馨身后，顾不得自己没武功，立刻奋不顾身，从兰馨身后拦腰抱住，用力抱紧。汉阳急呼：

"皇上！刺客抓住了！各位会武功的羽林军，赶快抓住他！"

兰馨大惊，急忙挣扎，谁知汉阳死命抱着，就是不松手。兰馨一急，看着抱着自己的那双手，就低头一口咬了下去。汉阳痛得大叫：

"哎哟！你咬我！咬我我也不放！"抱得更紧了。

皇后见闹得不可开交，急呼：

"汉阳快松手，那是兰馨公主在和大家闹着玩儿！"

汉阳大惊，急忙松手。兰馨一回头，和汉阳眼光相接，兰馨就欣赏地说道：

"方汉阳，我记住你了！武功没有，一表人才，有见识，力气不小！"

汉阳见兰馨杏眼圆睁，霸气而美丽，怔在那儿，完全不知如何反应。

兰馨就冲到皓祯面前，伸手说道：

"鞭子还我！"

皓祯赶紧把鞭子还给兰馨。兰馨瞪着皓祯说道：

"袁皓祯，我也记住你了！文武双全，有思想，有胆识，力气也不小！"

兰馨再冲到寄南面前，嫣然一笑：

"你这个寄南哥，从小跟我打打闹闹，居然没认出我！"

兰馨说完，拿着鞭子，一溜烟地跑走了。

那些王孙公子，有的发呆，有的发怔，有的糊涂着，有的恍然大悟。震荣赶紧对皇上说道：

"陛下，今儿个游御花园真是精彩呀！"

皇上不禁有感而笑：

"精彩！精彩！文考也有了，武考也有了！朕也收获良多！哈哈哈哈！"

十五

这次游御花园，引发了一连串的后续反应。

先谈皇宫里，御花园游完了，皇后就迫不及待地拉着皇上，到了兰馨的寝宫。皇上关心地看着兰馨问：

"兰馨，你今天在御花园这么一闹，真是把朕给吓坏了！你自己有没有受伤呢？"

"受伤？我怎么会受伤？"兰馨挑着眉，"恐怕那些被我摔了的，抽到鞭子的，咬到的都受伤了吧！"

"你也不跟本宫商量，就这么拿着鞭子闯出来，亲自选驸马，算你有种！那么今天你有没有看中意的呢？"皇后问。

"有啊！看中了两个！"兰馨干脆地回答。

"两个！"皇上惊愕，"你总不能选两个驸马吧！是哪两个呢？"

"大概是袁皓祯和方汉阳！"皇后接口。

兰馨看了皇后一眼，轻轻一笑说：

"难得母后和我的见解一致！"

"那你总得从两个里选一个！朕不能把你许配给两个！"

"我帮你决定吧！方汉阳！"皇后坚定地说道。

"为什么是方汉阳？"兰馨问，想想就明白过来，说，"哦，因为他爹，右宰相方世廷是伍家人马，对不对？连儿女婚姻，母后也考虑到伍家？我姐乐蓉公主嫁给伍项麒还不够？"

皇后听了真生气，又怕兰馨说出什么秘密来，脸一板，大声喊：

"放肆！什么伍家人马？都在为你父皇效命，都是朝廷重臣！为了你的婚事，今天已经累了一天，你还在这儿挑三拣四、冷嘲热讽！你决定不下来，就慢慢去想！"掉头对皇上道："走吧！这丫头存心气死本宫！"

"怎么说着说着，母女俩又翻脸了？"皇上皱眉。

"我会慢慢想的！"兰馨也有气地、大声地说，"想出来再告诉你们！不过，被母后这样一吼，那方汉阳肯定吃亏！"

"那你是决心嫁给袁皓祯了？"皇后问。

"没有，还没想清楚呢！婚姻大事，关系我终身幸福，不是看一眼、打一架就能决定的，过几天再说！"

"你就慢慢想吧！"皇后气得咬牙，看了皇上一眼："走吧！"

皇后就拉着皇上离去。

再谈宰相府。游完御花园，方世廷带着汉阳回府，坐在大厅内，方世廷饮了一口茶，搁下茶杯，一脸笑意地看着汉阳说道：

"今日御花园一场文武大考真是太意外了！汉阳，你的表现真是出彩，没让你爹我丢脸！皇上那句深得我心，实在太珍贵了！"

"难得爹也会夸奖我，"汉阳微笑着说，"都是爹平时教导有方，才让汉阳有足够的才智应对难题。不过，寄南和皓祯说得也真好！"

采文转身，迎向世廷和汉阳，感染到两人间愉悦的气氛：

"我们汉阳从小到大，饱读诗书，循规蹈矩，怎么会让宰相府丢人呢？不过，听说今天长安城有名的王公子弟都去陪御驾了，皇上来这么一招，到底是何用意呢？"

"汉阳，你看出端倪了没有？"世廷看着汉阳，"我如果猜想没错的话，皇上应该是在为兰馨公主选驸马！"

"啊！选驸马？"汉阳一惊，不禁回忆抱住兰馨那一幕的情景，低头抚着被兰馨一咬留下的咬痕，突然失神。兰馨那霸气而美丽的眼神，就在他眼前闪动。她那句"方汉阳，我记住你了……"的话就在他耳边回响。他顿时恍神了，一股说不出的滋味袭上心头，嘴角不自觉地上扬，似笑非笑地愣在那儿。

"汉阳、汉阳，在问你话呀！怎么不说话？在想什么呢？"采文注视汉阳轻喊着。

汉阳被采文唤醒，赶紧醒神。

"没、没有，孩儿没想什么！"汉阳掩饰着自己的失态，看向世廷说道，"听爹这么一说，又加上兰馨公主出来大闹一场，这事八成就是这样！但是，如果爹的判断没错的话，那么今天谁有可能会被皇上钦点，成为驸马爷呢？"

"依我看，就非你和皓祯两人莫属了！"

"啊？皓祯？袁大将军家的长公子？"采文问。那袁皓祯她见过几次，每次都留给她深刻的印象。好一个骁勇少将军！

"是啊！"世廷充满赞赏地说道，"皓祯不仅武艺高人一等，今日在皇上面前，和汉阳一起阐述他们的思想理念，分析得头头是道，把我当年殿试的忠孝仁义也用上了！"忽然感伤起来，不胜唏嘘说道："当年的壮志豪情，忠孝仁义……唉！"

"爹怎么叹气呢？当了六年宰相，壮志豪情，忠孝仁义应该大有发挥之处了！"汉阳见世廷脸色深沉，赶紧转换话题，"爹，您可真长他人的志气啊！尽夸别人家的好，您刚刚不是还说我今日表现出彩的吗？"

"你们两个是势均力敌，就怕你输在武功这个点上！从小也给你请了最好的师傅教武功，学了好多年，怎么就是没练好？"

"人各有志！那个动刀动枪的玩意儿，不适合我！"汉阳苦笑。

采文看着汉阳，出神地说道：

"世上有几个文武全才？汉阳有今天的成就，我已经很满意很骄傲了！至于姻缘，还要看缘分。这和武功一点关系也没有，汉阳耽误到现在还没结婚，也是高不成低不就的关系，或者冥冥中，在等待某个有缘人吧！"

采文一番话，深中汉阳的心，不禁看着母亲微笑。

"嗯，说不定那个'有缘人'，也在等着我！"下意识地摸摸被兰馨咬伤的手。

在将军府，游御花园的后续却是强烈而惊人的。皓祯得知消息，已是数天后。他如遭雷击般跳了起来喊道：

"什么？那天御花园的一切是皇上在招驸马？我可能被选中？"他坚决地喊："不行！我不要当什么驸马爷！早知道那天是

有预谋的，我死都不会出现！"

"你这是什么态度？"柏凯瞪眼，"多少人想求都求不来的好运道，你居然不要？如果这个好运掉到你头上，你不要也得要！"

雪如恍然大悟地急忙对柏凯说道：

"原来是选驸马！怪不得皓祯说公主出来大闹，这兰馨公主是出名的刁蛮公主，被选中也不见得是好事！"

"还没当公主的婆婆，你就先怯场了？"柏凯一瞪雪如，"别让我瞧不起你！如果选中了，皓祯只能乖乖地娶公主，这事根本不是我们能够决定和选择的！"

"不行不行！什么事情我都可以听从爹娘的安排，但是这件事情，我办不到！"皓祯大急，"爹！在圣旨还没下来以前，你赶快帮我想办法，千万不能让我当驸马！现在不是二选一吗？爹赶紧帮汉阳和公主撮合一下！"

站在一旁看热闹的翩翩和皓祥嗤之以鼻。翩翩不平衡地说：

"我就说嘛，什么好事都落不到我们皓祥身上，现在连驸马爷给人，还有人不要的！哼，真是身在福中不知福啊！"

"娘，有的人啊，就喜欢出风头，出了风头之后呢，又开始矫情了！"皓祥跟着嘲讽，"这个不要，那个不要，可那天还硬在皇上面前说些莫名其妙的大道理！"

"你闭嘴，这件事情与你无关！"柏凯呵斥皓祥。

"爹，你就会叫我闭嘴，到底我算不算是你儿子啊！什么好事都轮到皓祯，你有没有想过我？有没有帮我争取过？"皓祥不平地说。

皓祯已经又急又气，诚挚地对皓祥说道：

"皓祥，驸马爷这位子要是能送，我绝对乐意送给你，我一点都不稀罕，你和二娘不需要再酸溜溜了！好在还没决定，就算决定了，我也会想尽办法推掉！"说着，就走向门口："我出去了，不要找我！"

"皓祯，你不能出去，咱们得谈谈……皓祯！快回来！"雪如喊。

"夫人，小乐这就跟着公子出去，你们放心吧！"

雪如无奈，眼睁睁看着小乐追着皓祯而去。柏凯不禁怒看着皓祯扬长而去的背影。

在吟霜的乡间小屋，游御花园的后续更加震撼。皓祯、灵儿、寄南都在，吟霜脸色惨白地跌坐在坐榻里，嘴里喃喃地说道：

"驸马！原来皓祯是驸马的人选！我想过千次万次，知道皓祯一定会攀一门好亲事，就没想过是驸马！"

灵儿大震，似乎比吟霜还激动，上前就对皓祯吼：

"这怎么可以？"双手抓着皓祯的领子乱摇一阵："皓祯，我可是相信你的喔！我相信你跟伍项魁那帮王公贵族不一样，是正人君子，你怎么可以负了吟霜？"

灵儿说着，握着拳头，就对皓祯一拳打去，皓祯一闪闪开，气急败坏地喊：

"你以为我愿意啊！这消息对我来说根本是晴天霹雳！我跟你们一样吓傻了，这才找你们一起商量，大家帮我想想办法，怎么摆脱掉这个驸马资格？"

寄南责怪灵儿，点着灵儿的脑门骂：

"你别什么事情都没搞清楚，就胡乱骂人行吗？皓祯路上都跟我说了，他已经怄死了，那天我们陪着皇上游御花园，谁知道是这么回事？唉，现在要想办法推婚要紧，谁都不许怪皓祯了！"

吟霜眼光看着虚空，轻轻地问：

"这个公主，就是要'百鸟衣'的公主吗？"

"好像就是她！"寄南一愣，"除了她，谁会想到百鸟衣？"

灵儿更气，跺脚大喊：

"那更加不能娶，她是吟霜的杀父仇人啊！"

吟霜眼光出神地看着窗外，失魂落魄地说道：

"这样也好，我从来没有贪图过什么。我一直都明白，我只是一个跑江湖、帮人治病的姑娘，从各种条件来说，我都配不上皓祯！这样也好……我就不必胡思乱想，不必做梦了！"

皓祯瞪着吟霜，冲上前去，一把就握住吟霜的手腕，把她从坐榻里拉了起来：

"跟我去卧房，我有话要跟你说！"

"不要……不要去卧房，"吟霜挣扎，"我们还是保持一点距离比较好！"

"什么叫'保持距离'？"皓祯急喊，"你忘了我们在狂风中抱在一起？你忘了我们在三仙崖一吻定情？现在要跟我保持距离？就因为听到我可能被选为驸马？我的脑子被弄晕了，你的脑子也晕了吗？"大声命令道："跟我来！"

皓祯拉着吟霜进入卧房，把房门砰的一声关上。吟霜挣扎着说：

"你别拉着我！你要干什么？"

皓祯就把吟霜逼到墙壁上，双手支在吟霜身子两边，眼光灼热地盯着她。吟霜逃不开皓祯，被动地靠在墙壁上，像一张壁画一样。皓祯就一个字一个字地、清楚地说：

"我不会娶公主，我要娶的人是你！"

吟霜惊看皓祯，眼里的惊惶更胜过感动，她哀声说道：

"娶我？你不要糊涂，你明知道你不能娶我！顶多顶多，我只能在你身边当个丫头，本来我想，或者我可以当你的小妾，反正你们这种公子，都是三妻四妾的！现在，我明白了，当小妾也是梦想，公主大概不可能让你三妻四妾吧！"

"你说完了吗？"皓祯带点恼怒地问。

吟霜眼光里充满祈求，声音里充满了正气：

"请你以大局为重！儿女私情和护国大业比起来，就微不足道了！"

"什么护国大业？你都知道？"皓祯太惊讶了。

"是，我都知道！"吟霜郑重地说道，"你和寄南一直在努力的事，保住李氏江山，免得被姓伍的人抢去！这是你们的责任，绝对不能因为我，把这些大事都耽误！公主代表的是李氏王朝，你怎能拒绝？如果你这样做，我会轻视你的！如果我轻视你，我就不会再喜欢你了！"

皓祯一眨也不眨地看着吟霜，佩服感动惊愕都涌上心头。

"原来你一直都看穿了我！你爹教你的医术，让你也有看穿别人心事的能力吗？"

"没有！我没有那个能力，你和寄南常常交头接耳，在东市时，也常常眼观六路、耳听八方，你们常常神秘失踪好几天，身上也常常带着伤痕……因为关心你，我才那么用心地观察你，所以我知道！"

"那么，你知道我现在真正的心情吗？"皓祯正色问。

"你想摆脱公主，你不要当驸马！"吟霜坦率地回答，"你不在乎荣华富贵，你想给我一个正式的名分！"

皓祯不断点头，一本正经地说道：

"你说对了！所以，直到现在，我们发乎情，止乎礼，我不敢越过底线，因为我要你当我妻子，跟我有正式的洞房花烛夜！"

吟霜听到皓祯这句话，眼泪终于夺眶而出：

"可是现在形势比人强，你要顾全大局啊！"她哀求地说："皓祯，趁我们现在一切都来得及停止，就让我们停留在最美好的这一刻吧！"

"白吟霜，你给我听好！"皓祯坚定地说，"我现在要做的事，就是去搞砸那个选驸马！一切还来得及！汉阳也在名单里！至于你，我再说一遍，你不许跟我唱反调！"有力地、发誓地说："你是我唯一的选择，就算要娶妻成家，我也只认你吟霜一人！"

皓祯说完，就把吟霜拥入怀里。

此时，等得不耐烦的寄南敲敲门进来，两人赶紧分开。寄南看着两人说：

"好啦好啦！事情还没有到绝路，你们不要弄得像是生离死别行吗？要急死我吗？"喊着："皓祯，兰馨公主跟我从小就熟，交情不错！我们还是商量一个计策，撮合汉阳和兰馨才是！"

于是，这天午后，寄南拉着汉阳，从皇宫偏门进入皇宫，绕过卫士，直接走向兰馨寝宫的那一进院子。汉阳不解地跟着寄南，迷糊地问：

"什么事情那么着急地拉我进宫？现在我们要去哪儿？"

"急！十万火急！千千万着急的事儿，你快跟我去见兰馨公主！"寄南说。

汉阳脚步突然一停，神色变得尴尬迟疑：

"见公主？怎么这么突然要我去见公主呢？尤其你这个无事不登三宝殿的人，跑来要我做这件事情，那我可是百思不得其解了！"

"你还跟我打哑谜？"寄南四顾无人，就直接说道，"你可别说你不知道你已经是驸马人选之一！你更别说，你没有对公主心动？"

"咦？你哪里看出我对公主心动了？"

寄南看穿汉阳，飞快地说着：

"你那天抱着公主，又被公主咬了一口，看公主的时候还满脸通红，不敢直视，这就证明你心动了，甚至是一见钟情！"

汉阳顿时害羞起来，想反驳：

"我……我那是自然反应……那天把公主当作刺客，惊动了公主，我一时就慌了，才会脸红的。"赶紧整好衣服，抚平情绪，规矩地说道："我知道你一向和兰馨公主交情不错，难道是公主要见下官的意思？"

"也可以这么说……"寄南打着马虎眼，"总之，我在这个驸马人选上，绝对可以助你一臂之力，我也觉得兰馨公主和你才是天造地设的一对！所以我要好好地帮助你，让你顺利坐上驸马爷的位置。"

"不对！"汉阳多疑地说，"你要帮忙，也应该去帮皓祯，怎么可能会对我这么热心呢？你跟皓祯才是好兄弟！"

"喂！"寄南摇头说，"我说你是不是案子办多了，已经养成办案病，脑子都出问题了，什么事情你都抱着怀疑的态度，你从小就没有见过好心人吗？"使出激将法："不要我帮？那我走就是！"作势要离开。

汉阳赶紧拉住寄南，和气说道：

"才说了几句就翻脸，那你说说看，要怎么帮助我才能得到兰馨公主的青睐呢？"

"要得到公主的青睐就要从公主的个性着手……你呢……见到她之后要……"寄南就附在汉阳耳边低语，汉阳专心倾听着，两人走向公主的花园。

寄南和汉阳才进入花园，经过矮树丛，突然一条鞭子就挥了过来。寄南仓促间使出一招"左右分刺"，将汉阳一推，自己也借这一推之力险险地和汉阳都闪过了鞭子。只见兰馨正在花园练鞭子，她没注意汉阳，看到寄南，就故意对寄南挥鞭，耍出各种招式。寄南忙着应付还要保护汉阳。兰馨笑着，边耍边说：

"寄南，你是不是来陪我练武？现在让你瞧瞧，我的身手长进了没有？"

寄南闪躲求饶：

"兰馨，你快停手！你这身手不只是长进而已，简直是突飞猛进！吓死人啦！"

说话间，兰馨的鞭子抽向了来不及闪躲的汉阳，正好抽在前几天被咬的伤痕上。汉阳一痛，脸色骤变，忍不住哀号一声：

"啊！"

兰馨一震，仓皇收鞭。汉阳袖子立刻渗血。

寄南卷起汉阳的长袖，一看，转头对公主喊道：

"公主，你打伤了人啦！这人有可能是你的驸马爷啊！"

"驸马爷？"兰馨疑惑，这才注意到汉阳，赶紧走近汉阳身边瞧瞧伤口，不以为意地说，"就这点小伤，流点血不碍事的！"看一眼汉阳："你就是那天抱着本公主，喊刺客的方汉阳？"又看着自己留下的咬痕，"本公主那天没有咬那么深吧？怎么咬痕这么多天了还在？你是不是太细皮嫩肉了点？"忍不住上下打量汉阳，看个清楚："嗯，文质彬彬，气质不错！"

汉阳一见到公主又脸红了，听到赞美，更是手足无措。寄南悄悄踢他，要他说话。他脸红心跳，说话突然结巴，对兰馨行礼：

"下……下官……方……方汉阳……参见公主。"

"下下下？你果然是被吓着啦！"兰馨调侃笑着，"本公主只不过耍几下鞭子，就把你吓成那样了？亏你还是大理寺丞！"

"兰馨，你都快要嫁人当新娘子了，怎么就不能温柔一点呢？还这样张牙舞爪！"寄南赶紧帮忙，"汉阳是大理寺最秉公守法、最出名的神探，只要是他经手的案子，都能达到公正无私的调查，顺利破案！厉害吧？"

"神探？"兰馨望着汉阳，"一点功夫底子都没有，怎么抓坏人呢？"

寄南向汉阳使眼色，用鼓励的眼神看着他：

"汉阳，好好介绍你的工作、你的抱负、你的理想，嗯？"

汉阳吞咽着口水，紧张地接口：

"大……大理寺办的案子，以调查形式居多，若是……若是需要动刀动武，还……还用不着下官这个动脑的！"

"喔！你的意思，你脑筋好，专门负责动脑，办案又不动手！"兰馨很有兴趣地盯着汉阳说，"好，那本公主考考你，偷什么东西不犯法？你说说是什么东西？"

汉阳搔着头，思索着，求助地看一眼寄南。寄南两手一摊撇清：

"你别看我，公主考你，不考我，我一向不学无术，学问没有你好！"

汉阳慌乱，自言自语：

"偷什么东西不犯法？在咱们律例中，偷东西就是犯法！这问题要反向思考！"就看着公主说道："答案就是'偷什么都犯法'！"

"错！"兰馨大叫，高傲地嘲笑着，"这么简单的题目都不会，还说你专门动脑！"把鞭子绕在手上说："我告诉你吧！'偷笑'不犯法！"说完，得意又豪迈地大笑，"哈哈哈！哈哈哈！"

汉阳被兰馨公主摆一道，羞愧得满脸通红。寄南和一直在旁边的崔谕娘也忍不住笑着。几个小宫女伸头伸脑偷看，也捂着嘴悄悄笑着。

汉阳真恨不得有个地洞钻进去。

隔了两天，轮到皓祯上场。寄南一路对皓祯谆谆指导：

"那个兰馨公主不简单，那天把汉阳弄得啼笑皆非，今天就看你的了！"

"那是当然，今天我们一定要反其道而行！要让公主讨厌我，我装笨、装傻，要不就出考题羞辱她一顿！"皓祯坚定地说。

寄南上上下下打量皓祯，忽然发现一个问题，说道：

"最最最重要的一点是，你不能太英俊！你不能用你那迷人的眼神去看公主，你最好把你的眼睛装小试试！"

"眼睛怎么装小？"皓祯不以为然，"我人就长这样，难道还要易容不成？"

"为了吟霜，就算要你上刀山、下油锅，甚至毁容，你也得干呀！"寄南压低声说，"真该让灵儿帮你化装一下，弄个大胡子什么的！"

"不听你瞎说了！"皓祯正经地说，"总之我今天一定要跟公主讲清楚，让她去选汉阳，我袁皓祯配不起！"

两人说得太起劲，一个转角，还没进入兰馨的花园，就突然和怒气冲冲的兰馨撞个正着。兰馨没看清来人，就怒骂道：

"放肆！走路不长眼睛的吗？"

皓祯和寄南一惊抬眼，才意识到撞着了公主。皓祯当机立断，对寄南使了个眼色，立刻板着脸，毫不客气地说：

"公主，是你先撞上我们的，怎么还冲着我们发那么大脾气？"

"兰馨，是我，你的寄南哥，不小心撞上的，别发怒呀！"寄南倒是好言好语。

"管你们是谁，今天最好少惹本公主！"

"兰馨，你今天犯冲啦，对我干吗突然摆起公主的架子？"寄南开始翻脸。

"本公主今天就是犯冲，怎么啦！想讨打吗？"兰馨想抽腰际的鞭子，摸不着，更怒："崔谕娘！我的鞭子呢？"

"刚刚公主出门，就没有带鞭子呀！"崔谕娘着急为难地说。

"看来不陪你玩几招，你是无法发泄身上的怒气！"寄南转眼对皓祯使眼色："皓祯，你陪公主玩两招吧！"

"皓祯？"公主一惊，"怎么……"

皓祯也不等公主说完，就气势汹汹地喊道：

"撞了人，不道歉，还摆公主架子，那就别怪我袁皓祯无礼了！公主看招！"

皓祯在兰馨面前，脚踏弓箭步，侧腰提气、左拳右掌，剑眉星目，摆出武打起手招式。一式"四夷宾服"，凝神静气，看向兰馨。兰馨兴趣来了，掰掰手腕，也决定大显身手。

"好一个袁皓祯，那天在皇上面前，你挺威风的嘛！今天本公主再看看你有什么本事！你最好小心……"

皓祯不待兰馨出招，也不等她说完，立即一招"细胸巧翻云"，略提内力，身形凌空拔起，跳跃翻身，飘然落于兰馨身后，不待兰馨转身，又一招"蜀道横云"，右脚一勾一绊，就绊倒了兰馨。兰馨冷不防摔倒，哀叫了一声，但却也立刻跳跃起身。

"果然是好身手！"兰馨充满兴致，傲气地说，"袁皓祯，我要看你的真功夫！你尽管使招出来，可别藏着！"

"本公子从来不懂得怜香惜玉那一套，打疼了，算公主倒霉！"皓祯冷冷地说。

"倒霉是什么滋味，本公主不懂！"兰馨冷笑回呛。

皓祯此时像是气不打一处来，猛烈地向兰馨进攻，"蜻蜓点水""祥云捧日""凤凰展翅""蛟龙出水""黄莺扑食""白猿舒臂"，一连串的空翻、跳跃、拳打、脚踢……把兰馨连续摔了好几个筋斗。兰馨刚站起身，皓祯来个"顺风扫叶"连环腿，兰馨又趴下地。兰馨再起身，皓祯漂亮地回身一脚一绊，使出"横扫千军"，兰馨哎哟喊着又摔了个狗吃屎。崔谕娘在一边看得目瞪口呆，心中着急。

一批宫女拿着水果盘经过，停下脚步看着热闹。

寄南随手拿起宫女手上的水果大吃特吃，观战看热闹，边吃边叫：

"皓祯，你使劲啊！兰馨，别怪寄南哥对你'心狠手辣'，找了个对手让你发泄脾气！哈哈！"

兰馨打不过皓祯，突然跳到树上，歇息喘气。皓祯追上去，看树干不粗，就抱住那树干一阵猛摇，树枝狂摇，兰馨惊叫一声摔下来。皓祯跳开身子，让兰馨直接摔在地上，摔得七荤八素。皓祯低头看着挣扎起身的公主，恶狠狠地盯着兰馨问：

"本公子问你，什么东西'天不知地知，你不知我知'？"

兰馨站起身来，抚摸着摔痛的地方：

"你是帮方汉阳来报仇的吗？这种问题还需要问吗？答案是'秘密'！"

"错了！"皓祯大吼，"答案是'鞋底破了'！想必你这个金枝玉叶的公主，鞋底从来没破过，连这种常识都不知道！丢脸！"

兰馨一怔，被皓祯的大吼吓了一跳，抚摸着摔痛的腰，气呼呼地看着皓祯。

"再问你……"皓祯犀利地瞪着公主，"什么东西他越生气，就越变越大？"

兰馨骄傲地别过脸：

"本公主知道答案，但是不想说！"

"答案是脾气！"皓祯一针见血地指责道，"奉劝公主，你越生气，你的脾气就越大！这样的人不讨喜！今天就到此结束，相信公主接着大概要躺好几天了！皓祯告辞！"皓祯冰冷地说着，望向寄南："寄南，这骄傲公主教训够了！走啦！"

兰馨神情神秘地盯着皓祯。

寄南啃下最后一口水果，嬉皮笑脸地说：

"兰馨，改天换我陪你过招！今天你先歇歇啰！受伤的地方，让崔谕娘和宫女帮你用药酒治治！"

皓祯和寄南就这样丢下公主，扬长而去。兰馨站在那儿，目送皓祯渐渐走远的身影。崔谕娘赶紧上前，关切地说道：

"公主，你哪儿摔伤了？啊？有没有哪里不舒服？这个少将军是疯了吗？怎么把公主摔来摔去的，还是那宰相的公子斯文……"

崔谕娘话没说完，兰馨开心豪爽地笑道：

"我没有摔伤，我哪儿都舒服！这个袁皓祯合了我的胃口，男子汉就当这样：有气势有傲骨有学问有功夫！太好了！不用挑选了，就是他！我选定了！"

十六

卢皇后怒气冲冲，带着莫尚宫跨进兰馨的寝宫。崔谕娘眼看情况不对，赶紧关上房门，把宫女们都关在门外。果然，皇后一进门就对兰馨开骂：

"兰馨，你是存心要跟本宫作对到底吗？驸马爷的事，不准你选袁皓祯！"

"哼！"兰馨冷哼一声，迎视着皇后的眼光，"母后不准的理由是什么？因为不是伍家人，不是伍家的一颗棋子？"轻蔑地撇撇嘴："真可笑，今天是本公主要嫁人，又不是母后你，别在我身上打什么如意算盘了，最好赶快死心！"

皇后霸气地拍桌，大声喊道：

"放肆！本宫毕竟也是生养你的母亲，你再不孝，也不准用这样的口气和本宫说话！"

兰馨怨怒地看着皇后：

"这时候就搬出母亲的身份？你何曾有一个母亲的样子？"咄

咄逼人地说："你有真正走入我的内心，站在我的立场想过吗？要我敬你是一个母亲，你就先和伍震荣断得干干净净，不要淫秽了后宫！何况那伍震荣，和母后是亲家，和云妃娘娘也有一腿呢！"

卢皇后恼羞成怒，用力甩了兰馨一个耳光。

莫尚宫、崔谕娘双双拦阻不及，目光震悚着。皇后怒视兰馨：

"跟你说过多少次，本宫和伍震荣的事情你无权干涉，你不要动不动把那些狠毒的话，抬出来攻击本宫！"

兰馨抚着被打的脸颊，愤恨地喊道：

"你口口声声说是我的母亲，可你却一次又一次为了那个畜生打我！"暴怒地说："我恨死那个伍震荣了，既然你说我无权干涉你，那么你也无权干涉我的婚姻！"大吼，"我就是有千百个决定，也要嫁给袁皓祯！"

"你有千百个决定，本宫还有万把个法子可以阻止你，你可别嚣张了，这个天下还轮不到你做主！"皇后威胁着，再不看兰馨一眼："莫尚宫，我们回宫！"

兰馨看着皇后出门的背影，气得直发抖，一把推翻了桌椅出气，疯狂大喊：

"本公主要离开这个皇宫，本公主要赶快离开这个破地方！"

莫尚宫陪着气呼呼的皇后回到密室，就着急地说道：

"不是说好，要好好劝兰馨公主的吗？怎么母女一见面，就闹得水火不容？兰馨公主的脾气，皇后娘娘您是最清楚的，唉！现在闹成这样可怎么好呢？"

"本宫不想再提公主的事了，她以为她翅膀硬了，可以为所欲为，还早得很！"皇后冰冷地说，一想，问莫尚宫，"本宫让你把荣王找来，怎么还没到？"

莫尚宫勇敢地进言：

"娘娘，请恕奴婢斗胆，您和荣王还是少见面吧！尤其公主现在反应那么激烈，还是不要再节外生枝了！"

皇后严峻的脸色变得铁青，怒喊：

"大胆，现在连你这个女官也敢对本宫指手画脚！"对莫尚宫毕竟有些忌惮，勉强压制了脾气："现在本宫心乱如麻，要处理的事情千头万绪，暂时饶了你一次，下次不准你再多嘴！"

"奴婢遵旨！"莫尚宫无奈地说。

正说着，伍震荣已经跨门而入，匆忙地来到卢皇后面前，急促地问道：

"皇后殿下，这到底是怎么回事？到处传言公主的驸马已经选定了袁皓祯？咱们不是计划好，这个驸马爷一定要给方汉阳的吗？何况那刘照阳……"

皇后对莫尚宫等人命令：

"你们都退下！"

莫尚宫冰冷地对震荣行礼后，便带着屋内宫女一起离开，关上房门，皇后这才问：

"刘照阳怎样？"

"那刘照阳是个胆小鬼，听说被汉阳审了几次，就把乐蓉、项麒都招了，连皇后您……也给供出来了！最糟糕的是，太子已经插手管起这宗案件，直接把案子调到他那东宫里面去了！皇后知道太子那儿，等于有个小朝廷，连大理寺和刑部都得配合办案，这事恐怕会闹大！"

"太子怎么会牵涉到这件案子里来的？"皇后大惊，"你那美人计没用吗？"

"别提我那美人计了，太子对那四个美人，一个也不碰！至于太子知道卖官的事，如果下官得到的密报属实，根本就是窦寄南带着太子去抓刘照阳的！"

皇后脸色大变，绕室徘徊，把脚下一个陶器，一脚踢飞撞墙破碎了一地。

"本想让那太子多活几年，看来，必须马上动手！"皇后咬牙说。

"这可不好办！"震荣神色一凛，接着说，"太子府几乎是铜墙铁壁！向来皇上和太子，都有心结，偏偏你这个皇帝，对太子全然信任，还当成宝贝捧在掌心！不论是他办事的东宫，还是他住家的太子府，都有卫士高手林立，这事必须计划周全才行！如果皇后信得过下官，让下官先计划一下！"

皇后眼色阴沉地深思：

"太子那儿不好办，就先从寄南皓祯下手！杀一个是一个！"

"是！下官会快马加鞭，加紧行动！"伍震荣眼光阴狠地看着前方。

这天，太子府中来了稀客。花园中，乐蓉公主面带愠色，带着宫女卫士们，浩浩荡荡进门，刚好太子要出门，两方人马，在花园就撞个正着。太子看乐蓉脸色不佳，把乐蓉带进书房中，屏退双方左右，才若无其事地问道：

"乐蓉公主突然来访，是不是为了刘照阳的案子？"

乐蓉毫不客气地回答：

"太子，你好歹是我弟弟，但是我娘是卢皇后，比你娘地位要高得多，何况你娘陆妃也过世了……"

太子打断乐蓉：

"你不是到我这儿来比谁的娘来头大吧？"

"那我就有话直说了！你这太子深受父皇重视，想建立什么功绩我管不着，但你最好不要管到我夫家和母后的身上。你要搞清楚，母后和伍家，不是你可以栽赃的！你别偷鸡不成蚀把米！"

"如果你和母后，行得正坐得端，又何必怕我去查呢？"太子坦荡地问，一脸的正气，"你们卖官枉法，难道还有理来威胁本太子？"

"所以你准备做绝了？一定要闹到父皇和朝廷上去吗？"乐蓉气势汹汹地问。

太子正色地回答：

"首先，请你把自己的气焰收下去，也请你搞清楚你现在是对谁说话，我想怎么处置贪赃枉法的人，那是我的事情，你无权过问！倒是该问你的良知是否还在？"

"好！"乐蓉怒道，"父皇有权力立你为太子，母后也会有能耐将你踢下来，你不要得意得太早，再继续对付母后和伍家，你只会自食恶果！"

乐蓉身边的女官姚谕娘，是唯一留在书房里的人，赶紧拉着公主手，提醒地说道：

"公主请回府吧！这儿隔墙有耳，还是少说几句吧！"好言好语劝着："走！咱们回府去！"

乐蓉被姚谕娘拉着走，知道再说也无用，愤然转身，向书房门口走去。太子喊着：

"青萝、白羽！送乐蓉公主出门！"

青萝和白羽立即出现在书房门口，清脆应着：

"是！奴婢恭送乐蓉公主！"

青萝带着路，笑靥如花地看着公主，乐蓉一看是青萝和白羽，不禁大大一愣。这两个歌伎不是项麒调教，送进太子府当密探的吗？怎么太子会让她们两个来送她呢？心里顿时浮起无数疑惑。众人走进花园，太子也跟到花园，只听到青萝笑嘻嘻说道：

"公主请走这边！曲径通幽，花木扶疏，今天又是阳光普照，这条路是花园里最美的！到了太子府，不能错过花园！"

什么曲径通幽、花木扶疏、阳光普照？乐蓉满腹狐疑。突然心头一跳，有点明白了。这阳光普照四个字，不是嵌着"照阳"的名字吗？难道青萝在为刘照阳的案子，给她打暗语？她急忙去看青萝，低问：

"你在说什么？"

"回公主，没什么！就是请公主赏赏花！"青萝笑得坦荡，毫无心机地回答。

乐蓉无法明问，心里七上八下，看了青萝一眼，故意提高声音，愤愤地说：

"本公主不是到这儿来赏花的！难道驸马府还缺花吗？笑话！"说着就不理青萝，抬头挺胸，带着众人而去。

太子看着这一幕，直到乐蓉等人都走了，回头对青萝一笑。

"你说那些，是在玩什么花样？"

青萝四顾无人，只有邓勇在远远护卫着，就轻轻对太子说道：

"回殿下，这乐蓉公主什么都怀疑，但是脑袋不灵。以前也让奴婢吃了很多苦，刚刚忍不住要戏弄她一下，故意说了个阳光普照，这一下，她回去和那位驸马爷，要白白辛苦很多天，去推敲我这'曲径通幽，花木扶疏'了！"青萝偷笑着。

"哦！"太子说道，"你拐着弯报个小仇！也算你机灵！哈哈！"他再看向公主消失的方向，伤感地自言自语起来："始以险技悦君目，终以贪心媚君禄。"摇头说，"奈何啊奈何！姐弟一场，逼我反目成仇吗？可惜可惜，险竿儿不听物语，悲也！"

"殿下，"青萝接口，"乐蓉公主没有险技，她是'始以公主悦君目，终以贪心夺君禄'，这种靠身份发达的险竿儿有一大堆呢！只怕竖起来成为黑暗丛林，躺下去成为危险滑梯，多少忠心爱国的人，都会葬送在这些险竿儿手里！"

太子心中一震，看着青萝，这样一个小小女子，只因为命运坎坷，辗转进过驸马府、荣王府，再到太子府。她的所见所闻，心灵感触，必然深刻。几句话就说中要害，点出了目前朝廷上的重重危机！他的脸色不能不沉重起来。对青萝，也不能不刮目相看。

与此同时，皓祯、寄南、灵儿带着小乐，来到吟霜那乡间小屋，个个都脸色不佳。小乐一进门就喊着：

"姨婆、香绮！给大家沏一壶好茶，拿些好吃的点心，然后咱们就出去院子里守着，公子王爷们有事要谈！"

吟霜正坐在桌前整理药材，听到声音，就抬起头来看大家，眼里带着询问，心里已有答案。香绮、常妈急忙泡茶的泡茶，拿点心的拿点心。悄眼看着皓祯、寄南，见没有任何人带着笑容，连寄南都皱着眉头。全部震悚着，急急忙忙出房去。

房里剩下吟霜、皓祯、寄南、灵儿四人。吟霜起身，了然地问：

"计策失败了？公主还是选择了皓祯，是不是？"

"你不要急！"皓祯急切地说，"皇上下旨之前，什么事都可能有变化！我们现在得到的宫中消息，是皇后和公主各有主张，皇后选了方汉阳……"

"公主选了你？"吟霜凝视皓祯。

"你不是有妙计吗？你怎么越搞越糟？"灵儿生气地一推寄南，"那个方汉阳就是我假死那天见过的大理寺丞吗？我看他长得挺英俊的，他对公主也有心，还加上你这个军师，怎么会出错？"

寄南有苦说不出，对吟霜歉然地行礼说道：

"对不起！我弄巧成拙！这方汉阳演出失常，大概得失心太重！至于皓祯嘛，我就说让他眼睛眯小一点，装得畏缩一点！他偏要凶巴巴耍狠耍武功，把公主摔来摔去，结果……"

"结果公主慧眼识英雄，更加认定了皓祯！"吟霜打断寄南的话，一叹，"我在治疗祝大人时，见过那大理寺丞方汉阳，不管他多么英俊有才，公主看中的还是皓祯！"

"吟霜，你别误会！"皓祯急道，"我真的想尽办法，把我最傲慢无礼的态度都拿出来了，我就不明白，那公主是昏头了吗？

怎会要我这样凶恶的驸马？"

"你不明白吗？我是明白的！"吟霜注视着皓祯。

"你明白什么？"皓祯一怔问。

"明白公主不是一个庸俗之辈，也不是一个养在深宫、毫无思想的人！她看上了皓祯，只因为……"吟霜看着皓祯说，"你太杰出了！管你眯眼睛还是不眯眼睛，凶巴巴还是缩头缩脑，你都是那些王公子弟里，最抢眼的一个！我想，这事不论皇后怎么想怎么做，都改变不了！皓祯，你一定是驸马！"

"不是！绝对不是！"皓祯激烈地喊，"现在皇上忙着招待吐蕃来的王子，一时之间，还不会宣布这婚事！我和寄南商量，继续努力！"就握着吟霜的手，看进她眼睛深处去："相信我！我才是这婚事的当事人，我不点头，谁也不能勉强的！"

"你再想办法呀！"灵儿捶了寄南一拳，"总不能让吟霜当皓祯的二夫人吧！一定要当大夫人！"加强语气地再说一遍："原配——大夫人！"

寄南心情也不好，推了灵儿一把，没好气地说：

"喂！你别忘了身份，你是我的小厮，怎么动不动就推我打我？"

"你是个狗头军师，我是个冒牌小厮，我这个冒牌小厮，就打你这个狗头军师！"

"好好好！"寄南投降了，"狗头军师等到国宴后再想办法！"忽然对灵儿深思地一看："这国宴伍震荣和方汉阳都会参加，我带你去！你能不能安安静静站在我身后不出声？我想试试看你这种女扮男装，会不会被他们认出来？"

"好呀好呀！我正想进宫看看！我保证不会被认出来！"灵儿兴奋起来。

"听说伍项魁不会参加国宴，你要避开的就是伍项魁！其他见过一面的人都不怕，何况，大家早就认定灵儿死了！不过，万一认出来呢？"寄南问。

"打死不承认就是了！"灵儿说着，就用男声说话，"我现在是个男人，不折不扣的男人，知道吗？"

寄南和灵儿吵吵闹闹，吟霜却只是安静而深情地看着皓祯，皓祯握紧她的手，也目不转睛地看着她。吟霜眼中，满是无憾无悔和无求的深情，只有付出，全心全意的付出。皓祯眼中，满是坚强坚定和坚毅的保证，只要相守，独一无二的相守。

灵儿终于如愿，用男装身份，参加了皇上的国宴。国宴在皇宫的宴会厅举行。皇上坐在正中的餐桌上，后面站着曹安和几个随身太监。宴会厅摆满了考究的方形矮桌，大臣宾客都每人一桌。吐蕃王子坐在主客的位置。每桌中间留着上菜的走道，宫女太监们轮流穿梭在各桌之间，上菜斟酒，川流不息。每个大臣或吐蕃王子，身后都站着一个小厮。太子身后是邓勇，皓祯身后是小乐，寄南身后是灵儿。

灵儿是特别化装过的，穿着一身贵族的小厮服。脸上的肤色上了妆，是健康的、男性的红褐色。眉毛特别画粗了，依旧把眉梢画成剑眉，双眉入鬓，很有气势。也不知道她怎样弄的，居然让眉骨突出，显得眼睛特别深黝。鼻子变高了，嘴巴也变大了。乍然看去，怎样也认不出是灵儿。只是，寄南看来看去，还是有些不安，因为这个小厮，实在太漂亮出色了一点！他建议弄个络腮胡，被爱漂亮的灵儿断然拒绝了。

大家入座，皇上对王子举杯：

"来来来！让朕和大臣们，一起敬我们的贵宾，吐蕃王子！"

大臣都对王子举杯，王子也举杯，大家欣然干了杯。王子就用吐蕃话说道：

"自从我们吐蕃被皇上照顾，父王对陛下非常感恩。但是，我国每年进贡的牛、羊、马匹实在太多，不知道陛下能否减少贡品，让吐蕃的老百姓，能够养活自己！"

皇上听不懂，急喊：

"礼宾司，礼宾司，他在说什么？"

礼宾司糊弄阿谀地起身说道：

"陛下，他一直在说，感激陛下对他们的照顾，他们会每年进贡很多的礼物来！只要陛下开口，他们就照办！"

灵儿背脊一挺，用男人声音冲口而出：

"胡说八道！他说的根本不是这样！"

众人都惊看灵儿，寄南赶紧回头示意，低语：

"裘儿，你闭嘴！这儿不是你发表意见的地方！"

太子惊奇地看向灵儿，对寄南说：

"你何时多了一个小厮？为何不许他说话？"

"这小厮口没遮拦，"寄南担心地说道，"还是我那'来旺'比较好！来旺一走，这裘儿就报到了！"

灵儿站在皓祯对面，就气呼呼对皓祯比手势，表示她听得懂。又悄悄指指礼宾司，表示他在胡说八道。皓祯懂了，忍不住开口：

"陛下，寄南这个小厮，有点语言天才，他常常在胡人聚集的西市走动，认识丝路的胡人朋友，能听懂好几种胡语！或者，让他翻译，比礼宾司更正确！"

"是吗？"皇上就看着灵儿问道，"那么，这王子说的是什么？"

灵儿挺直背脊，侃侃而谈：

"陛下，他说每年上贡太多，他们的老百姓都快活不下去了！希望陛下开恩，减少贡品，让他们能够生活！"

"这是什么话？"伍震荣脸色一变，完全没认出灵儿就是大闹荣王府的女刺客，语气不佳地质问灵儿，"你这小厮，到底听得懂还是听不懂？"

"卑职当然听得懂！"灵儿就看着王子，用吐蕃语说道，"你这次来，带了多少贡品来？"

"牛五百头，羊五千只，良马三千匹！"王子说道。

灵儿从没听过这样的数字，惊奇着，用吐蕃语对王子喊：

"哇！三千匹！这长安城的马匹大概都是你们贡献的！"就对皇上说道："陛下，他说，他这次带的贡品有牛五百头，羊五千只，良马三千匹！不知道是不是？"

"贡品是谁收的？有没有这些？"皇上问。

"陛下，贡品进长安，浩浩荡荡，臣亲眼目睹，确实没有错误！这位小兄弟翻译得完全正确！"汉阳回答。

皇上惊看灵儿，再看王子，说道：

"原来牛羊马都是吐蕃过来的！良马三千匹，确实太多了！"

"不多不多！咱们东征西讨，良马多多益善！"伍震荣急道。

皓祯忍不住插嘴：

"陛下，这吐蕃地方，就靠牲畜为生，生活非常艰苦！马是他们交通迁移的必需品，牛羊更是他们的主要食物，实在不该规定太多贡品数量！"

"陛下，进贡是他们的好意，不是我们的压榨，治国要收心！"寄南接口。

太子深有同感，立刻附和着皓祯和寄南，更加深刻地说道：

"父皇，皓祯和寄南言之有理，本朝是泱泱大国，要有大国的气度！如果真正需要吐蕃的良马，可以用买的，或者以物易物！"

皇上看太子、寄南、皓祯一眼，对这三人实在疼惜，急忙说道：

"好了好了！就听几个小辈的！王子，贡品只是你们的心意，有也好，没有也罢！"

灵儿开心，急忙对王子说道：

"皇上说，贡品随便你们送不送，你赶快谢恩吧！"

王子大喜起立，以吐蕃国礼仪对皇上行礼谢恩：

"陛下宏恩！"一转头看看灵儿，再对皇上行礼道："臣还有一个请求，不知道这位小兄弟，能不能送给臣？让臣带他回到吐蕃，成为两国沟通的桥梁！"

"什么？要我跟你去吐蕃国？"灵儿大惊。

寄南听不懂吐蕃话，见灵儿满脸震惊，急问：

"裘儿，他说什么？"

礼宾司为报一箭之仇，大声说道：

"陛下，这位王子要了靖威王这位小厮！要带他去吐蕃国，当他的小厮！陛下宏恩，也照准吧！”

寄南大震，一跳起身，打翻了面前的酒杯，急喊：

“不行不行！我这小厮不能送人！绝对绝对不能送人！”

伍震荣冷眼旁观，见灵儿俊俏机灵又帅气，就看好戏地说道：

“为什么不能送？只是一个小厮而已！为了和吐蕃交好，连公主都可以和亲，一个小厮算什么？”对皇上说道：“陛下，就答应这位王子吧！”

皇上还在犹豫，寄南急得脸红脖子粗，一迭连声喊：

“陛下！不行不行！千万不能答应！这小厮这小厮……”

皇上不解，却关怀地看着寄南问：

“这小厮如何？”就安抚地对寄南说：“你就把这小厮送给吐蕃王子吧！朕另外赐你五个小厮！”

太子也不解地看着寄南，不进入状况地说：

“这小厮会说胡语，反应也快，怪不得寄南喜欢。但是，为了和吐蕃国建立良好关系，寄南就割爱吧！”

皓祯一急，起立说道：

“陛下，殿下，这小厮跟寄南感情深厚，跟在身边多年，像兄弟一样，君子不夺人所好，还是把礼宾司送给吐蕃王子吧！”

伍震荣不解地、疑惑地看着寄南，意有所指地说：

“感情深厚？跟在身边多年？不能送？”

寄南眼看连太子都帮忙，要送走灵儿，皇上也不会为了一个小厮，伤了和吐蕃交好的机会。又听到伍震荣明讽暗刺的一番话，又怒又急，也没细想，就冲口而出地说道：

“是的！正是荣王所想那样！陛下，我招了！臣有‘断袖之癖'，这小厮是臣的男宠，臣说什么都不会把他送人！这样，陛下谅解了吗？"

灵儿听不懂什么断袖之癖，困惑地睁大眼睛。皓祯没料到寄南会冒出这样一句话，也惊愕地睁大眼睛。皇上更是大为惊奇，不敢相信地瞪着寄南。太子稀奇至极，看着寄南深思回忆，不解地说道：

"哦，寄南还有此癖，本太子也是第一次听到！"看到寄南脸红脖子粗，显然是真的急了，不管怎样也要帮助兄弟般的寄南。就看着皇上，微笑道："父皇！大庭广众之下，寄南都情急招认了，只好让寄南保有他的小厮吧！"

皇上头痛、皱眉地看着太子，又皱眉看着寄南。心想，怪不得这小子至今不娶妻，原来是这么回事，难免有点失望。见寄南情急，只得点头。

袁柏凯、方世廷、伍震荣、忠孝仁义四王和诸多大臣，个个睁大眼睛，惊奇地看着寄南和他的"断袖小厮"，只有吐蕃王子莫名其妙着。

宴会终于结束，太子、皓祯、寄南、灵儿、小乐、邓勇等人从宴会厅出来。太子和寄南就很有默契地把众人带向西面的一个偏门走去，这条御花园的小径，是宫中最安静的角落。四顾无人，太子就哼了一声，说道：

"寄南，我要审你！跟你从小一块儿长大，从来没听说你有什么断袖之癖，也从来没见过你这个小厮……皓祯，我也要审你，你帮着寄南圆谎，有没有把我这兄弟放在眼里呀？"

"太子殿下，把裘儿带来，是寄南的失误！"寄南苦着脸说，

"今天本王栽在这个小厮身上了，简直有苦说不出！"

灵儿早已打量了太子很久，此时，忍不住喊道：

"原来在永业村的'大人'，就是太子呀！吟霜还命令你去提水烧火……"就绕着太子转，打量太子，"没错没错！刚刚在国宴上，我只注意皇上和吐蕃王子，忙着要翻译，都没认出来！"

皓祯四面看看，警告地说：

"唉！这儿是御花园，大家说话小心！"

"小心什么？四面都没人，客人早就散了！"灵儿说。

太子盯着灵儿看，认出来了，大惊：

"哎呀！原来是永业村见过的那位姑——"赶紧改口，"那位小厮！连名带姓喊着你的小厮……"盯着寄南，笑，"我这下明白了！"

"你明白什么了？"寄南问。

"当然明白你为何有断袖之癖了！"皓祯接口。

灵儿忽然一拳打在寄南身上，迷糊地说：

"这个'断袖之屁'是个什么屁？听不懂！为什么你一说，大家都呆住了！"看太子，发现自己还没行礼，赶紧说道："裘儿见过太子大人！"

"唉唉，要说太子殿下，不是人人都能用大人称呼的！"寄南纠正。

"太子殿下，裘儿看你是好人，学问一定不错！"灵儿问太子，"那个断袖之屁是什么屁，你能不能告诉我？"

"裘儿，这个你就别问，根本不需要懂！"皓祯暗笑。

"怄死我了！"寄南别扭地说道，"在这国宴上，逼得我说出这四个字！"忽然对灵儿一瞪眼："叫你不要出声，你还真能干！比皇上的话还多！"

"我不说，让那个礼宾司欺侮吐蕃王子吗？"灵儿也瞪眼，"三千匹马耶！"就问太子："太子殿下，那个断袖是断了的袖子吗？"

"不错！"太子忍着笑，"确实是断了的袖子！"

灵儿这下更加糊涂了，纳闷地说：

"我只知道狗屁马屁，从来没听说过断了的袖子还能放屁！"

太子扑哧一笑说道：

"寄南，你这位小厮太有趣了！你舍不得给吐蕃王子，给我如何？"

"裘儿今天可真出风头！寄南，咱们的启望哥要，你就送了吧！"皓祯说。

寄南面红耳赤，看着皓祯等人瞪眼：

"什么好兄弟，都是幸灾乐祸的人！"

"你们这些大人太奇怪了！"灵儿喊道，"当着皇上能说，就不告诉我意思！"转身对小乐一凶："你知道还是不知道？赶快告诉我！"

小乐忍着笑，不敢不说。

"就是……"小乐附在灵儿耳边悄悄说了什么。

灵儿瞪大眼，回头又给了寄南一拳，骂道：

"你会不会编理由？这个断袖子还是断袍子的毛病，你也说得出口！"

太子赶紧忍住笑，提醒：

"走好了！这可是御花园！要打架也等出了这皇宫！"

十七

出了皇宫，就看到鲁超一身黑衣劲装，带着几个黑衣卫士，拉着几匹马，也没掌灯，如同热锅上的蚂蚁，正在东南西北各个门悄悄窥探着，此时，看到太子、皓祯等人从西门出来，立刻就迎上前去。神色慌张地说：

"太子、王爷、公子，不好了！出事了！"

"出什么事了？"皓祯紧张起来。

"伍震荣的人马把绸布庄、铁匠行都抄了！"鲁超低语，"兄弟死伤严重！绍兴酒楼那边有一份从幽州送来的密函，还不知道有没有落到他们手里？"

皓祯和寄南脸色大变。太子一惊问：

"是'天元通宝'出事了？咱们的据点，不是最大的机密吗？是谁泄露了地点？"急喊："邓勇！你赶紧去府里调人！"

皓祯当机立断，紧张地对太子说道：

"启望哥，你赶快回府，不管发生什么，都要装不知道！你的地位如果泄露了，'天元通宝'都栽了！'木鸢'也白忙了！你是我们大家洒热血、抛头颅保护的人呀！天元通宝是为了皇上和你才成立的呀！"

太子一想，赶紧说道：

"好好！"喊道："邓勇！我们回府！"再看二人："皓祯、寄南，小心！"

一辆马车悄悄过来，太子和邓勇就跳上马车疾驰而去。

寄南见太子走了，就对皓祯匆匆道：

"来不及了，快到我府里换衣服，速速抢救绍兴酒楼！"

"绸布庄、铁匠行那儿受伤的兄弟们，卑职已经让他们去米仓的地窖避难，现在急需大夫！"鲁超又匆匆说道。

"鲁超！"皓祯对鲁超匆忙交代，"你召集一下没受伤的兄弟，去绍兴酒楼支援我们！"对小乐交代："小乐！你立刻弄一辆不起眼的马车，到吟霜姑娘那儿去，让她把所有的救伤药品，她爹留下的救命药，全部带着，还有干净的棉布剪刀针线这些东西，她会缝伤口，连剖腹取胎都会！现在能够支援的大夫只有她了，让她立刻赶到米仓去给兄弟们治伤！"

鲁超、小乐匆忙离开。寄南抓着灵儿脖子，警告地说：

"你不许多问，跟着我们一起行动！"

灵儿感到气氛紧张，惊讶地问：

"发生什么事了，还要吟霜来帮忙？什么行动？"

寄南捂着灵儿的嘴，将灵儿抱上马背。

不到一炷香的时间，皓祯、寄南和灵儿已经换上了黑色的夜行衣，外面有披风，头上戴着有黑纱帘可以遮住脸部的大圆帽。

众人策马，飞奔到绍兴酒楼，与鲁超等天元通宝弟兄会合。弟兄们全部黑衣蒙面，头戴大帽。

寄南等众人在酒楼外远处下马，悄声躲于暗处，缓慢接近酒楼，观察着酒楼动静。只见酒楼外表一切如常，客人饮酒声音此起彼落。皓祯与寄南蹑手蹑脚打前锋，继续前进着。寄南乐观地对皓祯悄声说道：

"看来酒楼还没有被抄，咱们快进去通知掌柜！"

"先观察一下！"皓祯警告地低语。

皓祯话才说完，由伍项魁带领、躲于暗处的羽林军通通出现，将寄南、皓祯团团包围。两具尸体突然被抛在寄南和皓祯面前，两人定睛一看，赫然是掌柜和店小二的尸体！两人大惊大痛，还来不及反应，伍项魁已得意扬扬说道：

"在这儿等了一个晚上，果然挺值得的，这两个乱党贼窝已经被我们剿灭了，你们肯定是乱党的同伙吧？如果是个人就把你们的帽子摘下来，让本官瞧个清楚！"

寄南和皓祯不能出声，不能暴露身份，只能透过眼前遮盖的黑纱帘看着眼前的状况。寄南满心愤怒，咬牙切齿，在内心发誓：

"果然是伍震荣派这个狗儿子出来作乱，利用国宴，杀我兄弟，我要你作陪！"

"你们还不出声？敢情是一群哑巴？"伍项魁喊着，"行！本官忙了一晚上也够累了！"从袖子里掏出密函，挥舞着："这应该是你们急着想要毁灭的密件吧？哈哈哈！"踢着地上的尸首，"他们俩来不及烧毁，只能怪你们乱党平时训练不周，有本事你们就抢回去，没本事就自动弃械投降！"

寄南一怒，立提内力，一招"风摆杨柳"，欺身而上，反脚一踢，快速踢飞了伍项魁，密函落地。伍项魁倒地痛喊：

"给我杀了这群黑衣人！谁斩了他们的脑袋，本官重重有赏！"

寄南和皓祯很有默契地互相对望，点头暗示，双双奋力拔剑开战。灵儿、鲁超与所有黑衣蒙面人现身，一拥而上与羽林军对打。灵儿见猎心喜，想道：

"原来是要教训那个蛤蟆王！我今天就刺死你这个王八乌龟！"

灵儿火速冲到皓祯和寄南身边，三人围攻伍项魁。一群羽林军拥入护着伍项魁，打散了灵儿、皓祯和寄南。皓祯见机欲抢回落地的密函，却被若干羽林军围攻，皓祯不愿伤到羽林军，只能闪躲跳跃，眼光看着地上的密函。寄南、灵儿也想抢夺滚在地上的密函，两人联合应付敌人打得如火如荼。

寄南一边打杀，迅速将密函踢向皓祯，但却被羽林军截下踢给伍项魁。密函被踢到伍项魁脚边，伍项魁正想弯腰捡起密函的同时，突然皓祯使出一招"大鹏展翅"，如同一只大鸟，凌空快速飞跃而来，一把劫走了伍项魁脚边的密函。但在劫走密函同时，右手臂被羽林军划了一刀，立刻鲜血直流。伍项魁不及应变，大喊：

"通通给我抓起来，抢回密函！"

灵儿趁杀敌空隙，灵敏地踢起一块石头，像射飞镖将石头射向伍项魁的脑门，用山东腔的男子声音说道：

"抢密函？我请你吃蜜饯！"

伍项魁被石头砸到脑袋，痛得一愣，手捂着额头一摸，这才发现手上都是血，气得跳脚大骂：

"居然敢对本官使用暗器！"大喊："杀！通通杀死这帮混蛋！"

皓祯劫走密函，飞快杀进寄南和灵儿身边护航，说道：

"掌柜已经牺牲，密函夺回，兄弟们快撤！"

"你受伤了？"寄南担心地问。

"一点小伤，不碍事！背对背，冲出重围去！"皓祯吹了一声暗示口哨。

鲁超带着若干负伤的黑衣兄弟听到哨声速速撤退。

只见皓祯和寄南、灵儿三人举着长剑，三人背对背像画圆般地向羽林军一扫。羽林军纷纷退后。骤然间寄南、皓祯夹带着灵儿，两人同时一提内力，一招"扶摇直上"，三人向天上旋转跃起，三个黑影就飞向夜色的星空，消失无踪。

伍项魁看得目瞪口呆，醒神后才大喊：

"追啊！要把可恶的乱党一网打尽！"

皓祯、寄南、灵儿、鲁超四人冲出重围，就驾着四匹骏马在夜色里狂奔，黑色披风随风飘扬。一阵疾风劲马地奔驰，沿路驾驾驾地喊着。皓祯边跑边交代鲁超：

"快把受伤的兄弟集中到米仓治疗！伤亡情况到米仓汇报！绸缎庄和铁匠铺那儿再搜寻一次，看看有没有漏掉的受伤兄弟？分散前进！"

"是！"鲁超和一帮黑衣兄弟瞬间散开，各自飞奔而去。

在米仓的地窖里，受伤的兄弟们东倒西歪，流着血，呻吟着。寄南、皓祯、灵儿谨慎地打开地窖门，再赶紧关好。寄南一见健在的兄弟们，急问道：

"你们伤势如何？"

"有的轻，有的重，流了不少血，恐怕要立刻治疗！"一个兄弟回答，严肃伤感地补了一句，"司马师爷和赵师傅他们都遇难了！"

"还有铁匠铺的老陈、卖茶叶的张寿都牺牲了！"另一位说道。

"我知道……"皓祯心痛已极，"所有情况我都了解了，你们身边该销毁的东西都销毁了吗？没有留下任何麻烦吧？"

"放心！我们都知道该怎么做！只是……绍兴酒楼那边……"

"绍兴酒楼的沉掌柜也走了，不过所幸，幽州来的密函，我们夺回来了！对方也被我们打伤不少！"皓祯沉痛地说，"因为不想伤到羽林军，这场架打得极不公平！哪有这种事？朝廷官员带着羽林军，打我们这些为国尽忠卖命的兄弟！"

鲁超小心翼翼地带着数位受伤弟兄进入地窖。寄南赶紧帮忙安置，不断说着：

"各位弟兄辛苦了！"

灵儿立刻麻利地检查众人伤势，低声喊道：

"我们需要干净的清水，来清洗伤口！哪儿有水？我们马上行动！"

"在米仓院子里有一口井，不过要冒险出去提水，不能让人看见！"寄南说。

"我可机灵出名的，绝对小心，我这就去打水！"灵儿说着，就迅速悄悄出门去。

"兄弟们，再忍耐一下，女神医应该快到了！"皓祯一面安慰着伤者，一面帮呻吟的兄弟们挽袖子、裤管，让伤口露出来，以便治疗，看到伤口严重，不禁深深担忧着。

灵儿在井边悄声地打水，心里在回想着今晚这场大战，真没料到，前一刻还在国宴上出风头，后一刻就在街头大打出手，还是和那个癞蛤蟆打！她想得出神，寄南悄悄走近她身边，干咳两声，压低声量说道：

"喀喀！今晚的事，是会杀头的大事，你要死守秘密，知道吗？"

"知道个鬼！"灵儿突然踢寄南一脚，"反正跟癞蛤蟆打架就是正事，先治疗这帮兄弟要紧！"将打好的水推给寄南："快送水下去！"

寄南龇牙抚着被踢疼的小腿，小声抱怨：

"你就不能温柔点啊！本王打了一夜的架，兄弟伤的伤、死的死，已经又气又累又恨又心痛，这下还被你这个小厮踢！"

"心疼受伤的兄弟，就赶快帮忙送水，忘记你是王爷吧！"灵儿提起一桶水。

"是！"寄南不由自主应着。这会儿，灵儿像个王爷，他倒像个小厮。

灵儿和寄南提水进入地窖里，赶紧帮兄弟们清洗伤口。鲁超正在向皓祯紧急报告：

"受伤的兄弟都集中在这儿了！有十四名兄弟！都是刀伤剑伤！"

地窖门打开，小乐带着吟霜和香绮，抱着许多棉布医药用品和药箱，奔了进来。皓祯立刻迎上前去，对吟霜歉然地说道：

"没办法，只能把你找来救命！兄弟受伤严重！"

吟霜看到皓祯血湿衣袖，惊痛地喊：

"给我看你的伤口！"拉起他的右手，喊道："香绮！剪刀！"

香绮立刻递上剪刀，吟霜飞快地剪开衣袖，察看伤势。皓祯着急地说：

"别管我！先去治疗那些兄弟，他们都比我严重！"

"我知道！我会先治疗他们的，但是要先帮你止血！香绮！布条！"

香绮递上布条，吟霜在皓祯右手上臂处打结止血，再用三角巾吊住他的手臂。

"吟霜，快来看这位兄弟，我已经帮他清洗过，可是伤口太深了，还是一直流血怎么办？"灵儿在一个受伤的兄弟身边，着急地喊着。

吟霜就奔到那位伤者前，看看伤口，对伤者说道：

"我爹是神医，教了我缝合伤口的技术，我现在要把每位的伤口，能缝合的都缝合，这样，七天后我再来拆线，伤口就愈合了！"看看寄南等人，清脆而有条理地吩咐："小乐，你负责提水；灵儿，你负责清理伤口；香绮，你负责给我过火的针线和银针；鲁超、寄南，你们要找些门板来，搭成床，让重伤的人躺着，我也比较好工作！大家立刻行动吧！"

"那我负责什么？"皓祯急问。

"你坐在那儿别动，免得伤口再流血，就算帮我了！"吟霜头也不回地说。

众人立即分工合作，各人忙各人的。迅速地，一张简易的床榻搭起来了。鲁超把伤得最重的病人抱上床。吟霜喊：

"鲁超！扶他坐起来！"

鲁超扶着伤患，让他坐起，小乐也来帮忙，扶着另一边。吟霜就站在伤者身后，两手贴在伤患的背部运功，嘴中虔诚地低念口诀。

"吟霜，你……"皓祯想阻止，看着受伤的兄弟，忍住了。

伤患躺回床上，吟霜站在床前，拿起银针，给伤者扎针。伤口是很深的一道刀伤。吟霜用安慰的眼神，温柔地看着伤患，说道：

"我要缝了！你不会痛的！"回头叮嘱香绮："上次郑婆婆那儿，你看我做过，应该很熟悉了！每根缝线的针都要在火上烤过！小乐，点根蜡烛来！"

小乐忙着送上蜡烛，香绮忙着把针烤过。吟霜说完，就对着伤口周围一寸左右，用手拂过再运气功止痛。香绮递上针线，吟霜就在伤口上穿针引线地缝了起来。

"真的不怎么痛！只有一点点痛！"伤患不可思议地说。

皓祯一眨也不眨地看着吟霜工作。紧紧地盯着她，眼光没有须臾离开过她的动作。室内忙碌着，但是也个个好奇地、紧张地、安静地看着吟霜缝合伤口。吟霜重复扎针、在伤口周围用手运气止痛，缝合、打结、剪去线头。伤者不断更换着，吟霜脸色逐渐苍白，额上沁出汗珠。皓祯看着她眼神，越来越关心和担忧。

灵儿拿着手帕帮吟霜拭汗，说道：

"吟霜，你要不要先休息一下？你好像很累了！"

"不行！"吟霜坚决地说，"我要快快治完这些兄弟，要不然，皓祯也不肯先治疗的！小乐，提一盏灯过来，这个伤口我有点看不清！”

“来了！我来照着！”小乐又提了一盏灯来。

寄南和鲁超已经架好了许多床，寄南走到皓祯面前问：

“你还好吧？”

“还好！”皓祯心不在焉地说，眼中只有吟霜那专注的神情和忙碌的动作。

“我们是不是应该看看那封密函？看完了马上毁掉？”寄南说。

一句话提醒了皓祯，赶紧回神，掏出密函，打开一看，只见密函上写着：

“山水悠长，百花怒放，歌舞升平，眼观四方”，没有署名。

“不是说是幽州送来的密函吗？这像是木鸢的语气！”皓祯惊愕地说。

寄南把密函再念了一遍，看着皓祯分析：

“事情发生得太突然，木鸢来不及用金钱镖通知我们，只得就近把密函送到绍兴酒楼，他知道我们如果看到，就会明白是他！幽州是个假消息！那幽州都督，根本是伍家的人！你想这密函伍项魁看过了吗？”

“那伍项魁是个没脑子的笨蛋，还来不及看！就算看了也不会懂！”皓祯说。

“那你知道木鸢这几句话的意思吗？”寄南问。

皓祯注视那十六个字，开始思索，说：

“江山楼、湖心亭两个地方保住了！百花楼也没事，歌坊安全……”脸色一沉：“道观要赶紧撤！最好告诉他们，直接撤到汴州去！”

"那我立刻赶到道观去！这儿交给你和大家！"寄南脸色一紧，说着，一阵风般地消失在门外。

皓祯赶紧在油灯上烧毁了那密函。

吟霜已经缝合了最后一个伤患的伤口，香绮拿着针线银针走到皓祯面前来。灵儿、小乐过来帮忙。吟霜急急地说：

"轮到你了，快去那边躺着！"

"你怎么脸色这么苍白？"皓祯凝视着她，"我没事，不用缝了，你太累了！"

"你要不要去躺着？"吟霜急道，"这样站着我没办法缝，就剩你一个了！"

"你快去！别婆婆妈妈，难道你怕痛吗？大家都说，一点都不痛！"灵儿说。

皓祯就被小乐、灵儿、鲁超拉到床前，躺上床。吟霜仔细看过伤口，对着伤口周围运气止痛，皓祯目不转睛地看着她。她再用棉布蘸着米酒，轻轻擦过伤口，低下头，她开始缝合伤口，穿针引线。她好像在缝制一件艺术品，专心而细致。她缝了最后一针，打了结，剪断线。吟霜脸色惨白，额上冷汗涔涔，虚弱地说：

"好了！通通缝好了，你……"

吟霜话没说完，身子一软就昏倒了。皓祯一直在紧紧地注视她，一见她昏倒，立刻跳下床，用没受伤的手，把她抱在怀里。皓祯心痛地喊：

"鲁超，驾车！我们送吟霜回家！香绮、小乐、灵儿，你们留在这儿照顾伤患，等寄南回来！"

转眼间，鲁超已驾着马车，奔驰在郊道上。车内，皓祯坐着，吟霜躺在他膝上，仍然昏迷着。皓祯轻轻抚摸着她的面颊，心痛低语：

"都是铁骨铮铮的汉子，痛一点也没关系，你为什么要运气给大家止痛？你爹不是说过，你身体不好，这会伤了你的元气吗？"

吟霜身子动了动，眼睛睁开了。立刻，她挣扎着想坐起，惊慌困惑地喊：

"伤口！我来不及了！还有皓祯的伤口没缝！"

皓祯用没有受伤的那只手，急忙搂住了她，一迭连声地说道：

"缝好了！缝好了！你看，我不是好好的吗？"

吟霜注视他，如释重负地呼出一口气来：

"哦！我生怕来不及帮你缝伤口！我有没有把你缝得很痛？我真怕让你很痛！"

"因为你的力气已经快用完了？"皓祯哑声地问，责备地说，"我看到你对着伤口运气，就知道有问题，阻止你就好了！看看！你勉强支持到治完我，就昏倒了！我真不想看到你消耗你的体力，可是我却把你带到那儿，让你耗尽力气！这样，你好几天都恢复不过来！"

"不会的！"吟霜虚弱地微笑着，"我休息休息就会好！那伤口，如果不止痛，缝起来会让人痛得昏倒的！"

"那你就宁可自己昏倒，也要让别人不痛！你这个神医，我再也不用你了！"

吟霜把面颊依偎在皓祯肩头，欣慰地笑着说：

"小小昏倒一下，感觉到你对我的好，我也值得了！何况，我整晚都在为'护国大业'尽力，有幸加入了你的工作，帮助了那些热血的忠贞兄弟，我很骄傲呢！"

"从此，你也是'天元通宝'的一员大将了！"皓祯说，把她更紧地搂着，说不出对她有多么珍惜，有多么怜爱，还混合着崇拜的情绪。

十八

在皇宫的阙楼上，皇后坐着喝茶，正听取震荣和项魁的报告。阙楼这个地方，造在皇宫两侧，很高也很壮观，是为了远眺皇宫风景和卫士站岗之用。平时都没有人来，皇上懒得上那么多阶梯，大臣们也没必要来这儿，卫士早就被皇后和伍震荣安排了自己的亲信，除非有特别的活动，阙楼是非常安静的地方。反正，皇宫里的楼台亭阁，多得数都数不清，没有必要到阙楼来喝茶闲坐。这儿，就成了卢皇后召见伍震荣家族和卢氏家族的地方。就算碰到皇上和大臣，这儿也是公开的楼台，没人会怀疑他们有密会。当然，莫尚宫、亲信的卫士和震荣的卫士，依旧在附近徘徊守卫着。

伍震荣站着报告，说得眉飞色舞：

"前晚我们利用国宴，大举破获了乱党的多处藏匿处，大大地打击了他们那帮叛贼，可说是成绩斐然啊！"

项魁头部包扎着，急着邀功：

"这帮乱党，在下官的领军之下，通通被剿灭了，相信他们日后也难东山再起！"

"这事情荣王办得真好！"皇后欣喜地说道，"当然项魁辛苦了，还受了伤，你们父子这回为皇室立了大功。不过，难道没有抓到几个活口，逼他们交出谋逆的名单？这事情一定要斩草除根呀！"

项魁得意地继续报告：

"这帮乱贼个个狡猾，除了用武器拒捕之外，眼见逃不出下官的缉捕，大多都吞药自尽了！但是，下官前晚缉捕乱党的时候，却有了惊人的发现！"

"哦？是什么发现？快说！"皇后兴奋着。

"前晚在绍兴酒楼出现了两名黑衣蒙面高手，他们俩虽然闷不吭声，但从他们的身手和身形来看，极像两个人，就是袁皓祯和窦寄南！"伍项魁说。

"有证据吗？"皇后眼睛瞪得好大，"如果能确定这两人参与乱党，那他们就插翅难飞了！"

"证据倒是没有，但是其中有一人手臂被羽林军划了一刀，伤口肯定不小！"

"殿下，臣以为若要证明窦寄南和袁皓祯前晚有没有参与乱党行动，只要验证他们俩有没有受伤，便可以水落石出了！"伍震荣很有把握地说。

"那还等什么？"皇后当机立断，霸气地说，"有伤也不可能马上消失，立即将他们两人召入宫中，本宫要让皇上亲自验伤，审问他们！"满意地笑道："到时不费吹灰之力，就可以将朝廷里那些蠢蠢欲动的爪牙给收拾了。"

伍震荣和项魁父子相视一笑，大声说道：

"臣遵旨！"

于是，皓祯和寄南突然被点名召进宫。两人结伴而来，都有点惴惴不安。

"皇上突然将我们两人同时召进书房，而且不是在议政大殿上，这显然大有问题，尤其前晚我们才失去了几个联络据点和弟兄们，我认为情况不妙！"皓祯说。

寄南愤愤地接口：

"如果和前晚的事情有关，那一定是伍震荣和伍项魁父子想置我们于死地，皓祯！"毫无惧色地说道："到时候我们就赖到底，他们不可能有任何证据！"

就这样，两人进了皇上的书房。定睛一看，重要的人几乎都到了。皇上坐在书桌前沉思不语，皇后也坐着专属的位置陪侍在侧。太子、柏凯、世廷、汉阳及忠孝仁义四王和若干大臣都在，个个带着沉重的脸色忐忑着。唯有伍震荣、伍项魁满脸兴奋，等着看好戏的表情。两人跨进书房，立刻感觉气氛冰冷诡异。

柏凯用警告的眼神和皓祯、寄南对视了一眼，皓祯、寄南已然心里有数。

太子关切地对二人递眼神，三人迅速地交换了眼神。皓祯和寄南赶紧行礼如仪。

"微臣叩见皇上，皇上万福圣安！"

皇上不安地看着二人，担心地说：

"哦！你们来了，贤卿平身！"

皇后见皇上迟疑忐忑状，一脸按捺不住的恼怒，抬高声音说道：

"皇上，待罪的人都来了，是陛下您来审问呢，还是由本宫代劳？"

皇上为难地看着皇后，又看了皓祯与寄南一眼，决定以退为进，先观望再说，就顺水推舟地说道：

"皇后想审问就问吧，朕听着就是！"

皇后逮到机会，趾高气扬地立刻发难：

"袁皓祯、窦寄南两人还不跪下！"

"臣斗胆请问皇后殿下，不知微臣两人犯了何错，令皇后殿下如此盛怒？"皓祯挺立不跪，一脸的傲然无惧。

"你们两人前晚参与地下乱党的秘密行动，想谋逆造反，还不认罪！"皇后呵斥。

太子急忙说道：

"母后，寄南和皓祯，从小与启望情同兄弟，他们两个处处保护父皇和本太子，是尽人皆知的事，哪有可能是乱党？"

柏凯也紧急出面澄清：

"陛下，袁某家族，几世戎马，都在战场上为本朝立下汗马功劳，即使是小犬皓祯，十六岁就跟随臣上战场，立下战功，也是皇上亲眼看着长大的，绝对不可能想谋逆造反，参加地下乱党啊！"

义王更是惊愕至极地喊道：

"长安城内破获乱党，此事当真吗？别抓错了好人，冤枉了百姓！皓祯和寄南参加乱党，更是不可思议！此事大有可疑，陛下……"

皇上点头想发言，却被卢皇后抢话：

"就算皓祯是皇上看着长大的，但是也有可能被别有用心的人利用了，给带坏了！"看着皇上："皇上，臣妾接获密报，前晚乱贼之中有人拒捕，带伤畏罪潜逃，这人不是袁皓祯就是窦寄南！"

寄南一派轻松，皱眉思索：

"前晚？前晚不是皇上宴请吐蕃王子那晚吗？那晚真是本王最不堪的一晚，为了一个小厮，把我最私密的事情都昭告天下了，本王一回家就喝闷酒，喝得酩酊大醉，然后倒头大睡。怎么？睡觉也有罪吗？"

"窦寄南你这狡猾之辈，不要再狡辩了！"皇后盛气凌人地大吼，又大声命令："项魁，看看窦寄南身上有没有伤？"

项魁得意地走近寄南身边。寄南哪儿会让他靠近自己，立刻闪躲。

皇上一脸着急，不安地看着寄南。寄南大叫：

"汉阳！你是大理寺丞，别说臣还是个靖威王，就算是个庶民，也不能让臣在这么多长辈面前脱衣服吧？除非你们有铁证！万一我身上没有伤，那个诬蔑我的人，一定要砍头！"眼光灼灼地盯着卢皇后："皇后殿下，你有把握吗？"凌厉地扫视过去："荣王、左监大人，你们又有把握吗？"

皇后和震荣父子，竟然被寄南唬住了，面面相觑。皇上不安地接口：

"寄南是朕看着长大的，怎会是乱党？脱衣服验伤？不妥不妥！"

"确实，这事六大不妥，大大不妥，寄南到底不是人犯！"汉阳深有同感地说道。

皓祯就一步上前说道：

"那么，臣是人犯吗？"

"当然也不是！"汉阳说。

就在此时，项魁忽然发难，冲上前来，就去抓皓祯受伤的右手臂。皓祯哪儿会让他抓到，一闪一推，一招"摇头摆尾"，一个右冲捶，再加上转身顶心肘，把项魁推了个大筋斗。伍项魁收势不住，脑袋受伤处又撞到桌角上，痛得哇哇大叫。皓祯大喊：

"干什么？要暗算我吗？陛下和各位长辈，你们看到伍项魁仗势欺人的态度了吗？我和寄南是兄弟，是好友没错！被陷害成乱党，那是砍头的罪！你们的证据，居然是在身上找伤口！我现在就告发，伍项魁头上有伤，一定是乱党，赶快抓起来！"

伍项魁气得脸红脖子粗。

皇上抚着太阳穴，看看寄南又看看皓祯，完全不信地说道：

"唉！这是怎么了？寄南和皓祯，朕都信得过！大家冷静冷静，把这些误会和猜疑都收起来，上下一心吧！"

皇后怒瞪皇上一眼，忽然平静了，看着二人说道：

"这么简单的一件事，不过是要看看两位的手臂，居然如此困难，实在让本宫大惑不解，不怀疑也得怀疑！"

伍震荣起身，走到两人面前，严厉地说道：

"你们两个，是英雄好汉就别婆婆妈妈！让本王来解开这个谜底，两位，请卷起袖子！没伤就没伤，有伤就告诉大家伤是从哪儿来的？"

寄南脸色一变，皓祯脸色也一变。

太子突然生气，大声说道：

"谁都不许碰寄南和皓祯！这件污蔑忠良的事，分明是冲着本太子来的！因为他们两个帮我抓到一个重要人犯刘照阳！我要请乐蓉公主和项麒驸马，也来对证一下！今天，大家有牌的通通掀开看看！"

这次，轮到皇后和伍震荣脸色大变。皇上头昏脑涨地问：

"怎么又要找乐蓉和项麒？乱党和他们也有关吗？"

太子义正词严，充满正气地喊：

"当然有关！如果皓祯和寄南都可能是乱党，谁还是清白的？说不定皇上也是乱党！在身上找伤口是不是？"忽然在矮桌前盘膝而坐，把左手腕放在桌上，从腰间拔出匕首，一匕首插在自己左手臂上，立即溅血："荣王、母后，来抓我吧！我手腕上有伤口，就是你们口中的乱党！"

太子这一招，惊动了所有人。世廷惊喊：

"哎呀！太子殿下，本官知道太子和寄南、皓祯情如兄弟，义气如山！但是，太子是多么高贵的金枝玉叶，怎能如此伤害自己？"

太子眼眶泛红，热情奔放地吼道：

"我高贵？比起皓祯和寄南，我只是养在东宫的太子，他们才是真正的高贵！为我朝出生入死的皓祯，为正义到处打架的寄南，才是真正的英雄！"

皇上见太子流血，惊喊：

"这怎么是好？曹安，快传太医！太医、太医……"

曹安惊慌赶紧奔出。皓祯一个箭步上前，拔出太子手臂上的匕首，鲜血直冒。

寄南急忙撕开衣服下摆，上来止血。

曹安带着太医、卫士匆忙奔入，场面一团混乱。

皇后、荣王、项魁都被太子的举动和气势镇住了。

太医们包扎了太子的伤口，留下了内服的药包，叮咛又叮咛之后，鱼贯退出皇上的书房。在大臣们的关心和震撼中，皇上对那个"乱党事件"已经充满反感，满心在太子的伤势上。对于皇后和伍震荣逼到太子出此一举，心里更是反感。皇后还想扳回劣势，才想开口说话，皇上就挥手阻止，愤愤地说：

"朝廷上尽人皆知，太子、皓祯、寄南三个，是朕的骄傲，他们兄弟般的情谊，更是我朝官员应该效法的榜样，如果人人像他们一般义薄云天，朕的朝廷还有什么乱党？现在，谁都不要制造分裂，造谣生事了！皓祯、寄南，你们两个赶快把启望送回太子府去休息，叮嘱太子妃让他按时吃药和换药！"

"是！臣遵旨！"皓祯和寄南同声说道。

皇后和震荣气得脸色发青，项魁看到皇上震怒，什么话都不敢说了。

就这样，在鲁超、邓勇的驾驶下，太子、寄南、皓祯面对面坐在马车里。三人都对于书房一幕，余悸犹存。寄南瞪大眼看着太子，这时才开口说道：

"你这一招也太惊人了吧？差点没把我吓死！"

太子却关心地看着二人问：

"到底你们两个谁受伤了？"

皓祯就卷起袖子，出示包扎着的伤口。

太子见伤口那么长，胆战心惊。皓祯就急忙说道：

"我这伤口没事，已经被女神医治过，伤口缝起来了！这缝伤口的事，吟霜怎么学的，我也不知道，只知道缝好就不痛了！启望哥，不如你也去让吟霜缝一下吧？"

"伤口还能缝起来？"太子惊愕地说，"太神奇了！"盯着皓祯："女神医？就是那天命令我去提水烧火的女神医？"

"不错！就是她！"皓祯说，"这次我们十四个受伤的兄弟，她也一个个缝好伤口了，加上我是十五个！"

太子轮流看二人：

"你们两个，一个有断袖小厮，一个有会缝伤口的女神医，还有多少事瞒着我？"

"瞒着你就不会让她们都出现在你面前了！"寄南说。

"今天启望这招，总算让我们逃过一劫！"皓祯忧心忡忡地说道，"不过，天元通宝里面有奸细，害我们伤亡惨重！是谁泄露了我们的据点？这事太严重，必须要查！却不知从何查起，连'木鸢'是谁，我们都不知道！"

太子一听，想到前夜的伤亡，难过地皱起眉头，说道：

"天元通宝越是扩大，奸细就会趁机混进来，防不胜防！皓祯、寄南，你们两个几乎天天都在生死边缘，千万要防备！"生气地说，"这'乱党'堂而皇之地待在皇宫，陷害忠良是'乱党'，还要置你们于死地，真是太没天理了！"

皓祯正色地说道：

"太子殿下，我们会去抓奸细，去保护自己，去做该做的事！但是，今天你这种惊人之举，下不为例！"

寄南立刻严肃地附和，板着脸说：

"下不为例！流血流汗的事交给我们，撑起这片江山的事交给你！"

"当时我也慌了！"太子一叹，"看皇后和荣王咄咄逼人，知道你们身上一定有伤，却想不出来如何解围，只得先搬出那个刘照阳，然后就拔匕首！"看二人都对他瞪眼摇头，大声说道："好啦！下不为例！"

皓祯和寄南突然被召进皇宫，不敢告诉灵儿，只吩咐灵儿去吟霜那儿等他。灵儿很不服气，既然是窦王爷的小厮，怎么又不带着她？让她也可以到处逛逛，见些世面，无奈何，只好到吟霜那儿，穿着男装，陪着吟霜和香绮，在花圃中喝茶赏花晒药草。

吟霜担忧地说：

"不知道米仓那些兄弟好些没有？我留下足够的药膏，也不知道他们会不会彼此上药？该吃的药也不知道他们有没有按时吃？"

"小姐不要担心，"香绮说，"他们都是大男人了，伤口在自己身上，一定会彼此照顾的！"

"香绮，你知道这些事不能说的，对什么人都不能说！"吟霜叮嘱，"要不然会害了皓祯公子和寄南王爷！"

"我知道，我知道，我和小乐都不会说的！"香绮一迭连声地回答。

灵儿看着吟霜，忽然感到心头涌起一股热浪，感动地说：

"真没想到，那窦寄南整天嘻嘻哈哈，没有半个时辰正经的时候，原来他是真人不露相，怪不得上次去桐县，听说还抓了坏县官，救了老百姓！我现在终于明白，他们另有身份！而我，居然莫名其妙成为他们一伙的了！"说着就激动起来，"吟霜，那夜我又见到了那蛤蟆王，差点就可以帮你报仇了！"

一阵马蹄声传来，吟霜和灵儿都跳起身子，抬头一看，只见寄南、皓祯带着小乐，骑马而来。灵儿忍不住大喊：

"主人，你不要你的小厮了是不是？要我在这儿待命，待什么命？我们等了好久了！"

三人在吟霜、灵儿面前翻身下马。寄南就感叹地说道：

"裘儿，你差一点见不到我这个主人了！今天太惊险，皇上把我们两个宣进宫，原来皇后和伍震荣想置我们两个于死地，如果不是奇迹出现，我们两个现在一定关在大牢里！"

灵儿、吟霜、香绮都震惊着。

"奇迹？什么奇迹？"灵儿问。

皓祯就一把拉住寄南，暗示闭嘴，笑嘻嘻说道：

"奇迹就是有贵人相助，我们平安地回来了！"

"你手上的伤应该要换药了！到屋里，我帮你上药！"吟霜关切地看着皓祯。

皓祯把吟霜的身子往自己怀里一带，拥着她，有感而发：

"天下若有奇迹，你就是我的奇迹！"

灵儿、香绮依旧不解。寄南羡慕地摇摇头，一眼看到灵儿，就大呼小叫地抓住灵儿的手腕喊道：

"真不公平！皓祯有个奇迹，我却有个害我变成断袖之癖的小厮！裘儿，我们两个骑马去狂奔一下吧！"

"哈哈！骑马狂奔，这个我喜欢，香绮！我带你骑马去！"小乐跟着起哄。

寄南带着灵儿，小乐带着香绮，就骑马奔向了草原。

皓祯和吟霜依偎着，看着那两对跑远的人儿，皓祯忍不住说：

"在兄弟们一番血战之后，我还能笑，好像都是犯罪！"

吟霜深有同感，接口说道：

"我爹去世的时候，我觉得我整颗心都碎了，我永远不会笑了！但是，现在站在你身边，我却有幸福的感觉，这种感觉让我也有犯罪感，我是不是不孝呢？"

皓祯转头，深深地看着她，说道：

"人生瞬息万变，我们此刻都不知道下一刻会面对什么？让我们都收起犯罪感，享受幸福感吧！"

太子被送回太子府时，已经和皓祯、寄南、邓勇串通好了，到了太子府，见到太子妃，只淡淡地告诉太子妃，太子在宫里手臂撞了一下，受点小伤，并不碍事。太子妃忙着照顾皇太孙佩儿，就没有深究。到了晚上，手臂该换药了，也开始疼痛。太子在书房中，独独留下邓勇，让他帮忙为手伤换药。邓勇拆下包扎的白布条，看看伤势，着急地说：

"太子！要传御医来才行，这伤口不是邓勇能处理的！"

"千万不要小题大做，惊动了太子妃，就不好了……"太子阻止。

正说着，太子妃带着青萝、奴婢、御医等一行人浩浩荡荡进门。太子妃着急地喊：

"邓勇！"

邓勇一惊，赶紧从太子身边起身：

"卑职邓勇给太子妃请安！"

"请安倒不必，太子受了刀伤，皓祯、寄南和你，三个人预备瞒我多久？你到现在都不说，也没传御医侍候，万一有个闪失，你对得起太子、对得起我吗？"

邓勇一惊跪下说道：

"邓勇知错！"

太子看着太子妃，柔声地说：

"别骂邓勇了，更别怪皓祯和寄南，是我不许他们说的！一点点小伤，还需要御医吗？"见御医已经进门侍候，就妥协地说："好吧好吧！既然来了，就看看吧！"

御医上前，赶紧审视。青萝就忙着帮御医剪包扎用的白布。

青萝看着伤口，抬眼看向太子：

"匕首刺的，这种伤，青萝看多了！"

太子赶紧一拉青萝衣袖，示意：

"少说几句！"

御医重新上药，重新包扎，开了方子留下，说道：

"太子不碍事，臣每天来换药，很快就好！"

"包扎好了，就退下吧！"太子对御医说道，看看屋里的人，喊道："邓勇，把大家都带下去！青萝留下服侍！"

邓勇带着奴婢、卫士、御医等人退下。室内剩下太子妃、太子、青萝。

太子妃过来看着太子，一叹说道：

"太子，宫里发生的事，多少双眼睛看着，还能瞒过我吗？你们回来那刻我是被蒙住了，但是，这会儿我什么都知道了！"凝视着太子，深刻地说道："我知道太子和寄南、皓祯感情好，但是，不管多好，也不能这样伤害自己呀！万一你刺了自己，也救不了他们两个呢？"这太子妃嫁进东宫已经五年，佩儿也两岁多了。太子妃是个难得的女子，温柔贤惠又安分守己，知书达礼又不卑不亢。

太子有力地、义无反顾地说：

"他们哪儿需要我救，是我需要他们！这伍震荣满街抓乱党，胡乱给老百姓扣帽子，对付寄南和皓祯，根本就是对付我！如果我不镇住他们，皓祯和寄南逃不掉，朝廷都成了他们的，我还有什么力量？"

青萝不禁低语：

"就是这样！先嫁祸，再栽赃，然后就糊糊涂涂把人下狱了！这还是客气的，当初为了抢我，把我爹当街打死，也说我爹是乱党！"

太子深深看着青萝，从来没问过青萝的身世，原来如此惨烈！青萝见太子关切，赶紧一笑，起身看着窗外，笑着说：

"青萝失态了，净说这些伤心事，让太子和太子妃不舒服……"就看着窗外星空，不由自主惊叹地喊："太子、太子妃，快来看，天上有好多星星呢！"

太子和太子妃走到窗前，果然看到满天繁星，一闪一闪地煞是好看。

青萝就有感而发地念道：

"灿灿星辰，照耀凡尘；芸芸众生，人上有人！"转身对太子行礼，虔诚说道："为兄弟两肋插刀，几人能真正做到？青萝虽是小小奴婢，感佩不已！"又转向太子妃说道："太子妃！将来，太子一定会大放异彩的！"

太子和太子妃都震动地看着青萝，太子不禁动容。

为了挽回皇上的不满，这晚，皇后又亲自到皇上寝宫来侍候。皇上歪躺在卧榻上，正在看书。见皇后来，也没表示什么。只是绝口不提今天那场找伤口的事，皇后也不敢提。一面小心翼翼地卸着钗环，一面瞄着皇上，用她最动人的眼神，千般温柔、万般妖媚地斜睨着皇上。她深深知道，皇上对她这样的眼神，是无法抗拒的，更胜过她的投怀送抱。果然，皇上的书卷起来了，搁置在床边小几上，皇上的眼光，迎视着她。

正在进入情况的时候，忽然莫尚宫在门口大声通报：

"兰馨公主到！"

皇后起身，正想阻止，只见兰馨撞开房门，推开曹安和莫尚宫，大踏步走进房来。

"兰馨拜见父皇和母后！"兰馨行礼如仪。

"今晚你怎么这样礼貌起来？本宫很不习惯！"皇后大为惊奇。

皇上起身，看到兰馨还是很欢喜的，说道：

"兰馨是该常常到这儿来坐坐！"

"我不是来请安聊天的！"兰馨一本正经地说，"今天，听说母后差点让伍震荣父子，把袁皓祯和窦寄南给杀了！"

卢皇后背脊一挺，这丫头什么不好提，居然提这件让她恨得牙痒痒的事！她眼底的温柔和妩媚都不见了，尖锐而讽刺地说：

"不是被太子一闹，什么正事也没办成吗？你是来嘲笑你母后吗？"

"一场误会！全部是一场误会！皓祯、寄南绝对不是乱党！"皇上说道，眼神从皇后身上，转移到兰馨身上，眉头也隐隐地皱了起来。

皇后看看皇上，知道酝酿半天的情绪都没了，有气地说：

"日子还长呢！是不是误会，早晚会弄清楚！今天是被他们逃掉了，等到时机成熟，狐狸尾巴就会露出来了！"

兰馨瞪着皇后，清脆地、有力地问道：

"母后，你的意思是说，你迟早要把他们两个弄死是吗？"

皇后一听，忍不住原形毕露，一拍桌子喊：

"放肆！"

兰馨就大声地、挑衅地对皇后说道：

"你除了拍桌子、喊放肆、打我耳光外，还有没有新花样？"

皇上这天已经被皓祯、寄南、太子三个弄得情绪激动，此时看到母女再度开战，真是头痛万分，充满无奈，喊道：

"你们母女两个，为什么一见面就吵呢？兰馨，你有事吗？"

兰馨看着皇上，清清楚楚、明明白白地说道：

"父皇，为防母后继续糊涂冤枉好人，恳请父皇现在就做一件不糊涂的事，快把本公主赐婚给袁皓祯吧，趁他没有被我母后栽赃嫁祸杀掉以前！"

"你真认定了皓祯？"皇上惊讶。

"你跑来要父皇把你嫁掉，你还真不害羞！"皇后大怒。

"和母后比起来，我已经含蓄多了！"兰馨瞪着皇后，眼里充满威胁，"如果我有不害羞的地方，大概也是跟母后学来的！"就转向皇上，意有所指地说道："父皇，这世上有很多事情，都不是我们表面上看到的样子，很多事情都必须抽丝剥茧才行！"

"抽丝剥茧？你的婚事为什么要抽丝剥茧？"皇上迷糊地问。

"因为母后一心一意要我嫁给方汉阳，那一定有原因！要抽丝剥茧！"

"好了好了！"皇后被威胁到了，"你的意思表达得很清楚了！你出去吧！本宫被闹了一整天，到晚上还不得安宁！"

兰馨就走到皇上身边，很温柔地贴在皇上耳边，悄声说道：

"父皇如果疼我，就早点赐婚吧！要不然我会担心害怕，我中意的那位驸马，早晚被伍震荣冠上罪名，砍掉脑袋！"说完，回头看着皇后，扬声说道："好了！我走！在这皇宫里，想要拥有一点亲情，那是做梦！"兰馨说完，掉头而去。

皇后不知道她对皇上说了什么悄悄话，怔忡着。

皇上却真正深思起来。

这天早朝时，一如往常，皇上坐在朝堂上，文武百官两边跪坐。

上奏的官员已经都上奏完毕，皇上合起手中的奏折，突然抬头对众臣说道：

"好！朝廷大事谈完了！朕现在宣布两件私事！第一件，是兰馨公主，朕已经选定骁勇少将军袁皓祯为驸马，将择日完婚！"

皓祯一听，脸色惨变。汉阳一听，眼神暗淡。

皇上继续说道：

"第二件，靖威王窦寄南和他的小厮裴儿行为放荡，交由德高望重的右宰相方世廷管束，数日后，两人入住宰相府！"

寄南一听，大惊失色。

十九

皇上下了早朝，宫里的消息就传遍了。崔谕娘奔进兰馨的寝宫，向兰馨报喜。兰馨喜悦地、不敢相信地问：

"真的吗？父皇已经下旨了？清清楚楚说的是袁皓祯吗？"

"真的！真的！千真万确！"崔谕娘忙不迭地点头，"高公公在大殿外面，全都听见了！就是袁少将军没错！恭喜公主，贺喜公主，心想事成了！"

兰馨笑着，在房里飞舞着转了个圈，兴高采烈地说道：

"父皇总算做了一件不糊涂的事！"

外面传来莫尚宫的通报声：

"皇后娘娘驾到！"

兰馨神色一凛，赶紧站好，收起笑容。皇后带着莫尚宫，大步进房来。崔谕娘和众宫女赶紧请安。皇后一挥手说道：

"通通出去，本宫要和公主谈话！"

崔谕娘赶紧带着宫女们退下，莫尚宫也退到房门外。

皇后看着兰馨，开门见山地问：

"想必你已经知道了，那晚你到父皇寝宫，跟你父皇说悄悄话，就是要求赐婚，是吗？现在如你的意了，是吗？"

"母后是来恭喜本公主的吗？"兰馨挺直背脊。

皇后凌厉地看着兰馨，声音里充满威胁：

"是来警告你的，不要高兴得太早！这将军府想娶你，也没这么容易，公主院总得先装修好，日子要挑，你还有的等呢！你最好把你那副母猫发情的样子收起来，免得丢了你父皇的脸！"

兰馨凝视皇后，眼中似笑非笑，唇角向上轻扬，说道：

"原来母后还舍不得我嫁？"笑了起来："什么叫母猫发情？我第一次听到，但是不是第一次看到！"笑容一收，眼神和皇后一样凌厉，"下次我再看到，非把那只公猫给宰了不可！"说着，用手一劈，做了个砍人的手势："咔嚓！"

"真不知道我怎么会生了你这样的女儿？"皇后气极。

"我也不知道，怎会有你这样的母后？"

母女两人怒目互视。半晌，皇后隐忍着说道：

"你最好收敛一点，不要再威胁本宫，离间本宫和你父皇的感情，那对你一点好处都没有！至于你的婚事，既然皇上下了旨，你就等着当新娘吧！像你这样嚣张，到了将军府，有任何委屈，别回宫哭诉！"

兰馨傲然自信地一点头，充满信心地说：

"不劳母后费心，婚后是我兰馨自己的事！"

皇后冷冷地瞪着兰馨，一掉头喊：

"本宫话说完了！莫尚宫！走！"

莫尚宫进门，皇后昂着头，严肃地出门去。兰馨见皇后走了，又飞舞着身子，在室内跳跃着，再度喜悦地绕了一圈，神采奕奕地说道：

"哼！母后巴不得我这婚姻失败，我就征服那个袁皓祯给她看看！"

那个兰馨想征服的袁皓祯，正有气无力地靠在坐榻里，好像大难临头。皓祥、雪如、柏凯、翩翩都聚集在大厅里，看着这个准驸马。大家或坐或站，各有各的心事，个个心情不同。

忽然鞭炮声大作。

只见丫头仆人在袁忠带领下，兴冲冲地进门，对柏凯夫妻和皓祯行礼。袁忠欢天喜地地嚷着：

"恭喜大将军！恭喜夫人！恭喜大公子！真是天大的喜事啊！"

皓祯正想着吟霜，痛楚莫名，听到鞭炮声已经快发狂了，看到袁忠带着奴仆进房道喜，更是火上浇油，就一拍桌子站起身，对袁忠吼道：

"袁忠，你在我家四十多年，看着我出生长大，居然把我当成攀龙附凤之徒、趋炎附势之辈？恭喜什么？有什么事值得恭喜？你说！"

袁忠吓傻了，扑通一声跪下了，惶恐地说道：

"老仆掌嘴！"就噼里啪啦自打耳光："都是老仆自作主张，因为听到皇上赐婚的喜事，就……就……"

袁忠一跪下，整排仆人丫头全部跪下了。皓祯又大叫：

"不许掌嘴！给我起来，谁让你下跪？谁让你掌嘴？这么多年以来，我仗势欺人过吗？我对你们疾言厉色过吗？为什么跟我来下跪掌嘴这一套？"

袁忠赶紧起身，顿时不知所措，老泪纵横了。柏凯再也忍不住，怒道：

"皓祯，你疯了吗？袁忠是把你抱大的，你小时候骑在他背上，把他当马骑，一骑就骑上半个时辰，现在你这是什么态度？"

皓祥冷冷地接口：

"当然是'驸马爷'的态度！老仆老家人，都不放在眼里了！"

皓祯正一肚子气没地方出，立刻跳起身子，闪电般冲过来，抓住皓祥胸前的衣服一阵乱摇，喊着：

"什么叫'驸马爷'的态度？驸马跟我还远着呢……"

翩翩护子心切，尖叫着扑向皓祥：

"皓祯，你要打皓祥吗？这公主还没进门呢，驸马就凶成这样，这个家还有我们母子的地位吗？"

雪如赶紧上去拉住皓祯的手臂，着急地说：

"别这样！别这样！娘知道你不在乎当驸马，可是……袁忠他们都是好心，谁家听到这样的事不欢天喜地呢？你别把怒气往袁忠、皓祥他们身上发泄，无论如何，这也不是一件坏事呀！你为什么这样死脑筋呢？"

小乐溜进门来，扶着袁忠说道：

"忠叔，赶紧带着玉儿她们出去吧！公子不是要对你发脾气，他是有苦说不出啊！他最不愿意的，就是让你们受委屈，他现在心都乱了，你别怪他啊！"

袁忠拭着泪，对皓祯行礼，低低说道：

"公子！老仆年纪大了，昏庸了，做错什么，都请公子原谅！"

皓祯被小乐说中心事，又见袁忠如此，说不出有多后悔和心痛，袁忠早就不是仆人，一生都奉献给袁家，应该是家人了！他伸手一扶，凄然地说：

"不是你错，是我错！"说着，眼睛涨红了："我不该跟你们发脾气，我走，我出门悔过去！"

皓祯说完，夺门而去。小乐赶紧跟着跑。

此时此刻，吟霜正在米仓的地窖里，为受伤兄弟们拆线，香绮在帮忙，鲁超戒备地四周看。一个兄弟好奇地问：

"怎么没见到少将军和窦王爷？"

"这时候，他们还在上朝吧！"吟霜说，"早些拆线，你们就早点恢复，这事不用他们帮忙，鲁超接我过来做就可以了！"

"小姐，我看这拆线没什么难，我也来帮忙拆吧！"香绮递着剪刀说。

"你帮我递剪刀，解开那些兄弟的包扎就可以了！"吟霜赶紧阻止，"拆线还是让我来吧！我拆完一位，你就帮伤口涂上药膏！"

"是！伤口还要用棉布包扎吗？"香绮工作着。

"我会告诉你，有的需要，有的就不需要了！"吟霜说。

兄弟们看着吟霜工作，个个感激涕零，赞叹不止：

"白姑娘真是神医啊！从来没有看过这样的医术，早知道有这么好的方法，我们许多死去的兄弟，都可以救活的！"

大伙儿谈话中，忽然一声门响，鲁超顿时戒备。

只见米店掌柜进门，兴奋地对兄弟们和鲁超说道：

"有好消息告诉大家，刚刚得到最正确的消息，今天在早朝上，皇上已经正式把兰馨公主赐婚给少将军皓祯了！"

兄弟们顿时欢声雷动，七嘴八舌地喊着：

"太好了！少将军是驸马爷了！天助皇上，天助天元通宝！"

众人欢呼声中，当的一声，吟霜手里的剪刀，落到地上去了。她的脸色骤然变白，香绮也跟着变色了。

皓祯冲出了将军府，就跳上了"追风"，在原野上疾驰。小乐骑着另外一匹马，在后面苦苦地追着，一面追，一面喊：

"公子，慢一点慢一点！小乐骑马技术不好，颠得我屁股好痛！"

"没有要你追来，我现在什么都顾不得，还管得了你的屁股！"

"小乐的屁股没关系……"小乐喊着，"窦王爷和裘儿也追来了！公子，你还是慢一点吧！那裘儿小厮，要想追上公子，也不容易呀！"

皓祯回头，看到急追而来的寄南和灵儿，这才让马儿慢了下来。

寄南追上皓祯，着急地说：

"听说你在家发了一阵疯？差点和皓祥动手？你怎么这样沉不住气？万一皓祥口风不紧，传到宫里，说你不要兰馨，你岂不是又要遭殃？"

"我不在乎！"皓祯一昂头，"最好传到宫里，让那位公主了解真相！"

"你不在乎，现在是什么时候你知道吗？"寄南压低声音责问，"我们在长安的据点被抄，奸细还没追查出来，兄弟们还在养伤，士气已经大受打击！你是我们的大将，如果你也被打倒了，你要兄弟们怎么撑得下去？"

皓祯愣了一下，这才长长一叹，说道：

"是，我已经章法大乱了！真的不知道该怎么办？这个婚事一直威胁着我，今天皇上一下旨，我的感觉就是天塌下来了，五雷轰顶！"

灵儿追上来，对皓祯和寄南喊道：

"哎哎，这驸马的事，还可以拖一阵！等会儿我们到了吟霜那儿，大家再讨论出一个办法来！我认为还有转机！倒是我……喂喂，你们那位皇上是怎么回事？突然要把我和寄南送到宰相府去管束！"提高声音大叫："窦寄南，我为什么要被宰相管束？"

寄南没好气地说：

"裘儿，我是你的主人，你要喊我王爷，你懂吗？什么窦寄南、窦寄南的？你懂不懂规矩？这样到了宰相府，你不给我惹出乱子才怪！"

"我懂规矩还会被送去管束吗？"灵儿想想说，"我就是被你这个窦寄南陷害了！我活了这么大，连个男人都没有，这会儿当了男人，袖子又断了，真倒霉！"

"不是袖子断了，是断袖之癖！这是有典故的……"寄南说。

"原来袖子没断？"灵儿疑惑道，"太子说断了！"

"袖子是断了，被那个皇帝——汉哀帝用剑砍断了！"

"袖子是软的，剑怎么砍得断？应该用剪刀才是！"灵儿迷糊地大声问，"到底这袖子跟那码子事有什么关系？要砍也不该砍袖子呀!"

皓祯烦躁地大叫:

"你们两个可不可以给我安静一点!这事对吟霜一定是很大的打击,我得想想怎么跟她说?"顿了顿,忽然豁然开朗地说道:"反正我不会娶公主!吟霜根本不用在意这事,不会发生的事,怎么会伤害她呢?"

"什么?你想抗旨?"寄南一惊。

皓祯严肃地点点头。

寄南脸色大变。灵儿看看寄南的脸色,也觉得事态严重起来。

皓祯在这儿心烦意乱,汉阳在宰相府里黯然神伤。采文已经得到宫里的消息,这种消息,总是会迅速漫延到四面八方的。她看着汉阳,心隐隐地作痛。只有当亲娘的人,才能那么细腻地体贴到儿子的内心。她想安慰汉阳,说得依旧软弱无力:

"汉阳,塞翁失马,焉知非福,虽然没有如愿跟公主联姻,但你也是两个人选之一,是皇上器重的人!这事就不要放在心上,那个'有缘人'总会出现的!"

"娘,说真话,这件事还真是我希望的,偏偏就事与愿违!"汉阳在母亲面前,没有隐藏自己,苦笑了一下,"如果我说完全不介意,那就是我在骗你!"

采文心疼地拍拍汉阳的肩膀。世廷深思地坐下:

"虽然皇上已经下旨了,毕竟距离成亲还有一段日子,你想,公主下嫁,那将军府还要弄个公主院,就算装修房子也得一段日子,在这段日子里,恐怕还有变数发生!我认为,皇后和伍震荣那边，还会想办法转圜！"

"依汉阳看已成定局，圣旨都当众宣告了，爹娘就别再想驸马爷的事了……"汉阳藏住了自己的苦涩，赶紧转变话题，"现在我们比较头痛的事，是要如何安顿寄南和他的小厮呢？"

"是啊！"采文立刻为难地说，"断袖之癖这种行为，到底要怎么管束？要管束应该把寄南和他的小厮分开，怎么两人又一起住进来，唉！弄得我不知所措！"

"娘，不要想得太严重，断袖之癖其实和正常人一样，只是感情方面和我们传统有别而已！总之，应该从礼教方面开始把他们带入正途就对了！"汉阳深思地说。

"寄南那个桀骜不驯的脾气，礼教灌输对他有用吗？唉！咱们就走一步看一步吧！真是天下事无奇不有，今年咱们什么都碰上了！"世廷叹气。

"汉阳一直是家里的独子，现在寄南来我们家，就算多一个兄弟吧！"汉阳说。

"我可警告你啊！"世廷立刻提醒，"他是乱党的嫌疑人，你可要好好地观察他、调查他，爹还需要随时向荣王报告！"

"难道这是荣王的提议？管束只是一个幌子，主要是要我们监视他的行动！让小厮一起住进来，是让寄南没有防备，好一网打尽他的同谋！"汉阳机警地问，疑心顿起。

"那也不见得！皇上一直很喜欢寄南，大概对窦妃还念念不忘吧！"世廷说。

汉阳疑惑地看看世廷，心想：

"没那么简单，把寄南这一对安排到咱们这儿，绝对有目的!"眼光看向窗外，深思地说，"好吧！看看这是什么招？我方汉阳就好好接招吧！"

皓祯、寄南、灵儿、小乐终于骑马到了吟霜家门口。大家下马。常妈正在喂鸡，听到马蹄声，就站起身来。皓祯喊：

"常妈，吟霜在屋里吗？"

"不在呀！"常妈惊讶地说，"一早，鲁超就驾车过来，把她和香绮都接走了！"

"什么？鲁超？他们去了多久？"皓祯大惊，他现在是惊弓之鸟。

"不是公子让鲁超来接人的吗？吟霜姑娘还带了她的药箱！"

"皓祯！"寄南惊喊，"我们都被朝廷上的事弄昏了！今天是第七天！"

"什么第七天？"灵儿困惑地问。

皓祯恍然大悟，着急地喊道：

"她去米仓为兄弟们拆线，我们居然没有一个去帮她！"看看天色："过了晌午！她弄到现在吗？那她一定累坏了！"又怪寄南，"这么重要的事，你怎么给忘了？我得快马赶到米仓去！"

皓祯正要上马，小乐往前一看，喊道：

"公子，不用去了，吟霜姑娘他们回来了！"

众人回头，只见鲁超驾着马车，已经到了门口。皓祯赶紧迎上前去，打开了车门，把吟霜一抱下车。皓祯看看吟霜的脸色，就心痛地喊：

"脸色那么差！你又用了那个止痛药，是不是？"

"没有。拆线根本不痛，用不着止痛药！"吟霜淡淡地说。

"那么，你为什么脸色苍白？"

香绮在一边小声说道：

"因为她知道了，那些兄弟和米店掌柜都知道了！"

"知道什么了？"皓祯问。

"知道朝廷上的事，皇上已经下旨，把兰馨公主赐给公子了！"

皓祯一怔，就一把握住吟霜的手腕：

"我们进房里去谈。这事我必须跟你讲个清楚！"

皓祯不白分说，拉着吟霜就进房去了。灵儿急喊：

"喂喂！这已经不是你们两个人的事，是我们大家的事了！"
要追上去。

"你别去！"寄南拉住灵儿，"让他们两个先谈，我们在这儿
看风景等结论吧！"

皓祯拉着吟霜，一直拉进卧房，关上房门，就双手握着吟霜
的双臂，两眼看着她的两眼，有力地说：

"你根本不用难过，更不需要为这件事烦恼，因为我不会娶
公主！你明白了吗？"

吟霜迎视着皓祯的眼光，坚定地回答：

"你会娶她的，你应该娶她的！这是圣旨，你是护国大业的
少将军，你不能抗旨！如果你那样做，会让皇上颜面无光，会让
公主无地自容，那等于你公然和皇上对抗，你这个拥李派就变成
了反李派！你要弄成这样吗？"

"我的婚事，怎么也和护国大业有关？这根本是两回事！"

"怎会是两回事？"吟霜凝视他说，"今天我在帮兄弟们拆线，

你知道，当大家听到赐婚的消息，个个都兴奋得跳了起来，又欢呼又喝彩！大家都说，赐给你是天助皇上，就怕兰馨赐给了方汉阳！"她眼光稳定，声音清晰："她是公主呀！皇上的血脉呀！你娶了她，你的立场更加坚定，你的势力更加稳固！保住李氏江山不是你一直努力的事吗？这个道理你怎会不懂？为了联合阵线，公主都可以和亲！为了天元通宝，你也得争取这位公主才对！"

皓祯深深看着她，困惑地问：

"你怎么能这样理智？你知道，她是一个女人，如果我娶了她，你呢？难道不会难过，不会伤心和嫉妒吗？"

"是！在我的本能里，我会伤心和嫉妒，但是，比起你的大业来，那就变得很渺小！你根本不用在乎我的感觉，去迎娶公主就对了！"

皓祯激动，喊道：

"我怎么可能不在乎你的感觉？自从认识你，你的感觉，你的一切，都成为我生命里最重要的事！假若现在为了护国大业，要你去嫁给另外一个男人，我想我做不到！你居然这么冷静？你不知道'情有独钟'四个字吗？"

"我知道！"吟霜含泪看他，"而且我向你保证，我对你也是情有独钟的！"

皓祯就把她一把抱进怀里，充满热情地说道：

"那么，不要勉强我去娶公主，我和你之间，没有任何位置给公主！你也不需要这么宽宏大量，来容纳她！感情是我俩的事，别扯上护国大业！我什么都依你，就是这件事，让我做主！"

吟霜推开他，深深凝视着他，正色地说：

"这事你根本无法做主，就算没有公主，我也进不了你家大门。我早就说过，我认了！你如果对我好，就不要闹得天下大乱，影响你们在进行的大事，娶公主是你的责任和宿命，你也认了吧！"

皓祯用力把她一推，看着她的眼睛，恼怒起来：

"哪有你这种女人，口口声声要我娶公主？除非你心里根本没有我！有我，你就该求我不要娶公主，求我娶你！我要一个爱我的吟霜，不要一个把我推给别人的吟霜！这么冷静的你，满口护国大业的你，我简直不认识！你气煞我也！"

吟霜被他一推，就站立不住，连退了两步，跌坐在床榻上。

皓祯怒视着她，激动地喊：

"感情是多么自私的事，为了你，我可以丢下一切，那个大业有很多人在做，也不少我一个！你的生命里呢？除了我还有什么？自从认识你，我几乎以你为中心！你呢？有没有跟我一样强烈的感情？你没有！"

吟霜咬着嘴唇，坐在那儿默然不语。

"既然你这么大方！"皓祯更怒，"这么不在乎我！我一个人付出，还要和朝廷家人宣战，我也太累、太不值得！你不用说得那么理直气壮，我明白了！你宁愿当一个驸马的金屋藏娇，也不愿我抗旨娶你为妻！这样的感情我不要，我走就是！"

皓祯说完，一掉头，就气呼呼地夺门而去。吟霜喊道：

"你回来！你的伤口还没拆线！"

皓祯头也不回地怒喊：

"不劳你这神医费心，我自己会拆！"

皓祯喊完，已经风一般消失在门外。吟霜眼睁睁看他拂袖而去，不禁跌坐在床沿，眼泪到此时才夺眶而出。

皓祯像一阵狂风般冲出房子，外面的人全部一震。只见皓祯怒气冲冲，拉了他的追风，就一跃上马。寄南惊愕地喊：

"你要去哪里？你们谈出结论来了吗？"

"谈出结论了！我走！再也不到这儿来纠缠她了！因为她心里根本没有我！"

"你这是什么话？"灵儿惊喊，"你要冤死吟霜吗？你弄出一个公主来，难道还要吟霜跟你说什么好听的话？就算她骂了你，也是你活该！你还闹什么脾气？"

"如果她骂我就好了，最起码我知道她心里有我！反正，我走就是！这儿我一刻也待不下去了！"皓祯喊着，一拉马缰，就疾驰而去。

寄南赶紧跳上马，飞骑追来，喊道：

"皓祯，我们还有一步棋可走，去找启望哥！"

皓祯一怔，马儿放慢了脚步。寄南对皓祯诚挚说道：

"我们从来没有求启望哥为我们做什么！弄砸这个驸马，启望应该有办法！他毕竟是太子，比我那些成事不足、败事有余的方法高明！"

皓祯听进去了。是的，怎么忘了启望？启望为了救他们两个，连匕首都可以往自己手臂上插下去。弄砸这个驸马，应该不难！至于吟霜，皓祯依旧有气。等到弄砸了驸马，再来理清这一团乱麻吧！

二十

太子吃惊地看着皓祯和寄南，不敢相信地问皓祯：

"什么？你不能娶兰馨？为什么？兰馨虽然个性强悍，但非常善良，她又喜欢武术，刚好配上你这位武将，简直是天作之合，再合适不过！"

"合不合适不是谁说了算，而是我内心根本接受不了她。如果启望哥是真心疼爱兰馨，就不要害了她！你快劝皇上收回成命吧！"皓祯心烦意乱地说。

"你这是什么话，我自己的妹妹，嫁给你这么一位国家栋梁的好兄弟，怎么会是害了她呢？何况兰馨眼光可顶着天，不是什么人都看得上的，就连汉阳她都看不上眼！"

寄南着急，推着皓祯说：

"你就实话实说吧！说重点！重点呀！"

皓祯突然正色看着太子，有力地说道：

"启望哥，我袁皓祯从来都没有求过太子帮忙，这回是第一次，请启望哥帮助我也成全我，我对自己的婚姻有憧憬，坦白说就是早有了心上人，我没有办法辜负我最深爱的人，也没办法昧着良心和兰馨结婚，那对兰馨是不忠、是伤害！"

"原来你已有心上人？"太子惊愕，"那也没关系！娶了公主再把心上人弄进门就行了！你我的身份，谁不是三妻四妾？兰馨也不能强迫你不娶其他夫人！"

"可是我过不了自己这一关！"皓祯义正词严，"忠于朝廷，只认皇上太子李氏一族！忠于婚姻，只认白吟霜！"

"哦！白吟霜！"太子恍然大悟，"在永业村说灾民最大的白吟霜，命令我们马上工作的白吟霜，为天元通宝兄弟治伤的神医白吟霜！会缝伤口的白吟霜！"

寄南急切上前说道：

"太子老哥，就是她就是她！你也别跟皓祯说什么三妻四妾了，那是说不通的事！还是赶快出手救皓祯、救吟霜、救兰馨吧，要不然会出人命！"

太子睁大眼睛：

"出人命？有这么严重？难道你娶兰馨，那个白吟霜会自尽吗？"

"她不会自尽！"皓祯说，"是我活不成！或者是三个人一起毁灭！"

寄南对着太子深深点头。太子被两人严重的神情震慑着：

"既然这么严重，我就赶紧进宫吧！你们一起去，躲在御书房外面，我安排邓勇支开皇宫的卫士，你们立刻可以知道我和父皇谈判的结果！"

太子带着皓祯和寄南进宫，太子独自到了皇上书房，面见皇上。

太子这个任务不好办，才开了口，皇上就大怒地说道：

"都已经在朝上公开赐婚了，怎么可以收回成命？这婚事已定，谁都改变不了！"

"父皇，兰馨一向任性，婚事恐怕也想得太简单了，儿臣觉得兰馨是父皇的掌上明珠，更应该慎重，这婚事再认真想一想缓一缓！"

突然兰馨怨怒地冲进书房，喊着：

"缓什么缓？启望哥，皓祯是你的挚友，我是你的亲妹妹，这样的结合，你应该是皇室里最高兴、最满意的人呀！你怎么可以来破坏我的婚姻大事！"

皇上摸着额头，看着太子：

"这下可好！启望呀，你可捅个大蜂窝了！你小心呀！"

书房窗外，皓祯和寄南就蹲坐在窗棂之下，靠着墙偷听。鲁超、邓勇在两边把风，太子的几个卫士站在远处驱赶宫女太监们。

书房内，兰馨不满地瞪着太子。太子努力地想说服兰馨，说道：

"兰馨，就因为皓祯是我从小一起长大的挚友，我了解他甚过于你，所以知道他和你并不合适。我听说你也不满意汉阳，那寄南也不错呀！寄南大咧咧的性格最适合你，你们三天两头打打闹闹，生活一定会过得非常热闹有趣！这么好的人，你怎么不选呢？"

在书房外偷听的寄南和皓祯，吃惊傻眼。寄南急疯了，低语：

"这太子怎么乱点鸳鸯谱，把兰馨推给我？"对皓祯抱怨："要帮你脱身也不能把我拖下水呀！"

皓祯捂住寄南嘴：

"你小声点！继续听下去！"

书房内，气氛诡异。兰馨气呼呼地说道：

"启望哥，你谁不好提，你提那个自称有断袖之癖的人，你把我当作什么了？"

皇上也忽然激动起来，大声说道：

"是啊，启望不可信口开河！寄南是出名的花心公子，怎么能把兰馨许配给他呢？不行不行！谁都可以，就寄南不行！"

书房窗外，寄南垮着脸，慢慢滑坐在地上，眼神茫然地、委屈地看着皓祯说道：

"皓祯你说，我现在是应该笑还是哭啊？为了那个断袖之癖，皇上居然把我完全否定，真的太让我伤心了！"

书房内，兰馨气焰高涨，挑着眉喊：

"父皇，常言道，皇帝金口，一言九鼎，既然已经昭告天下，就不能出尔反尔，你们和母后越是反对我的婚事，兰馨我更会坚定意志，谁再阻止我和袁皓祯，我就和谁誓不两立！"

皇上对太子摇摇头，做了个"到此为止"的手势。

书房外，皓祯难掩失望，痛苦得捶墙。和寄南两人正在窗外各自难过，忽然看到兰馨已经跑出书房，从窗外掠过，气呼呼往前跑，太子随后追着。皓祯、寄南赶紧隐蔽在树丛后面，看到太子已经追到兰馨，两人忍不住又悄悄尾随在后，鲁超和邓勇带着太子的卫士，远远护卫着。太子不放弃地喊着：

"兰馨，别走，你好好听我说！"

兰馨停下脚步，回头看着太子，疑心顿起，说道：

"这事太奇怪了！我的婚事，选中你的好兄弟，你不来祝贺我，反而要求父皇取消圣旨……哦！"忽然恍然大悟，明白过来："因为你还有一个好兄弟，窦寄南！是吧？你口口声声要我选窦寄南，是不是他要你来的？"

"不是的！不是这样的！"太子大惊。

"还敢说不是这样的？明明就是这样！"兰馨振振有词地说道，"想当初，寄南把汉阳和皓祯都带到我面前来，演了两出戏，他就在旁边看热闹……原来这个窦寄南，是想把他们两个都弄砸！"忽然扑哧一声笑了："好个寄南哥，男人也要，女人也要，还悄悄喜欢我，居然想当我的驸马！"

太子一听傻眼，慌乱地说道：

"不是不是，兰馨误会了……"

跟在后面的寄南和皓祯也双双傻眼，寄南狠狠地瞪着皓祯，咬牙切齿。

"启望哥哥，"兰馨打断太子，"兰馨才不会误会你！你对你这两个兄弟太好了，上次为了救他们，不惜用匕首伤害自己！现在你碰到难题了，哈哈！是不是寄南求你来跟父皇说的？难道皓祯也同意？"自我陶醉地说道："皓祯就是这样一个君子！"

太子瞪大眼，跌脚大叹：

"哎呀，这事比调查买官案还难，比摆平我那个东宫各种事情都难！"回头喊："寄南、皓祯，你们出来自己解决！"

寄南和皓祯彼此瞪眼。寄南就狠狠揍了皓祯一拳。

"你这个袁皓祯，把我陷在不仁不义里！这是你的事，怎么扯到我身上来的？"

兰馨远远看到寄南打皓祯，立刻拔出腰间鞭子，一跃就跃到两人面前，一鞭子对寄南挥去，大骂：

"你敢在御花园撒野，居然打皓祯？你弄了个断袖小厮，还好意思来抢驸马？"就一鞭一鞭地对寄南抽去。

寄南跳着躲避兰馨的鞭子，大喊：

"皓祯，你还不快说清楚！"

皓祯赶紧跃上前，一招"燕子抄水"，一个上步左撑掌，右腕一抓一拧，拦住了兰馨，闪电般抓住了鞭子。

"兰馨，你听我说！"皓祯四面看看，见只有鲁超等人在，就豁出去说道，"别怪寄南！这是我的主意，是我求太子帮忙的！"

兰馨抽回自己的鞭子，盯着皓祯，忽然大笑道：

"你的主意？袁皓祯，我告诉你，对兄弟卖命是一回事，对兄弟让妻就太过分！不管你对寄南多么好，父皇选的是你，兰馨选的也是你，你这个驸马，是逃不掉了！"又附在皓祯耳边说道："娶了我，你会心想事成的！失去我，你会后悔无穷的！"

兰馨说完，不给皓祯任何说话的机会，就转身飞奔而去，边跑边笑着摇头自语：

"这个傻皓祯，专门被寄南欺负！"

剩下太子、皓祯、寄南三个，你看我，我看你，哭笑不得。

驸马这回事，就算太子出马，也没弄砸。时辰一天一天过去，皓祯也一天比一天沮丧。自从那天和吟霜大吵之后，他不敢再出现在吟霜面前。记不清自己乱发脾气，说了些什么胡言乱语。没有弄砸驸马的地位，更加无脸见吟霜。因而，他除了上朝，就关在将军府，要不然，就骑马在原野上飞奔。心里的煎熬，没有人能够了解。

这天，寄南和灵儿骑着马，在原野上找到了飞骑狂奔的皓祯。

"皓祯！"灵儿喊着，"你是铁了心，不理吟霜了吗？你知道已经五天，你都没去看过她了！"

皓祯放慢了马儿的速度，闷着头骑马，沉默不语。

"皓祯！"寄南大叹一声，"你什么方法都用尽了！我也什么黑锅都背了，这件事已经无法转圜，但是吟霜没有错，你别把气出在她身上！"

"就是嘛！"灵儿接口，"要她怎样表态你才会满意？明知道你于公于私，都只有娶公主一条路，她把委屈都藏在心里，居然换得你这样薄情！我恨不得代她打死你！"

"好了好了！"皓祯痛苦地喊，"我承认我不敢面对她，行了吧？等我想清楚了该怎么办，我再去见她！行了吧？"

"等你想清楚了！吟霜已经害相思病死掉了！你知道她多久没吃过东西、多久没睡过觉吗？"灵儿喊道。

"她不吃东西不睡觉？"皓祯心中一抽，暴躁地问灵儿，"你是什么好姐妹？你都不管她吗？"

灵儿瞪大眼睛：

"哇！还怪我？是谁跟她说会一辈子照顾她、守着她，却把她丢在那儿不管？我算什么？一个忽男忽女还断了袖子的小厮而已……"

灵儿话没说完，空中一阵鸟鸣，三人全部抬头观望。

只见那只矛隼猛儿在天空盘旋，接着就飞到皓祯头顶，嘴一张，落下一张纸笺。纸笺虽然折叠着，但是风大，卷着纸笺在风中飘，皓祯迅速地跃起身子，一招"白猿摘桃"，右掌一个上拦披，一把握住纸笺，落回马背上。寄南惊愕地说：

"这猛儿跟我们那位神秘的木鸢是兄弟吗？一封'密函'呢！赶快打开看！"

猛儿鸣叫一声飞走了。皓祯赶紧打开信笺，寄南、灵儿都挤过来看，只见信笺上一个字都没有。寄南抓抓脑袋说：

"咦！无字天书！这是什么哑谜吗？"

皓祯看着那张白纸，那张连签名都没有的白纸，为什么是一张白纸？是千言万语，也写不完吗？是千头万绪，也说不清吗？是想说的太多，干脆什么都不说吗？是说了也没用，不如不说吗？还是一句责备："情有独钟，守护承诺，都成空话！"忽然间，皓祯觉得那张白纸上，浮现出无数的文字，每个字都像一把利箭，从纸上飞跃而出，对他直射而来，他立刻中箭，而且是万箭穿心，说不出来有多痛！他明白了，这不是一张白纸，这是一篇远远超过文字和语言的召唤！他心头狂跳，猛然一拉马缰，马儿飞快地向吟霜小屋的方向冲去。

灵儿惊喊：

"这猛儿怎么不早出现呢？"

灵儿和寄南就策马追去了。

皓祯飞骑到了小屋外，只见常妈在整理花圃。皓祯喊道：

"吟霜！吟霜！"

常妈惊喜地抬头，指了指三仙崖的方向。

皓祯了解了，一拉马缰，对着三仙崖的方向飞驰而去。

三仙崖，吟霜和皓祯一吻定情的地方。当皓祯不出现的日子，吟霜常常在崖边伫立。站在悬崖边，看着峭壁高耸，听着水声拍岸，回忆着马儿长嘶、人立而起。回忆着两人惊险停在悬崖边。回忆她几乎跌倒，他那有力的手，紧紧托住了她的身子，还有他的唇，那样炙热而温存地印在她的唇上。那个他，那个永不会抛弃她的他，如今何在？她憔悴至极，泪在眼眶，手里拿着一把石子，像游魂般地把手中石子，一颗颗丢下悬崖。

悬崖下激流飞湍，石头落进水中，转眼卷进激流中，不见踪影。

"吟霜，吟霜……"

忽然遥远的呼唤声传来，吟霜一惊回头。

皓祯远远的身影，飞骑而至，看到悬崖边的吟霜，就忍不住大喊出声：

"吟霜！站着别动，我来了！"

吟霜看到皓祯，眼睛一亮，手中石子往空中飞撒，就飞奔而来。皓祯催着马，向她飞驰。一人奔着，一人策马，忘形地奔向彼此。皓祯喊着：

"吟霜，别跑了，我来了！这儿地不平，你站住等我！"

无法站着等啊！站着等了好多天都没等来啊！吟霜继续狂奔，奔上一个高坡，脚下一绊，双腿发软，蓦然跌倒，从高坡上骨碌骨碌滚了下去。皓祯眼见吟霜摔倒滚下去，看不到人影了，大惊，狂叫：

"吟霜！吟霜！"

皓祯跳下马，施展轻功，吓得肝胆俱裂地奔向高坡。

吟霜一阵骨碌骨碌，居然滚进了开满一片小花的山谷里。她躺在那山谷中，看着天空，一时动弹不得。皓祯急切地奔到坡上往下看，痛喊着：

"你摔伤了吗？你别动，我来扶你！"

皓祯扑向吟霜，只见吟霜眨着亮晶晶的眼睛，热烈地看着他。皓祯赶紧把她从山谷中抱了起来，惊魂未定地说：

"你吓死我了，你现在怎么样？哪儿疼？有没有伤筋动骨？手脚都好吗？"

吟霜挣扎着，从他怀里下地，站直了身子。

"我没事……没事……"

皓祯着急地卷起她的衣袖，拉着她的手，检查有没有受伤。只见吟霜手臂上，都被荆棘和小草划破，伤痕累累。皓祯心疼：

"还说没事没事，手臂上都这样了，腿上一定更多，骨头怎样？"

吟霜痴痴地看着他，猝然把他紧紧抱住，哽咽地说：

"那些小伤不是伤，真正的伤你看不到，否则，怎么忍心五天不理我？如果猛儿不去找你，你预备还要我等多久？"

皓祯顿时红了眼眶，告白地说：

"问题没解决，不敢见你，每个时辰都在挣扎……来，还是不来？来，还是不来……每天在原野上奔马，心里喊着，去，还是不去？去，还是不去……"

吟霜眼泪落下，两人紧紧紧紧地拥抱着。似乎今生今世，都不想放手了。

后面追来的灵儿和寄南，勒马站在高坡上，目睹了这一幕。灵儿落泪了，回头对寄南坚定地命令道：

"如果我现在不做一件事，我会恨死我自己！来吧！来帮我！快！"

灵儿就掉转马头，飞骑而去。寄南莫名其妙地跟着。

五天的小别，更加奠定了一生的相守。两人紧拥在三仙崖边，巨石和峭壁是见证，苍天和白云是见证，远山远树是见证，草地和小花是见证……皓祯有好多话想说，一句也说不出口。她也一样，两人似乎紧拥了几个甲子，直到黄昏来临，皓祯才把她抱上自己的马，两人共骑着，缓缓向乡间小屋驰去。彩霞满天，落日高悬，卿心我心，永结同心。皓祯觉得自己怀里，拥抱着整个乾坤，拥抱着他生命中的唯一。她依偎着他，直到他问了一句：

"你那封密函，是什么意思？"

她才轻轻回答：

"你都看懂了，不是吗？"

是！都看懂了！否则还在辗转挣扎："来，还是不来？去，还是不去？"

他点点头，聪明的吟霜，愚昧的皓祯，怎会浪费那五天宝贵的时光？他们就这样甜蜜地骑在马背上，来到乡间小屋前。才到家门口，两人就大吃一惊。

只见小屋前的绿地和花圃里，站满了两排人，郑鹏及其家人邻居都来了，大家都穿着红衣，拿着铜钹、腰鼓、响板、横笛、竖笛等民间乐器，见到二人，立刻敲敲打打，奏起热闹的喜乐。

皓祯和吟霜大惊，急忙跳下马。吟霜从云里雾里醒来了，震惊地说：

"郑家的人全都来了？这是怎么回事？谢我接生也不必这么大排场呀！"

郑鹏对着吟霜大喊：

"神医姑娘，我带了咱们乡下杂牌乐队，来给新郎新娘奏乐！神医姑娘和袁公子，大喜大喜！恭喜恭喜！"

"新郎新娘？"皓祯惊愕困惑地问。

蓦然间，灵儿、寄南、香绮、常妈、鲁超、小乐一拥而出，一律穿着红衣，满面笑容，过来簇拥着两人。灵儿换回了女装，打扮得漂漂亮亮，拉着吟霜说道：

"赶快去换新娘衣服，金翠花钿全部准备好了！"

"哈哈哈！你赶快去换新郎的衣服！"寄南拉着皓祯说道。

"你们这是干什么？"皓祯惊问。

"灵儿的主意，现在就让你们两个成亲！常妈的主意，把郑家邻居请来奏乐！郑家的主意，把附近邻居都请来喝喜酒……所以，你们两个要马上拜堂成亲！"

皓祯、吟霜异口同声，惊喊：

"拜堂成亲？"

寄南、灵儿不由分说，把两人簇拥着进了大厅。只见大厅中焕然一新，红色喜幔在窗上垂着，墙上贴着"囍"字，到处红烛高烧。皓祯和吟霜惊奇地看着，震撼着。

灵儿催促：

"快换衣服，不要再耽搁了！这新人和大家的衣服，是从靖威王府里搜刮来的，只好将就将就，反正重要的是婚礼，不是衣服！换了衣服就拜堂！"

寄南喜滋滋接口：

"正好黄昏，是婚礼的吉时！咱们这朝代，为什么要把婚礼放在黄昏举行，因为黄昏最有诗意，诗意的朝代，用诗意的时辰，婚礼才称为婚礼！不知谁多事，改成了女字旁的婚礼！从此女权就高涨了！"

"没人问你典故，赶快换衣服吧，要不然就错过黄昏了！"灵儿喊。

"什么？怎么可以这样做？"吟霜又惊又急又意外，不安地问。

"为什么不能这样做？"灵儿一本正经起来，"皓祯不久就要另娶，不管怎样，你一定是原配！所以，我们先帮你们成亲！"

"这样成亲也不算数的！没有三媒六聘，谁也不会承认的！"吟霜抗拒着。

皓祯却忽然兴奋起来，拉住吟霜的手，积极地说道：

"没有三媒六聘，却有天地为证！我赞成！当我们拥抱在三仙崖的时候，我就觉得我们已经行了婚礼！"看着吟霜郑重问道："你不愿意嫁我吗？你不愿意和我共度一生吗？你不愿意成为我的妻子吗？"

吟霜拼命点头：

"我愿意的！可是……我孝服还没满呢！"

"你爹不会在乎这个！"寄南说，"如果他能参加这个婚礼，主持这个婚礼，他一定会高兴都来不及！灵儿的一番心意，郑家邻居都共襄盛举，你们两个别再拖拖拉拉，就顺应民意吧！"

皓祯就握着吟霜的手，用最最深情的眼光看着她，用最最真挚的声音说道：

"这个婚礼，在我父母的眼光中，恐怕等于零！但是，在我们心里，却是最神圣最真实的！如果你一定要我顾全大局，现在，就跟我成亲吧！因为，你是我唯一想娶的新娘！何况，我是被你那'无字诏书'招来的，应该有场轰轰烈烈的大事才对！"

吟霜眼里又充满了泪光，终于感动地、郑重地点点头。

于是，吟霜穿上了红色的新娘服，头上戴着金翠花钿，经过灵儿化妆，美丽绝伦，在常妈、香绮的搀扶下出来。皓祯也一身红衣，新郎打扮，英俊无比。在鲁超和小乐的陪伴下，走向新娘。

寄南感慨而感动地说道：

"今天没有'纳采、纳吉、问名、纳征……'那些六礼，也没有'下婿、催妆、障马车'这些婚礼过程，没有双方高堂，只有我们这些人见证，但是，它是一场正式的婚礼！我现在还要兼做司仪！"就大声喊道："新郎、新娘先拜吉祥猪，子孙满堂！"

只见灵儿拉着一条绑着红色缎带结的白色大母猪，站在皓祯、吟霜面前，这又是婚礼习俗。灵儿死命攥着母猪，满头大汗，喊着：

"快拜快拜！这吉祥猪力气好大！"

吟霜见到吉祥猪一愣，突然把皓祯拉到一边，说道：

"能不能不要拜吉祥猪？我觉得这样很侮辱女人！好像娶妻就是为了生儿育女，拿母猪来象征女子，我不太能接受！我俩成亲，目的不是要生一窝小猪，是不是？"

"当然，我们的感情，岂是这只大母猪能代表的！"皓祯就大喊，"灵儿，把吉祥猪放掉！我和吟霜的婚礼，不需要吉祥猪！"

灵儿赶紧松开了吉祥猪。寄南惊愕地喊：

"哎哟，本司仪还得随机应变！"就高声喊道：

"新郎新娘先拜天地！"

皓祯低低说道：

"拜天地最有道理！有天地，才有万物和我俩！有天地，才有翻山越岭来相遇！"

两人便在灵儿香绮扶持下，走到门口，拜了天地。寄南再喊：

"新郎新娘二拜炉灶！"

两人被扶到灶前跪拜。跪拜完，寄南又高声喊道：

"新郎、新娘再拜靖威王！"就解释道："我代表高堂，总算是个王爷嘛！"

吟霜、皓祯也不反对，真心真意地拜了寄南。

"夫妻交拜！"

两人面对面，彼此互拜。

"送入洞房！"

郑家喜乐队奏起响亮的喜乐，掌声立刻充满大厅。众人齐声大吼：

"恭喜恭喜！大喜大喜！贺喜贺喜……"

鞭炮噼里啪啦响起。

吟霜和皓祯就在热闹的恭喜声中、喜乐声中，被推进了卧室。灵儿好感动，眼里又闪烁着泪光。寄南看着她，不禁心中一动。卧室里，红烛高烧着，"囍"字贴在墙上、窗棂上。吟霜羞答答坐在床沿，皓祯坐在她右边。

灵儿和香绮，每人手捧半个葫芦，葫芦里盛了酒。寄南继续做司仪：

"新郎新娘请喝'合卺酒'！"大声喊道："初祭酒，与子同衣！"

香绮和灵儿送上葫芦，两人各自拿着半个葫芦，喝了第一口酒。寄南再喊：

"次祭酒，与子同食！"

两人喝了第二口酒。寄南又喊：

"终祭酒，与子偕老！"

两人又喝了第三口酒。香绮和灵儿收走葫芦，把两半葫芦合成一个，用红丝带系着，放在一对红烛下面。寄南再喊：

"撒帐！"

灵儿、香绮、常妈带着一群女眷，开始撒着钱币，钱币是六分铢，上面有"长命富贵"的字样。钱币丁零当啷地从空中落下，在烛光中闪闪烁烁。然后，寄南再喊：

"同甘共苦，多子多孙！"

众人拥挤在洞房里，热闹哄哄。鲁超大喊：

"婚礼完成！恭喜恭喜恭喜恭喜呀！"

众人掌声大作，七嘴八舌跟着喊恭喜。灵儿起哄地大叫：

"闹洞房！闹洞房！闹洞房……"

寄南一把拉下灵儿，咳了一声，笑着提醒：

"灵儿，你的任务已经完成，可以带着宾客退出洞房，给这对新人一点私人时刻！下面紧接着还要喝喜酒，你去帮帮香绮他们吧！"

果然，常妈着急地喊着：

"大家赶快来帮帮我，这喜酒我一个人忙不过来了！"

香绮、小乐、鲁超都大喊着：

"恭喜吟霜姑娘，恭喜公子！咱们去帮忙常妈喽！"

邻居们便在香绮、小乐示意下，纷纷退出房间。

房里，剩下了皓祯和吟霜，皓祯在她身边坐下，目不转睛地看着她。第一次见到她金翠花钿，红衣红裳。看到她虽然含羞带怯，却唇角微笑，眼底深情。这才领略她另一种的美貌和动人心处，不禁感叹地说道：

"皓祯何德何能，居然拥有了你！何德何能，终于等到了这一天！"

吟霜脸更红了，不敢相信地低问：

"这是真的婚礼吗？我可以这样跟了你吗？"

"现在你已经不能赖，你是我的新娘了！"皓祯看着她，忽然说道，"你坐在这儿等我，我出去一下马上来！"

皓祯就急急出门去，吟霜惊愕着，却不敢问。过了一会儿，皓祯拿了一个托盘，里面有一碗面、一双筷子，走到床前，说道：

"听说你五天都没好好吃、好好睡，看到我就大跑大叫，又摔下山坡，然后，被这婚礼闹了半天，空着肚子，又喝了酒……身为你的丈夫，第一件要做的事，是先喂你吃点东西！你肯定肯定很饿，等不及他们的喜酒了！"

皓祯说着，就把托盘放在一个小几上，搬到床前，拿起面碗，喂着吟霜。

吟霜太感动了，眼中充盈着泪水，轻声地说：

"我自己吃！"

"不！"皓祯坚持地说，"我想喂我的新娘！这是我的道歉、认错和道谢！谢谢你愿意嫁我！谢谢你那天去采石玉昙，谢谢你跌进我怀里！谢谢你给我无字诏书！"

吟霜不语，带着深深的感动，吃下他细心卷在筷子上的面。

当夜深入静时，客人邻居都散了，寄南和灵儿也回靖威王府了。洞房里，红烛已经烧了一半，两人都换了灵儿准备的新郎新娘的寝衣。吟霜头发披散在肩上，害羞地拉高着太低的衣领，不安地坐在床榻上。皓祯上床，轻轻地拥住她。皓祯就柔声地低问：

"你准备好了吗？今晚愿意洞房吗？如果你没准备好，我可以等！"

吟霜羞涩地低下头去，却坦率地、一往情深地说道：

"已经等你一辈子了！"

皓祯听了，意乱情迷，低头吻住她。吟霜的寝衣，被皓祯轻轻拉下，从肩上滑落到床榻上，再滑落到地上去了。两人拥抱着，嘴唇紧贴着，身子紧贴着，两颗心紧贴着……缠缠绵绵地滚进那堆锦被里去了。

第二天的清晨，一只公鸡的鸣叫声惊醒了吟霜，觉得脸孔热热的，阳光透过窗子，照射在她的脸庞上，她眨动着睫毛，半梦半醒地睁开眼睛。立刻，她的眼光接触到皓祯的眼光，他正用一只手支着下巴，两眼闪亮地看着她。眼里，充满了欣喜和欣赏、探索与好奇。是啊，这是她生平第一次，在他身边醒来。没有梳妆，一定很丑吧？她羞涩地坐起身，轻轻说道：

"哎呀，你醒了？"拉着被子遮住自己："醒了多久了？"

"有一段时间了，足够让我看着我的新娘，被窗子上的日出一点点照亮！"

吟霜一羞低头，急忙起身，找到衣服，想穿好衣服。皓祯依旧支着头看着她，在她转身的一瞬间，皓祯忽然看到吟霜裸露的后肩上，赫然有朵梅花。他惊喊：

"咦，你这儿是什么？"皓祯起身，把吟霜拉到身前，仔细看那朵梅花。真的是一朵梅花呢！在她的右后肩，有五个清楚的花瓣，微微凸起，边缘还有模糊的印痕。这朵梅花不像胎记，不像受伤留下的疤痕，就像一朵梅花！吟霜解释地说：

"像一朵梅花是不是？我娘说，从我出生就有了！你知道我娘有一些预知能力，她说，我将来会遇到一个命中注定的人，我后肩有个像梅花的印记，他身上有一条像树干的伤痕！"就转身抓起皓祯的右手，打开他的手掌，看那伤痕："所以，当你第一次在我面前摊开你的手，我就知道你出现了！"

皓祯惊愕而震撼地说：

"所以我们注定会相遇，注定会结为夫妻！"就抽回自己的右手，看看那条伤痕："我从来没有注意过这伤痕像什么？确实像一条树干！"他心中掠过一阵奇妙的悸动，就用自己手上的伤痕，盖在吟霜那朵梅花上，"你知道吗？梅花是我家的家徽，我家还有一棵几百年的老梅树，我们会用生命写下这篇传奇！"就说道："从此，生生世世将共度，你是梅花我是梅花树！"

他说得那么美，吟霜感动至深，不由自主地问：

"我是梅花你是梅花树？"

"是的，我们是合为一体的，无法分开的！"

吟霜转过身子，正面对着皓祯，两人深情地互视着。这种梅花的缘分，如真如幻，如诗如梦。世间几人有这种传奇？吟霜此时才确认，面前这个男人，她新婚的丈夫，无论将来带给她的是什么，都是她命定的诗篇！好也是，坏也是，都是美丽的！

半晌，皓祯起身，找到床边自己的衣服，解下随身的狐毛玉坠。

"这个，是我随身携带的东西，狐毛是救白狐时留下的，玉佩是我爹给的，我娘亲手完工的！我把它送给你，算是我给我新娘的礼物，也是订下你终身的信物！现在，你完完全全是我的了！"

吟霜几乎是虔诚地接过了那个玉佩，如获至宝地看着。这是她此生收到最珍贵的礼物，没有任何东西的价值可以相比！

第一册终

（京权）图字：01-2025-0195

图书在版编目（CIP）数据

梅花英雄梦 . 1，乱世痴情／琼瑶著 . -- 北京：作家出版社，2025.1. --（琼瑶作品大全集）. -- ISBN 978-7-5212-3236-3

Ⅰ. I247.5

中国国家版本馆 CIP 数据核字第 2025TN9749 号

梅花英雄梦 1 乱世痴情（琼瑶作品大全集）

作　　者：琼　瑶
责任编辑：单文怡　刘潇潇
装帧设计：棱角视觉　纸方程·于文妍
责任印制：李大庆　金志宏
出版发行：作家出版社有限公司
社　　址：北京农展馆南里 10 号　　邮　　编：100125
电话传真：86-10-65067186（发行中心）
　　　　　86-10-65004079（总编室）
E-mail: **zuojia@zuojia.net.cn**
http://**www.zuojiachubanshe.com**
印　　刷：河北鹏润印刷有限公司
成品尺寸：142×210
字　　数：216 千
印　　张：10.25
版　　次：2025 年 1 月第 1 版
印　　次：2025 年 1 月第 1 次印刷
ISBN 978-7-5212-3236-3
定　　价：2754.00 元（全 71 册）

品　琼　瑶　经　典

忆　匆　匆　那　年